中国科幻基石丛书
主编：姚海军

傀儡战记

监察官与城堡

索何夫 著

四川科学技术出版社

图书在版编目(CIP)数据

傀儡战记：监察官与城堡 / 索何夫　著.
-- 成都：四川科学技术出版社，2021.8
（中国科幻基石丛书 / 姚海军　主编）
ISBN 978-7-5727-0195-5

Ⅰ.①傀… Ⅱ.①索… Ⅲ.①幻想小说 – 中国 – 当代　Ⅳ.①I247.5

中国版本图书馆CIP数据核字(2021)第154395号

中国科幻基石丛书

傀儡战记：监察官与城堡

出 品 人	程佳月
丛书主编	姚海军
著　者	索何夫
责任编辑	宋　齐　姚海军
特邀编辑	兰　银　张泽阳
封面绘画	黄哲霖
封面设计	甄沛佳
版面设计	甄沛佳
责任出版	欧晓春
出　版	四川科学技术出版社
	四川省成都市槐树街2号出版大厦　邮政编码：610012
开　本	147mm×208mm
印　张	11
字　数	240千
插　页	2
印　刷	四川南方印务有限公司
版　次	2021年8月成都第一版
印　次	2021年8月成都第一次印刷
定　价	48.00元

ISBN 978-7-5727-0195-5

写在"基石"之前

姚海军

　　"基石"是个平实的词，不够"炫"，却能够准确传达我们对构建中的中国科幻繁华巨厦的情感与信心，因此，我们用它来作为这套原创丛书的名字。

　　最近十年，是科幻创作飞速发展的十年。王晋康、刘慈欣、何夕、韩松等一大批科幻作家发表了大量深受读者喜爱、极具开拓与探索价值的科幻佳作。科幻文学的龙头期刊更是从一本传统的《科幻世界》，发展壮大成为涵盖各个读者层的系列刊物。与此同时，科幻文学的市场环境也有了改善，省会级城市的大型书店里终于有了属于科幻的领地。

　　仍然有人经常问及中国科幻与美国科幻的差距，但现在的答案已与十年前不同。在很多作品上（它们不再是那种毫无文学技巧与色彩、想象力拘谨的幼稚故事），这种比较已经变成了人家的牛排之于我们的土豆牛肉。差距是明显的——更准确地说，应该是"差别"——却已经无法再为它们排个名次。口味问题有了实际意义，这正是我们的科幻走向成熟的标志。

与美国科幻的差距，实际上是市场化程度的差距。美国科幻从期刊到图书到影视再到游戏和玩具，已经形成了一条完整的产业链，动力十足；而我们的图书出版却仍然处于这样一种局面：读者的阅读需求不能满足的同时，出版者却感叹于科幻书那区区几千册的销量。结果，我们基本上只有为热爱而创作的科幻作家，鲜有为版税而创作的科幻作家。这不是有责任心的出版人所乐于看到的现状。

科幻世界作为我国最有影响力的专业科幻出版机构，一直致力于对中国科幻的全方位推动。科幻图书出版是其中的重点之一。中国科幻需要长远眼光，需要一种务实精神，需要引入更市场化的手段，因而我们着眼于远景，而着手之处则在于一块块"基石"。

需要特别说明的是，对于基石，我们并没有什么限定。因为，要建一座大厦需要各种各样的石料。

对于那样一座大厦，我们满怀期待。

CONTENTS

目 录

序　章

"华美号"和我的新工作

"你、你不要过来啊!"

"哈哈哈,你就接受现实吧。"

我露出了一丝冷酷的微笑,一步步走向用惊惶的眼神望向我的无助少女。一般而言,在看到像这样柔弱而惊惶,活像是一只被抛弃的小猫咪的女孩子时,本能的保护欲和同情心会让大多数人下意识地裹足不前,不过我可不属于这"大多数人"。

"不、不要啊……你不能这样……"

楚楚可怜的女孩朝后退了两步,半湿透的贴身衣物因为她的动作而变得更加能体现出身体曲线——虽然现在还颇为稚嫩,但任何明眼人都能看出,只要假以时日,这个女孩纵然不能长成天姿国色,至少也能在身材和容貌上稳稳超过这颗行星上女人的平均水平。

"很抱歉,我当然能。"

我哼了一声,用力抓住了女孩朝我挥来的右手手腕。她立即抬起一条腿,作势想踢我,不过这蹩脚的动作自然无法对我构成任何威胁,毕竟我早已在成百上千次实践中积累了充足的经验。我轻而易举地侧身躲过了她的踢击,同时趁机闪到她的身后并制住她的双手,强迫她朝着房间外走去。女孩肌肤特有的柔软触感和体温从我的指尖和手心传来,让我一时间有了种飘飘然的感觉。

"哈哈,现在你可跑不了。"

"呜哇,不要啊——"

在被我从房间里强行带出的过程中,女孩一直声嘶力竭地尖叫着——要是在别的地方,比如据点镇或者红木镇的大街上,这样的尖叫绝对会让我在五分钟内被当作诱拐犯逮捕起来,不过万幸的是,现在我完全能够有恃无恐——因为我压根儿就不是在犯罪。

"谢谢你的协助,阿德南少校。"在我将女孩推出门外后,两个留着齐肩黑发,穿着深色围裙的女人立即一左一右地抓住了女孩的肩膀,"抱歉给你添麻烦了。"

"哪里,可可其实算是我的同伴。所以非要说的话,其实是我给各位添了麻烦才对。"我连忙赔笑道。

"但我们家小……啊不,长官的命令是让我们替可可好好洗澡,我们本来不该麻烦你来帮忙的。"

"哪里、哪里,这都是我应该做的。"

我耸了耸肩——当然,这并不是谦虚。毕竟,在共处了这么久之后,我已经非常清楚,出生在干旱缺水的大陆深处的可可对热水澡有多么抵触,而"华美号"上的淋浴更是让她无比抗拒。要是没有我帮忙,奥黛丽和凯瑟琳恐怕得花上半个小时才能把这丫头连哄带骗地从房间里弄出来,而她们闹出来的动静很可能会让整艘"华美号"都不得安宁。

更重要的是,让可可养成一有条件就好好洗热水澡的习惯可是很重要的——在又湿又热,白天活像是个蒸笼,晚上活像是个不那么热的蒸笼的兰檀,这一点非常重要。

在目送奥黛丽和凯瑟琳将可可带往船上的长官专用浴室后,我才松了口气,而在我刚沿着走廊走了几步,就差点和另一个人撞了个满怀——来者不是别人,正是与我一同出生入死,并肩奋战多年的老战友,她也是我们小队唯一的机械师、战术参谋和勤务兵。在大多数时候,这位比许多成年男子还要健壮的高个褐发女子都自称为艾琳,但现在,就算不看那身服务人员的连衣围裙制服和她手中装着全套银茶具的托盘,我也能根据她脸上挂着的温柔微笑猜出该用哪个名字来称呼她。

"嗨,简,什么事?"

"长官要找你。"我的老战友微笑着说道,"她说希望你在方便的时候去一趟。"

"好极了。"我耸了耸肩——就我所知,"方便的时候"在这艘船上通常指的是"马上","她有说要我干啥吗?"

"没有。"

我又一次耸了耸肩——如果我没猜错,这意味着我眼下法理上的顶头上司显然正闲得无聊,于是打算和我进行一次战术策略模拟演练……好吧,我知道用这种说法来描述下棋这件事实在是有那么一点点夸张,但至少从理论上讲,这确实也不能算错,而作为指挥官本人的顾问,我自然有义务去履行这一职责。

为了防止各位闹不明白情况,我有必要稍稍做个说明。我是阿德南·阿卡迪亚·奥雷利安努斯,一位平凡的英雄与勇敢的普通人,一名恪尽职守的战士,一个为了人类的未来奋战的义勇军少校——或者更准确地说，是前义勇军少校。在三个半月前，因为一份重大委托，我和我的战友们护送历史学家伊斯坎德尔·罗蒙诺索夫博士离开安全的北方，进入了被持续两个世纪之久的傀儡战争所荼毒的大陆核心地带。在经历了一连串史诗般惊天地、泣鬼神的战斗之后，我们接连取得了重大的战果，并一度离成功只有一步之遥……但不幸的是，因为某些心怀不轨者的干扰，之后出了些差错，而为了纠正这一差错，我和我的战友们穿过荒漠，来到了位于大陆西南角落的兰檀半岛，准备给那些自以为能够愚弄我们的王八蛋一点教训——不过，那也已经是二十天之前的事了。

眼下，我正和我的全体部下、我的雇主伊斯坎德尔·罗蒙诺索夫，以及我的朋友可可一起待在这艘名叫"华美号"的大船上，享受着堪称奢华的生活条件。我现在的职位是联合军政府兰檀特别监察官大人的特别顾问，有着每月两百八十元的固定工资和每周三十元的特殊津贴，而主要工作则是监督可可按时洗澡，确保咪咪和其他人不在这艘船上闹出乱子，以及在有空的时候陪着监察官阁下下棋——哦，不，是进行战术策略模拟演练。至于我们到底是怎么来到这里，又是如何混上这样的职位的……说实话，我觉得那好像完全是凭运气。

第一章

临时工作和面包店里的监察官

词条解释051：兰檀

释义1：位于罗迪尼亚大陆西南部的半岛，面积为65.5万平方千米，除南方海岸及北部存在海拔高度不超过1 000米的低矮山脉外，该地区绝大部分地貌为平原与洼地沼泽。发源于半岛南部山区，自南向北流动的兰檀河流域占全半岛面积的75%以上，其干流向北穿过雨信隘口，最终汇入大陆内部的新卡斯匹安海南端，而超过一百条支流则构成了兰檀密集的河网地貌。

虽然罗迪尼亚大陆整体上干燥而寒冷，但地理环境封闭的兰檀则是例外——作为大陆最接近行星赤道的地区，兰檀半岛的年降水量因为受季风影响，通常能够达到全大陆平均值的6倍之多，破坏性的风暴潮和大规模降水引发的涝灾经常对这一地区的生产和生活造成严重影响。

释义2：指联合军政府第九军团辖区，除部分飞地外，基本与地理意义上(见释义1)的兰檀半岛相重合。

由于相对孤立的地理位置，兰檀地区在傀儡战争爆发后的漫长时间内，一直未曾遭受任何大规模军事行动波及，唯一的例外是四十五年前的大规模傀儡军团入侵（参考词条：鲜血黎明战役）。在那场战役中，超过两万名来自南军的傀儡士兵入侵了这片土地，并在持续七十天的战争中造成了五万平民和战斗人员的死亡。最终，时任第九军团司令的英雄后裔马尔科姆·谢林中将以他伟大的牺牲扭转了战局，但他和其他军团指挥官的死亡也导致了该地区政治结构在一定程度上的被动转变。

目前，兰檀地区的实际地方行政权由十四个自治市镇与多个自治军事团体负责行使，在联合军政府卓有成效的指导下，这一地区已经从遭到惨痛破坏的阴影中走了出来。根据989年的最新统计数据，在整个兰檀地区，超过52%的公民从未遭受过暴力犯罪的侵害；88%的人未曾成为谋杀或者绑架的目标；75%的城市居民有安全的饮用水；61%的合法居民区（关于合法的定义，参见《联合军政府民法典》第47条—200条）未曾发生暴乱、纵火、大规模抢劫或公开武装冲突；68%的航运船舶从未遭遇武装劫持或掠夺；59%的合法城镇居民有或有过有报酬的工作。毋庸置疑，今天的兰檀是一片生机勃勃、充满希望、和平安定的土地。

词条解释060：变节者

根据联合军政府专业人士的分析，所谓"变节者"的存在纯属谣言。近年来，偶尔有一些神经衰弱，无法很好地履行职责的不称职正规军士兵与缺乏经验的年轻义勇军战士宣称，他们曾经看到人类与傀儡并肩作战，甚至对后者发号施令，这些人类被称之为"变节者"。但众所周知，这种说法根本经不起推敲！傀儡这种低劣、邪恶的伪人类对真正的人类具有蛮横无理的天生敌意,任何与其相遇的人都会遭到攻击和谋杀,这是尽人皆知的常识,怎么会有人"变节"到他们那边? 除此之外,因为外形与真正的人类高度类似,在野战环境下试图通过目视观察区别人类与傀儡本就是不可靠的行为。

总之,任何宣称"变节者"存在,并试图将军事勤务执行失败的原因推到这些子虚乌有的幻影头上的行为都将受到军事法庭起诉。当战士在战场上看到傀儡时,要做的只是握紧武器——无论它们与何方神圣待在一起,那东西都应当且只应被一记勇猛的刺刀突刺结束性命!

——摘自《联合军军事词典》(第13版)

1

　　"喂！你别往这边来啊，我这里的地方要不够了。"

　　"阿德你才是，明明你的块头更大些，应该是你让着我才对。"

　　"拜托，平娜，明明是你在来兰檀之后长胖了好不好？如果事事都怨我……呜啊！疼死了！是我的错！我、我这就让开！"

　　在位于河畔矮丘上方的临时掩蔽部中，刚刚结束了一段小小的争吵之后，我一边用双手抱着被敲得生疼的脑门，一边勉为其难地往掩蔽部的角落里挪了挪身子——当然，我这么做并非屈服于平娜那金属义肢的威力，而完全是因为我从小便铭记于心的谦让美德。更何况，作为这次行动的指挥官，我有必要表现出宽容的气度，只有这样，我才能更加有效地团结与统合我的战友，让他们在接下来的行动中更好地发挥出自己的本领——至少从理论上讲是这样。

　　在解决了这场微不足道的空间纠纷之后，我继续将随身携带的望远镜凑到眼前，观察着山下不远处的那条河流沿岸的情况。就像兰檀半岛上的所有河流一样，这条天知道叫什么名字的小河有着弯曲、宽阔而平静的河面,河水的流速缓慢得几乎无法用肉眼察觉,在西下的夕阳照耀下,它看上去就像是一整块琥珀色的玻璃雕塑,或者一整块凝固的蜡油,在河的两岸与河水中央的沙洲上,数以万计——哦,不,应该是至少数以百万计的芦苇几乎占据了每一寸可以供它们扎根生长的土地,形成了一片极其壮观、绿褐交杂的"汪洋大海"。当然,这些茂盛植被的存在也让我几乎看不到藏在里面的任何东西——如果我们没有提前纵火烧掉一大片位于河岸边的芦苇的话。

"救主领袖在上……那些东西怎么还没来?已经超出预计时间快两个小时了!它们是不是已经被干掉了?还是沉到河里淹死了?要不就是临阵怯场自个儿偷偷溜走了?"

虽然我和平娜都表现出了耐心与沉稳的美德,但此时此刻,在掩蔽部的角落里,还是有一个家伙在发出不和谐的声音。说实话,自打这趟旅途开始以来,我至少有不下一百次暗暗希望这个名叫德尔塔,有着一张猥琐的老鼠脸和与这尊容颇为相称的卑劣性格的懦夫能遇上一次恰到好处的"意外"。但不幸的是,这家伙的运气和生命力似乎比全世界的蟑螂加在一块儿还要厉害,因此我只能忍受他继续作为平娜的助手待在队伍里给我制造麻烦。

"够了,德尔塔!我不认为机器人会被淹死或者怯场溜走。"

就在我考虑着应该怎么以礼貌且得当的言辞指出这家伙的错误时,平娜已经提前开了口。虽然这位来自大陆北方的据点镇义勇军联络官偶尔也会做出一些令我无法苟同的事,但在绝大多数时候,她还是值得信赖的。

"谁知道呢?那个什么罗蒙诺索夫整天净搞些神神道道的,天知道那到底是怎么回事。再说,都过去这么久了……"

德尔塔原本还要嘀咕几句,但他这堆废话只说到一半,就自动停了下来。随着一阵涟漪在几乎静止不动的河面上扩散开来,一对悬浮着的银色小球率先出现在了河道的一端,开始朝着我们的方向加速接近,而紧接着从茂密的芦苇丛中涌出的则是一大群张牙舞爪,长相颇能挑战人类想象力极限的妖魔鬼怪。

其实"妖魔鬼怪"这个词儿用在这里并不恰当。根据《联合军军事词典》或者别的权威书籍的定义,这些被我们笼统地称为"异兽"的生物并不是什么超自然的存在,而仅仅是一些稍微……不那么普通的动物而已。当然,与普通的动物相比,它们往往更危险也更致命,而且对于人类有着更加强烈的攻击性,但就算是最强大且凶恶的黑兽(在追着那对飞行的小球的那一大群畜生中,我就发现了一只这种玩意儿)也并没有传说中的各种特殊能力,更不会为看到它们的人招来灾祸。

当然,若是有谁执意要跳到一头饥饿的黑兽面前,那自然就另当别论了。

不过,就算只是动物,对于和谐星的居民而言,异兽仍然是实打实的大麻烦——虽然这些畜生是在两个世纪前和那帮人称傀儡的凶神恶煞一起出现在这个世界上的,但与专注于互相交战,并不经常打扰位于它们行动路线之外的地方的傀儡不同,异兽几乎出没在这个世界的每个角落。由于这些家伙会攻击人类、破坏财产、制造各种各样的麻烦,因此无论在联合军政府的哪个辖区,只要你能背着一包异兽的残肢断爪,上交到俗称"公会"的当地义勇军联络处去,就一定能换来一笔真金白银。

当然,对金钱的渴望并不是我们来到这里的主要动机——虽然我目前打算赚点儿钱,但这完全是因为我们需要更加充足的经费以履行自己的使命,从而更好地为人类文明鞠躬尽瘁,仅此而已。事实上，我们还有一些其他更重要的目的，而且就目前看来，进展似乎不错。

"很好，情况比预料中的还好！"

在这座由临时挖出的土坑和伪装用的芦苇顶棚构成的掩蔽体中，还有第四个人——伊斯坎德尔·罗蒙诺索夫。与一直挤在观察口附近的我们三人不同，他在过去的三个小时里，一直都没和我们说过一句话。自打我们挖好掩蔽部，在河岸边的预定地点做好准备工作之后，这位身材娇小，外表看上去就像是一个留着齐腰银发的十四岁女孩般的男性历史学家就戴上了一顶大得足以遮住他大半张脸的奇怪头盔，然后独自一人坐在掩蔽部的角落里自言自语。按照他的说法，这套从日出城地下的原联邦科学院遗址里找到的"无线脑机接口—沉浸式综合模拟设备"有不少用途，其中之一就是对他的那对接受过大幅度改造，被他称为"伙计"的无人机实施原本很难进行的高精度远距操作。

当然，虽说罗蒙诺索夫在事前用复杂至极的专业名词向我们解释了一大堆，但我敢打赌，不只是我，就连平娜和德尔塔也闹不明白他到底讲了些啥。我只知道，按照历史学家所提出的计划，在行动开始后，他的两位伙计——穆吉和贺尼将负责把周围方圆几十千米内的异兽用"特殊手段"吸引到这附近；而后，在这里以逸待劳的我们则会进一步把那些畜生引进事先准备好，代号名为"屠宰场"的地方；最后——最重要的那一步当然是由我负责的，虽然这一步的全过程只是把放在我身边的起爆器解除保险并打开电源，然后按下按钮，但这毕竟是最重要的一步，所以自然必须由最可靠的人来完成，对吧？

"哈……哈……哈……"

随着两架无人机和紧追在它们后面的几十头异兽离我们越

来越近,伊斯坎德尔·罗蒙诺索夫开始大口大口地喘气,脖子和手臂的皮肤也露出了淡淡的潮红色;除此之外,一股类似薄荷脑的香味也开始在局促的地下空间中弥散开来。就我所知,这意味着这位老兄正处于愉悦与兴奋的混合情绪支配之下。

"太棒了,只差一点,只差一点了……"

用不着听他的自言自语,我也能靠着自己的双眼确认这一点——在穆吉与贺尼后面,五花八门的异兽正将各类怪异但高效的运动器官的潜力压榨到极致,发疯般地追逐着它们。在这场竞速赛中,拔得头筹的是一头宛如巨型黑色剑齿虎的黑兽(这个比喻是我从罗蒙诺索夫那儿听来的,别问我剑齿虎是什么,我真的不知道);然后是两头用最标准的狗刨式拼命冲刺的瑟布鲁斯猎犬;在更靠后的地方,我还看到了丑陋又危险的喷酸螃蟹和高速破浪前进的毒角鳄……咦?这附近原来有这么多危险的畜生吗?不过,这对现在的我而言却是好事一桩——只要将它们诱到预定位置,再让那些我花高价从镇上买来的定向雷全部起爆,这些家伙就会变成花花绿绿的钞票,并且让我们接下来的生活——啊,不对,是我们接下来为实现伟大事业而展开的奋斗变得轻松一些。

"各位,我要脱离了!准备开始阶段二!"

历史学家话音刚落,一直贴着河面飞行的两架无人机突然开始迅速爬升,很快就抵达了数百米高的空中,并随即消失在了低垂的浅灰色云层之间——毕竟,我们可不打算让这些宝贵的无人机和追赶它们的异兽一道被我们的"惊喜"给端掉。由于失去了追击目标,那些畜生们暂时停止了前进,傻乎乎地停在了被我们事先纵火清理出来的空旷河滩上……当然,本着贴心周到的服务原则,我可不会让它们久等。

"嘿！在这边！"

在确认历史学家的伙计已经逃到安全位置后，我掀开了掩蔽部上方的伪装用芦苇秆，从这个憋屈的地方钻了出来，举起一支在街上打三折买来的老式信号枪，把枪膛里装着的家伙朝着空中打了出去，而平娜和德尔塔则按照计划，将一罐汽油浇在了被我推到一旁的芦苇秆上，然后点燃了它。

虽然大多数异兽并不像某些流行传说声称的那样具有昆虫般的趋光性，但火焰、烟雾和血腥味这类与战斗和破坏有关的东西，确实能有效地引起它们的注意。在信号弹落下，火焰燃起后不过几秒钟，这些家伙已经像听到临期食品一折甩卖开始的据点镇居民一样朝着我们的方向蜂拥而来……而根据我先前的勘测结果，它们必定会经过那片被我们选作"屠宰场"的区域。

"钱啊！这都是钱啊！这么多钱自己找上门来了啊……"

见一切发展顺利，德尔塔那家伙立即露出了一副沉溺于低级趣味的人所特有的标准恶俗笑容，开始兴奋地念叨了起来。高风亮节的我自然不屑于如此庸俗地斤斤计较——虽然在给放在身边的起爆器通电并解除保险的过程中，我也稍稍计算了一下这些畜生在本地公会能换来多少真金白银，但这仅仅是因为我希望能及早地对我们接下来的财务状况有些概念，而非我正在心里估摸着该怎么把即将分到手的钱花出去。

"准备起爆。开始倒计时！"当冲在最前面的黑兽和分别跑在第二、第三名的瑟布鲁斯猎犬冲过我之前特意立下，用于标识破片雷杀伤区域的红色木棒的位置后，我又发射了两发诱敌用的信号弹，同时开始了倒数计时，"五、四、三、二……"

就在我将右手拇指放在起爆按钮上，准备在报出最后那个数字的同时，帅气地把这些家伙一扫而光时，一道如同液态火焰般的炽热白光突然毫无征兆地从天际线的那头喷薄而来,并占据了我的全部视野。哪怕我在转瞬间便闭上了眼睛,但强光仍然穿透了我的眼睑,让我的视网膜刺痛不已。

　　咦?等等!我记得我买的那些定向雷好像没有这么大威力啊!

2

"救主领袖垂怜！我们的钱！我们的钱啊——"

随着我打开那只瘪瘪的布袋的袋口，一小团破碎不堪的碳化物残片在德尔塔没出息的哭喊声中从里面稀里哗啦地滚了出来——虽然我们在河岸边一直仔细地搜索到了夕阳西下，但最后找到的玩意儿也就只有这么多，而如果我的估计没错，其中的大多数看不出原形的残片也肯定会被公会的人以"无法辨识"为由而拒绝付款。

总之，今天的这些工夫基本上算是白费了。这是相当不幸的事实，然而这就是事实。

当然，一切本不该是这样的。如果整个计划运转正常，现在摊在我们面前的应该是一大堆被定向雷发射的弹片与钢珠打得千疮百孔，但仍然能被"验明正身"的异兽尸骸，而不是这么一点儿连五十块钱都未必换得来的碳渣。考虑到我在二手货市场上购买定向雷、信号枪和其他玩意儿的花费，这次行动至少让我们亏损了两百块钱，这对囊中正越来越羞涩的我们而言可不是件好事情。毕竟，我们现在面临着相当严重的财务危机。

不过话说回来,从理论上讲,我们其实根本不该遇到这种麻烦。作为联合军政府特别委托的对象,我们的雇主伊斯坎德尔·罗蒙诺索夫持有一份由总司令官亲自签署的授权状,可以让我们向各地的军团司令部无条件地领取行动所需的经费,但兰檀是个例外。虽然按照一年到头放在联合军政府总部里吃灰的那几本古老的大部头书里的说法,这里是第九军团"胜利之剑"的辖区,但自打四十五年前的那场大战后,这个军团就只剩下了位于阿卡迪亚岛上的一个办事处,唯一能做的就是按时任命一位屁事不管的光杆司令,而取代它掌控这座半岛的则是一大堆地方自治组织与挂着"自卫"名号的各类民兵团伙。当然,这些伙计们在名义上都效忠于联合军政府、议会和总司令官,但任何智商达到两位数的家伙都不会认为,我们真的能用一张盖着司令官大印的纸片在这里要到哪怕一个大子儿。

总而言之,我们要在兰檀继续活动就需要钱,而我们现在手头的钱正变得相当紧缺——这也是我打算狩猎异兽换钱的缘故。事实上,如果不是最后一刻发生的意外,我的计划本该是圆满无缺的才对。

"人、人家……其、其实也是出于好意的嘛。都、都是阿德你自己不好,没把这些事说清楚,不然……"

在我重新将那些焦炭塞回袋子里后,一直低着头沉默不语的栗子终于开了口。在结结巴巴地说话的同时,她一边对着手指,一边朝我投来怯生生的目光,似乎是希望以这种方式博取我的原谅。

"没说清楚?我在走之前明明告诉了你们,我们要到镇外去狩猎异兽来换钱!而且我还特意吩咐你留在红木镇上等我!"我攥紧了双拳,尽可能地压抑着语调中的怒气,"你还要我怎么做才算是说清楚？"

"那个……但你当时也说了，在六个小时内就一定能回来啊。"另一位犯事者，也是我们队里的第一号多面手艾琳嘟哝道，她同时下意识地朝着停在她身后的"走为上二号"退了一步，仿佛这样就能让自己得到这头机械巨兽的庇护似的，"那时候你们已经离开九个小时了，我、我们害怕你出了意外……"

"所以我们就开着'走为上二号'来找你们咯。"仍然在对手指的栗子接话道，"结果……我发现你们正在遭到那些怪物的攻击，又不清楚情况，于是就、就随便开了一炮……"

"好吧，多谢各位的关心。"我看了看一脸无奈的平娜和她失魂落魄的跟班，然后自认倒霉地叹了口气。

"随便开了一炮"——这种说法倒是轻巧，但事实上，"走为上二号"的主炮火力可不是"随便"这个词能够随便形容的。这台接近七十吨重的大玩意儿是一辆少见的基路伯式超重型坦克，出自傀儡们那神秘莫测的地下军事工厂。虽说位于炮塔顶部和正前方的两组三十毫米机关炮的火力就已经颇为可观，但它的主武器——一门直接由车载反应堆供能的"终焉"式重型离子炮才是真正意义上骇人听闻的"大杀器"。

在我还在联合军的正规部队里替人类文明鞠躬尽瘁的时候，就曾经见识过这种玩意儿的威力——当然，是作为被它痛殴的一方。即便是联合军防护最好的"狂风"主战坦克，乃至用厚重的钢筋混凝土建造的永备工事，在这玩意儿的全出力射击下也只能被整个烧得灰飞烟灭。不过，由于数量不多，基路伯平时颇为罕见，而我则是在一次纯粹的偶然中捡到了因受创而陷入瘫痪的"走为上二号"与恰好能替我们维修和启动它的艾琳。

不过，由于之前所遭受的损坏，这玩意儿的离子炮曾有很长一段时间处于不可用的状态。它的电磁约束力场产生装置无法正常启动，使得发射出的高温等离子体飞不出几十米就会变成一团四散的"烟花"；而电容器的问题则使得主炮的全出力射击有极高概率导致整辆坦克失去动力，在接下来的一段时间里动弹不得。拜之前在日出城地下的探险中找到的一些古老零部件所赐，艾琳（或者更准确地说，是她的三号人格，工程师爱尔卡）在前几天已经基本上修复了第一项问题，让"走为上二号"的主炮变得勉强可以使用；但由于第二项问题，这种"可以使用"也确实只是"勉强"而已。

只是我万万没有想到，这玩意儿"首秀"的代价居然会如此昂贵。

"算了，阿德南少校，你也别太生气。"一直没开口的平娜用她的金属义肢敲了敲我的肩膀——好吧，这个动作其实应该算是"拍"，但那力道实在是略微大了点儿，"至少大家确实都是出于好意才这么做的，而且没有把整个行动计划对他们说明，也是我们的过失。更何况，我们现在已经知道'走为上二号'的主炮可以正常使用了——"

"没错，也许等到我们沦落到需要去当铺求爹爹告奶奶的时候，还能拿这东西换点儿饭钱。"

听了我的这句略带威胁意味的话，艾琳脸上的惶恐变得更加明显了，好在罗蒙诺索夫及时地插了进来。

"无论如何，今天的行动至少让我们收获了相当宝贵的经验。"这位历史学家一边指挥着他的两位伙计用位于它们机身下方的小型机械臂吊起一块硕大的灰色伪装布，仔细地盖住停在山丘下的"走为上二号"，一边对我们伸出了三根手指，"首先，我对穆吉和贺尼的改造显然是成功的——无论是高速巡航组件还是大容量蓄电池组,都在之前的诱敌行动中被证明为非常有效,而我也能对它们进行更加细致的远程控制了;其次,正如各位所见,'走为上二号'的主炮已经可以用于实战,如果我们再次和你兄弟相遇,至少也多了一件可以用来对付他的武器……"

我耸了耸被平娜拍得有些疼的肩膀,对历史学家的这番话表示不置可否——他所谓的"兄弟"指的就是那个曾经给我们制造了不少麻烦的神秘男人。在我们前往日出城的旅途中,这家伙不止一次设法破坏我们的任务,甚至还险些要了我们的命。事实上,要不是为了把这浑球儿揪出来,并找回那些被他用龌龊手段偷走的关键数据,我们也不会穿过半个大陆,跑来兰檀这个乱七八糟的偏僻旮旯。

不过话又说回来,考虑到那个自称是我兄弟的浑蛋所采用的一连串阴险手段,我实在不得不怀疑,就算"走为上二号"的主炮威力再大,在对付他时恐怕也没什么机会派上用场。更何况,尽管我们花了这么多天时间对那家伙进行搜索,情况却没有丝毫进展……事实上,我们压根儿就不知道应该去什么地方找他。至今为止,除了罗蒙诺索夫利用他对可可进行远距离操控时所使用的信号发射源进行的那次定位之外,我们对这家伙的位置根本一无所知。要逮到他,唯一能指望的大概就是他主动跳出来找我们的麻烦了。

"第三——"历史学家似乎没有注意到我的消极态度,仍在自顾自地说着,"今天的实践也让我意识到,我们是有可能主动找到你兄弟的,阿德南少校。"

"啊?"这话实在是太超出我的预料,以至于我的脑子一下子没能转过弯来,"你不是在开玩笑吧——"

"拜托,我这辈子开过几次玩笑? 我是认真的。"

19

历史学家微微一笑，同时按下了戴在手腕上的迷你终端上的几个按钮。接着，覆盖在"走为上二号"上的那块灰布便逐渐变色，最终和周遭的山丘与芦苇丛完全融为了一体——这种光学迷彩伪装布也是我们在日出城地下捡到的"宝贝"之一，用来隐藏不能随意在人烟辐辏的城镇里出现的"走为上二号"倒是非常合适。

"那你到底打算——"

"暂时保密。"

历史学家朝我露出了一个……非常少女的笑容。虽然我没法确定他这话到底有几分是真的，但他身上散发出的淡淡蔷薇香味似乎表明，这一发现让他感到的愉悦甚至超过了因今天的经济损失造成的沮丧。

"我会在所有人都集合之后向大家详细解释……对了，可可和咪咪怎么没跟你们一起来？"

"她们去镇上的面包店了。"栗子双手一摊，"因为这些天我们的经济状况越来越紧张，所以她俩想试试看能不能找到打工的地方。不过我想问题应该不大——咦？"

当挂在腰带上的一个球状小扣件突然亮起红光时，栗子的脸色立即变了。

"看来我们得赶紧跑一趟了。"我说道。

没人对我的话表示反对。

3

在古董级发动机发出的哮喘般的哀鸣声中，"走为上号"像一头跛脚的老牛般摇摇晃晃地爬过了红木镇的街道，激起了道道雪白的浪花。在兰檀这个河流与芦苇遍布的地区，一年里有四分之三的日子都在不间断地下雨，而这里的城镇街道也只会有两种面貌——要么满是积水，要么一摊烂泥。要知道，并不是所有地方都有闲钱随时维护下水道。

"快点，拜托再快点……"

自打进了镇子，栗子就一直不断地嘀咕着——考虑到现在正是她在驾驶"走为上号"，这种自言自语实在是有点可笑……不过，我倒是完全可以理解她现在的表现。毕竟，栗子对身边人的关心程度，我再清楚不过了。

现在，挂在栗子腰带上的那个扣件正在以越来越高的频率闪着红光。在日出城地下"寻宝"时，我们在一个房间里找到了不少这种看上去像是儿童玩具的小东西，这玩意儿每套都由两只一模一样的半球状扣件组成，可以很方便地随身携带。我们不知道这东西当年设计时的用途，唯一能确定的只有一点——

在以正确的方式挤按其中一只扣件后，另一只就会开始闪烁，而且距离越近，闪烁速度就越快。即便在相隔几十，甚至是上百千米的情况下，它们也能正常运作，作用距离比我们的那几台车载和单兵无线电台要远得多。虽然没发现它有别的什么用途，但我们还是把扣件中的一只给了队伍里年纪最小的可可，另一只则给了担任她临时"监护人"的栗子。这样一来，万一可可在我们的通信器联络范围外独自行动时遇上什么麻烦，至少还能向我们发出求救信号。

只不过，我们实在没想到，它居然这么快就发挥了作用。

"你也别太担心。"在接连几次因为栗子的疯狂违章驾驶（不对，这地方好像压根儿没有交通规则来着）被颠得撞上车厢壁，或是与其他人撞在一块儿之后，平娜终于开口劝说道，"可可应该不会有事的，毕竟她可是和咪咪在一起啊。假如只遇上一般的坏人的话，咪咪完全可以——"

"所以我才更担心了啊！"

栗子的声音听上去简直像是要哭出来了，而她接下来的那个野蛮大拐弯更是让我被猛地从座位上抛了出去，险些把我清纯的初吻献给了坐在正对面的德尔塔。看来以后应该换别人坐在车厢的对面才行，艾琳很不错，平娜我也勉强可以接受。

"如果连咪咪都……那我该怎么办才……"

"哇——啊！"

还没等栗子把话说完，刚刚和德尔塔那家伙分开的我又在惯性的作用下扑进了艾琳的怀里，然后和罗蒙诺索夫撞在了一起。

喂，有你这样急刹车的吗？就算这辆老车再怎么皮实，里面的人也经不起这么整啊！——我原本是打算对栗子吼出这几句话来解气的来着。不过，在从车厢里跌跌撞撞地爬起来之后，我立即打消了这个念头。在"走为上号"前方的街道上，至少有几百号人挨挨挤挤地凑在一起，以本地人特有的毫无公德心的方式完全阻塞了这一区域的正常交通；而那些经过此地的人要么绕路，要么也加入围观的行列。后者的增长又以肉眼可见的速度，进一步加剧了这里的交通拥堵。

"是这里吗?"罗蒙诺索夫用双手捂着被撞到的后脑勺，如此问道。

"对，就是这家店!"栗子丝毫不顾因为她的野蛮驾驶而被撞得七荤八素的我们，抢先一步跳下了车，朝着那家挂着"物美价廉量又足"(这什么破名字)招牌的面包店跑去，而我们只能晕头转向地离开"走为上号"，竭力试图挤开人群，跟上她的脚步。

当然，正如我过去的经验所表明的那样，要在拥挤的人群里跟上某个人并不是很容易的事情——尤其是当人群积满了一整个路口，而且还在持续膨胀的时候。只往前走了几步之后，我就完全看不到栗子的身影了，满眼只剩下无数穿着兰檀本地特有的宽松浅色长袍，裹着缠腰布与裹胸布的陌生男女的身影。

"喂，麻烦让让道! 我要过去! 拜托，让让道!"基于深植于我心底那温良恭俭让的美德，以及那么一丁点儿不想惹麻烦的心理，我自然没法像栗子那样心急火燎地往里挤，只好在不招惹人的情况下尽可能地用语言和手势示意看热闹的家伙们让开。不过，就像他们对交通规则视若无睹一样，大多数本地人显然也不怎么吃我这一套，而且……

"呜哦!"就在我忙着劝说人们为我让道时，一个横冲直撞，身上还带着一大堆大包小包的家伙突然像一条金枪鱼似的从人堆里钻了出来，狠狠地和我撞了个满怀。我只来得及闷哼了一声，就和那家伙一起翻滚着撞出了一条道儿，直到店门外的台阶下才停下来。

"活见鬼！你是没长眼睛还是没——"

在这番过于亲密的翻滚运动结束后，我下意识地揪住了对方，想发泄一下自己正当的怒火，结果却发现自己正抓着一个瘦瘦小小且带着一股子兼具野性与迷糊气质的小个子女孩……好吧，我知道这世界上存在着许多巧合，但凑巧成这样倒也不容易。

"嗯？你是……咪咪？"

"阿德！"咪咪倒是一下子就认出了我，并且欢呼着跳了起来，"阿德你也来啦？太好啦！我就知道我们的面包肯定会大获成功的！"

"咦？什么大获成功？我们是接到了可可的呼救信号才急着赶回来的。"好不容易从人堆里粗暴地钻出来的栗子也跑了过来，"她……她难道没和你在一起吗？"

"我们一直都在一起哦！"虽然刚刚才狼狈地栽了个跟头，但这并不妨碍咪咪笑得颇为灿烂，"我们今天早上一起来这家店应聘打工，结果刚做了第一个面包，老板就宣布我们被正式录用，还说我们的面包一定会大卖！但我真的没想到！才这么一会儿，我们的面包就受到了这么多人的欢迎——"

"嗯……那个……怎么说呢……"

我有些尴尬地挠着脑袋，一时间居然不知道该怎么回答才好——除了永远活在阳光灿烂且积极向上的心态中的咪咪，大概也没别人会把聚在这里的这些人都当成是买面包的人了吧。

"那可可在哪儿？"见我支支吾吾、一时语塞的样子，栗子立即单刀直入地提出了这个问题。

　　"这个啊,她应该还在店里吧。"咪咪一边从地上捡起手中的大包小包,一边说道,"之前我们的面包做得太多,店里的一些材料不太够了,所以老板先生委托我去采买更多的材料回来……我对这里不太熟,花了比较多的时间,但我最后还是……"

　　"所以你也是共犯吗?"

　　一个清脆且带着几分怒意的声音突然从面包店的方向传来,打断了我们的交谈。接着,我又听到了一阵匆忙的脚步声,似乎有人正在快步从店内走出来。

　　"谁?"我问道。

4

"我是奥黛丽，联合军政府最高统帅部……不，联合军政府人事部任命的普通监察官。"几秒钟后，先前说话的那家伙和我对上了眼神——那是个和我年纪相仿的女子，"以违规生产食品、危害食物供给安全、破坏储备法案和欺诈的罪名逮捕你们！"

第二章

法律问题和老朋友

1

所有对我生平的行为举止略有了解的人肯定都知道,作为一名尊重法律、道德高尚、心灵纯洁的守法公民,我这辈子从来都与"违法""被捕"这类的词汇无缘——尽管我人生多半的时间都是在那些压根儿见不到半个执法人员(自然更没有整个儿的)的荒郊野外和危险的战场上度过的,但这并不重要。毕竟,无论在何时何地,我都对自己的所作所为问心无愧。

当然,这也意味着,我完全没想到有人会对我说出这种话来。尤其是对我说出这番话的居然还是一个看上去如此……不靠谱的家伙。

好吧,请原谅我在修辞方面的略微匮乏,但至少在此时此刻,最先出现在我脑子里的形容词就是这个——那个气势汹汹地杀到"物美价廉量又足"面包店,义正词严地宣布要逮捕我们的家伙是个与我年纪大致相当的年轻女子。她有着一副已经略微脱离了"苗条"范畴的下限,显得有些过分瘦削的身材,一张虽然不丑却因为鼻梁两侧淡淡的雀斑和怒气冲冲的绿色吊梢眼而稍稍有些让人反感的瓜子脸,外加一头自然卷曲且色调鲜艳得有那么点儿过分的金发。当然,对于早已学会了摒除以貌取人这一恶习的我而言,一个人的长相无论如何,都不会对我的判断产生太大的影响,但即便如此,她的那身装扮和做派仍然让人实在是不敢恭维。

虽然我并不经常与联合军政府的监察官打交道,但根据我的经验,这些被联合军政府派出来"确保法令得以执行"的家伙基本上可以分为两大类:大多数所谓的监察官看上去都是呆头呆脑,一副酒食过度的蠢样,只要你懂得在正确的时间和地点塞给他们正确分量的好处,那么他们基本上可以和大街上的交通标志牌,或者街边五分钱小摊子上买来的食品的保质期一样被视而不见;而剩下的那些则往往比一麻袋的猴子加起来还要精,他们会悄悄溜到任何自认为不会被逮住,因此放心大胆地进行那些轻度违法活动的家伙身后,然后逼迫他们在掏钱和留下违法记录之间二选一。

不过,这位自称为奥黛丽的"普通监察官"似乎——哦,不,应该说是显然不属于这两类人中的任何一类。她看上去不呆不傻,但也不像是特别精明的样子,因为无论是前者还是后者,都不会挥舞着全新的监察官证件,穿着一身完全崭新、干干净净、挂着显眼的银质鹰眼徽记,并在肩章和帽章上垂着通常在典礼上才会见到的金色流苏的正式制服出现在这种龙蛇混杂的街上。相较之下，她身后的那两个穿着普通褐绿色卡其布制服的男人倒是低调得多。其中一个只比我大四五岁，随时都用警觉的目光扫视着四周；而另一个鬓发斑白，年纪至少也已经有五十岁的男人则用略显忧愁的眼神看着奥黛丽，就像是一名看着顽皮女儿的忧伤老父亲。

"喂，你！我说你呢！那边那个家伙！"

正当我还在琢磨着这些的时候，奥黛丽又一次发话了。看上去，她似乎把我的沉默误当成了对她的某种蔑视。

"咋啦？"

"听好了，根据……根据……那个……咦？是哪一条来着？"

这位自称的监察官义正词严的发言刚开了个头，便突然说不出话来了。接着，她先是和我大眼瞪小眼了好一阵子，然后伸手在制服胸口的口袋里摸索了一会儿，找出了一本比手掌还小的册子。

"啊……对了，根据《监察官职权法案》第12条第1款，我现在有权对被认定为嫌疑犯的任何人进行调查。如果有人试图使用暴力抵抗或者拒绝调查，我也有权对他实施正式拘捕。"

"悉听尊便。"我耸了耸肩。

随着这幕怎么看都十足不搭调的戏码继续演进，周围的人们也已经下意识地纷纷后退，为我们让出了一片"舞台"，只有我的同伴们仍然待在我的身边——当然，这也已经足够了。我并不认为眼前的这家伙能拿我们怎样，毕竟，这位自称的监察官身边只带着两名似乎没有携带武器的跟班，而且显然严重缺乏战斗经验。虽然她也在腰间佩戴着武器，但我很清楚，那支握把上满是浮雕的镀金袖珍手枪和那把同样装饰华丽的细剑显然是只有整天待在办公室里的高级军官——或者更准确地说，是那些有着"薪水窃贼"和"寄生虫"的雅号的家伙才会喜欢的玩意儿，而我们这边可是有足足七个人，而且除了因为某些原因而死活不肯使用任何武器的艾琳跟除了拖后腿没有半点儿用处的德尔塔之外，我们全都有着痛揍各路牛鬼蛇神的经历。总而言之，论起来硬的，我们这边完全有充足到过剩级别的自信。

不过，作为一名合格的义勇军战士，根植于我内心深处，对于司法和联合军权威的尊敬仍然让我在此时此刻保持了尽可能的克制。甚至当奥黛丽把小册子塞回兜里，然后指着我的鼻梁开始历数如果我们试图逃跑有可能招致的可怕后果时，我也只是一言不发地点着头。

"那么，请问我可以提出问题吗？"在对方结束这番长篇大论后，我用尽可能谦逊的语气问道。

"可以，根据……对，根据《联合军政府临时民法通则》，你可以为自己辩护。"奥黛丽掏出了另一本袖珍口袋书，迅速翻了一遍，然后宣布，"说吧，但你的每一句话都有可能作为正式的——"

"抱歉，但我和这家面包店根本无关。"我语气无比诚恳地说道，"真的。我从没做过面包，更没犯过什么罪。"

"咦？"

"在这里打工的其实是我哟。"咪咪说道，"阿德他只是我的朋友兼同伴而已。"

"咦？你原来不是——算了，这不重要！反正你们都必须作为相关人员接受调查！"自称的监察官愣了一会儿，很快便回过了神，重新找回了那种嚣张得二五八万的气势，"根据相关法规，与食品生产、储存和供应相关的违法行为，尤其是涉及联合军武装力量的，都属于必须优先制裁的犯罪！我无法容忍这种无法无天的状态继续发展下去!"

　　说实话,她的这番表态倒是很对我胃口,要是我以前在正规部队服役时,负责供应我们伙食——尤其是那些容易变质的生鲜食品的军需官也个个抱着这样的心态认真工作,我也不必经历那么多次捂着肚子在厕所前排长队的倒霉事情了。

　　"对于这一点,我在原则上完全同意。"我说道,"不过,虽然我不太懂法典什么的,但既然要提出指控,那你总得有证据才行吧?"

　　"没错,我当然有证据!"奥黛丽对我们做了个"跟着来"的手势,然后便与她的两个跟班一道转身朝店里走去。

　　唉,不是我太过挑剔,但你这么做真的没关系吗? 要是我是个成心要拒捕的坏人,这么直接毫无防备地背对着我可不是明智的做法哦!

　　当然,我这种浑身上下每个毛孔都充溢着强烈正义感的人自然不可能做出这种卑劣行径。更何况,我也很希望尽快到店里去看看。按照咪咪的说法,可可现在应该还待在里面。不过,我也实在无法想象"物美价廉量又足"这种地方居然会成为犯罪窝点。住在红木镇的这几天里,我也曾经来这里买过面包。在我的印象中,这家店虽然算不上什么顶级消费场所,但也绝不会比别的随处可见的平价面包店更差一些。

　　不幸的是,那位自称的监察官显然并不这么认为。

2

"看看这个！看看这个！这就是你要的证据！"

在面包店大堂的货架旁,奥黛丽停下了脚步,从木头架子的最顶层拿起了一块标着"鸡脯肉沙司夹心"的面包,以气吞山河般的决绝气势把它拍在了我们面前……当然,像这样对待食物总是不好的,小朋友们可千万千万不要学习这种做法。

"恕我直言。"伊斯坎德尔·罗蒙诺索夫说道,"我不觉得这能构成任何证据……除非你打算用它证明这家店供应的面包分量对得起它的招牌。"

"这当然是证据！你们难道如此缺乏公德心和法律意识,以至于连如此明显的欺诈都看不出来吗？告诉我,鸡脯肉呢？"

自称的监察官大人扯开了因为放得太久而有些松脆的黑褐色面包皮,让大团大团的蛋黄色沙拉酱流了出来。说实话,这种浪费粮食的行径真是让人生气,甚至就连她的两个跟班也露出了些许不悦的神色。

"那个啥,一般来说不是有沙司就行了吗？大伙儿平时吃的都是这种。"平娜回答道,"当然,如果能多加点儿鸡蛋和鸡皮熬出来剩下的油，那我就很满意啦，毕竟这种顶多卖五分钱一个的面包……"

这位长期在据点镇参与基层执法工作的军官对于街边食品的知识至少和我一样丰富，也许还要更丰富一点儿。

"我不在乎它的定价！但这么做就是不行！这可是法律规定的！"满脸雀斑的监察官阁下用她那凶狠的吊梢眼瞪了平娜一眼，后者立即像被眼镜蛇盯住的小鸡般打了个寒战——说实话，这种带刺儿的眼神大概是她浑身上下唯一有些吓人的东西了，"以救主领袖的名义！这里难道就没有一个人对我们的现行法律有最起码的了解吗？"

拜托，这种破事谁想知道啊？你觉得所有人都和你一样无聊吗？

毫不意外，没人立即开口回答她的问题，整个大堂都陷入了令人尴尬的寂静中。除了被卷进来的我们跟倒霉的面包店工作人员们之外，店里已经见不到半个顾客的影子了。只有几个穿着红木镇保安队的短袖卡其布制服，腰间挂着警棍和短身管霰弹枪，戴着本地常见的宽檐白色遮阳盔的男人和我们一样怯生生地站在角落里。很显然，在外面的人刚开始聚集时，有人通知了保安队来处理问题，但这些可怜的人显然无法判断穿着全套监察官制服招摇过市的奥黛丽到底算是何方神圣，因此只能待在一边，不知该如何是好。

"可……可为什么不行呢？我们一直都是这么——"这时传来一个怯生生的声音，说话的是一个穿着白围裙的年轻女子，看上去应该是店里的售货员兼看板娘。

"不要试图狡辩！我已经注意到了，你们这家店也在向民兵和义勇军人员——也就是法律意义上的联合军下属武装力量的成员出售食物,对吧? 这种行为必须符合……"

奥黛丽又一次结巴了起来,同时从那身熨得笔挺的全新制服的口袋里翻出了超过半打袖珍小册子,将它们一一翻开,然后又摇着头合上。最后,还是她的两位随从中年纪较大的那个打开了自己随身携带的背包,将一本厚厚的大书递给了她。

"啊,对了! 任何固定向联合军下属武装力量成员出售或无偿提供食物的个人与组织,都应该遵守《联合军粮秣与药品供给条例》。条例明确规定,为了人类文明的未来,为了全体官兵的健康,任何在粮食供应上的克扣、造假和蓄意破坏行为……"

我没有继续花时间听她的长篇大论——毕竟,就算是在一贯以严格执法闻名的第二军团的地盘上,这劳什子条例也至少有一多半从来没完全落实过;而这里是兰檀,是任何人如果不带上一把枪,就必须忍着闷热天气在宽斗篷下面穿一件防弹胸甲才能放心出门的地方。如果有本地人居然听说过这种条条框框,我倒是会感到相当惊讶。

值得庆幸的是,或许是我们的人数稍微有点多的缘故,正沉浸在普法教育中的奥黛丽并没有发现我已经暂时脚底抹油的事实。因此,我成功地进入了面包店大堂后的烘焙房。正如我所料,因为那家伙的胡闹,本该为晚上的生意准备最后一批面包的烘焙房已经暂时停止了工作,原本干活的人大多挤在烘焙房和大堂之间的走廊上,像看戏一样围观发生的一切,只有一个人例外——可可现在就像一只受惊的小动物一样蜷缩在烤炉旁的一张放发酵面团的架子下,紧紧地抱着她的玩具熊——"爪爪"。

"可可,你还好吧?"

在做了个深呼吸之后,我朝着蜷成一团的可可伸出了一只手,将她拉了起来——虽然在离开日出城之前,这个只有十二三岁的女孩曾经拒绝了我们将她留在安全的地方的提议,理由仅仅是她渴望向那些曾经操纵、利用并伤害她的人复仇。但在之后的接触中,我逐渐了解到,可可其实只是一个相当平凡的女孩,有着所有这个年纪的女孩共有的优点与缺点,而且也并不比其他人更加勇敢或者坚强。她也会害怕,会不满,会难过和哭泣……就像现在这样。

"阿德!"就在我将啜泣不止的可可拉起来时,她突然钻进了我的怀里,更加肆意地啜泣起来,"阿德……阿德……我……我……我……"

"别担心,我在这里。"虽然可可的眼泪打湿了我的衣服,但基于关爱妇女儿童的优良品质(没错,我和那些萝莉控之流可是八竿子也打不着的! 真的哦!),我仍然任由她紧紧地抱着我,同时小声地安抚着她,"到底发生了什么事?"

"那个带着两个男人一起来的凶狠大姐姐,她……她……"可可在我的怀里抽泣了好几分钟,才总算断断续续地说出了话来——看来,她这次是受到了相当大的委屈,"她一开始说是……说是要、要来买面包。人……人家就向她推荐了人……人家刚刚烤出来的新品种。明……明明老板娘和其……其他人都说……说很好吃……"

"然后呢?"

"那个大姐姐却……却只是看了一眼,就要我找我的监护人来! 还说……说我的行为是非法的!"

在把我的胸口整个儿用眼泪洗了一遍后,可可总算放开了我,从货架上拿起了一块还相当新鲜的圆筒状面包。从面包被掰开的部分来看,她似乎是把一整块蜂蜜蛋糕当成馅料包裹了进去,还加上了在兰檀随处可见,价格非常亲民的甜味鱼露,至于味道……真的非常不错,发酵的鱼肉和鱼皮产生的氨基酸让本来就很甜的蜂蜜面包不至于发腻,而且也调和了脆皮面包和柔软的蜂窝蛋糕的口感……顺便说一句,我只是为了确认可可的手艺真的没问题才尝的蛋糕,可不是因为我嘴馋哦!

"真是岂有此理!"在把手里的半块面包全部吞下去后,我说道,"可可,我可以凭良心发誓,你做的面包一点问题也没有!那女人凭什么这么说?"

"她……她说既然这里的面包也……也会供应武装力量什么的,那就……就必须按照什么规章制度来做,但我根本不知道这些。"可可噘起了嘴,一边用手背擦着眼泪,一边说道,"她说面包就是面包,必须和蛋糕分开来卖,而且加鱼露是不行的,因为……因为她说,未经过那个什么……那个什么有关部门检验的发酵食品可……可能有毒!她说我们是在搞故意破坏!说这是欺诈!还要我交代这么做的动机!我……我不知道该怎么办,所以就……"

"她没要你们缴纳罚款什么的吧?这家店里有没有人认识她?"

"没有。老板娘一开始倒是打算花钱了事,但她不要。"可可摇了摇头,"而且,大家都说是第一次见到那个很凶的大姐姐,以前也没人见过那两个男人。"

看来我今天的运气还真是不错,竟然遇上了这么一号稀罕人物。通常而言,那些特别"尽心尽力"履行职责的监察官要么是为了弄点儿外快,要么就是希望借机报复某些他们不喜欢的人,不为了这两点还这么较真的家伙我可从没见过。

"好极了。"我下意识地咬了咬嘴唇,"算了,无论那家伙是干什么来的,都和咱们没关系。如果需要钱,我们有别的办法可以去挣,就算不在这家店工作也没关系的。"

虽然露着一脸不情愿的表情,但懂事的可可完全能够理解我的意思。她没有多说什么,只是点了点头,便重新抱起爪爪,随着我朝店外走去。

不幸的是,我们刚刚走进大堂,就被那个正拿着手里的大部头书大讲特讲的麻烦家伙发现了——而且这家伙显然对找我们的麻烦很有兴趣。

"喂!那边那两个!"在发现正低着头,悄悄朝店门摸去的我俩之后,奥黛丽朝我们吼道,"给——我——站——住!"

"你凭什么?"纵然我有着一般人难以企及的好耐性和自制力,到这时也很难一点儿火气也没有。

"我当然是凭……凭……我放哪儿去了……"这位自称的监察官又一次摸遍了衣兜和裤兜,最后在挂在后腰上的一只皮革小包里翻出了一个小本子,"对,凭930年联合军议会通过的特别决议:在发现涉及军事安全的背叛、破坏或者其他犯罪嫌疑行为时,监察官有权在不经当地自治机关和司法机构批准的前提下暂时限制嫌疑人的自由,或者解除其武装。"她像是朗诵课本上的献身誓词的小学生一样,语气激昂地读出了本子上的内容,"因此我宣布——"

"那个,抱歉,监察官阁下。"一直在一旁静静听着这糟糕演说的罗蒙诺索夫突然打断了她的话,"我不否认你确实拥有我们的司法机构所赋予的权限,但我认为,你可能无权对我们行使这种权力。"

"嗯? 这位小姐,你凭什么这么说?"

"我不是女人啦!"罗蒙诺索夫白嫩的脸颊上泛起了一抹潮红,"麻烦你不要以貌取人啊!"

"但看上去不像是男人啊……"

"算啦！还是让我先把话说明白吧：我与在场的这些人目前正在执行一项来自联合军总司令官本人委托且具有最高优先级的公务，根据该公务的优先级，你并没有权限仅仅因为与所谓'嫌疑'有所牵连就限制我们的自由。"历史学家以他一贯正气凛然且不卑不亢的语调说道——要不是他那看上去酷似十二三岁少女的外表，这番话的说服力说不定还能够再高几个级别，"这就是我的授权书。"

接着他从背包里翻出了随身携带的那玩意儿，将它大大方方地举到了奥黛丽的面前。

"真的？这……"在看到授权书上那个花里胡哨，只可能来自总司令官列昂尼德·丘尔巴诺夫大将的印章后，自称的监察官一下子傻了眼，看上去活像是个半夜去厨房偷吃零食，结果却发现老妈正拿着鸡毛掸子等在那里头的小屁孩，"这确实是总司令官的授权没错。这么说，你就是伊斯坎德尔·罗蒙诺索夫博士？"

哇哦！干得漂亮！见那凶巴巴的女人终于开始露出服软的迹象，我不由得感到了一股莫名的快意——没想到，在我们来到兰檀这么多天后，这张一直没有半点用处的破纸片居然管用了一回！这可着实大快人心！

"那么，我尊敬的监察官阁下。"我故意走到奥黛丽面前，用谦卑得几近嘲讽的语调问道，"我们现在可以走了吗？"

"那个……既然授权是真的，你们当然……"奥黛丽脸红得像是被煎熟的螃蟹壳，扭扭捏捏地说道，"好吧，你和你的人可以离开了，伊斯坎德尔·罗蒙诺索夫博士。"

很显然，她并不希望就这么放过我们，但那份授权书的效力却是她无法否认的——当然，如果换成我以前遇到过的某几个王八蛋,也许会选择直接撕掉那份授权书,再试图以"伪造公文"的罪名反咬我们一口,但不知为何,我不觉得奥黛丽像是会这么做的人。

"伊斯坎德尔·罗蒙诺索夫?你就是?"

就在我准备昂首阔步地走出面包店,在外面一大群人的众目睽睽下稍稍享受胜利的滋味时,我身后突然传来了一个混合着仇恨与惊讶的声音——

"给我去死吧!"

3

所有认识我的人都知道,作为一名久经考验,曾经直面过无数次他人不敢想象的危险的战场老手,我拥有一名义勇军战士应当拥有的全部素质:勇敢、谦逊、果决、勤奋、坚毅,以及对全人类文明与一切人的福祉的无尽热爱和绝对忠诚。而在这一切素质之中,最重要的莫过于警觉:自从傀儡战争在两百年前爆发,冷血的傀儡军团和凶残的异兽开始在大地上横行后,罗迪尼亚这块和谐星上唯一适合人类居住的大陆,就已经不存在真正安全的地方了。因此,任何立誓为全人类而战的人都必须养成对一切危险苗头的灵敏嗅觉,并能够在最短的时间内做出正确的反应。

当然,严格来说,也没什么人禁止迟钝的家伙加入义勇军就是了,但太过迟钝的人通常都没法在这一行干上太久,而像我这种勉强算得上是"老资格"的家伙,随机应变的能力通常都不会差,比如说这次——

在那个城镇保安队的卫兵突然对罗蒙诺索夫发出死亡宣告时,我的一只手就已经移到了藏在迷彩斗篷下的手枪枪套上;而当他举起手中的霰弹枪时,那支由傀儡们的地下兵工厂生产的"撕裂者"战斗手枪就已经来到了我的手中,保险也早打开了。在接下来的一秒钟里,我看到这家伙将霰弹枪前端的针状准星指向了我们的方向,并将右手食指伸进了扳机护圈里,整套动作的速度委实不算太慢,但还是比我慢了那么半拍。

"呜啊——"

由于枪管中内置了一层吸音材料,"撕裂者"射击时的动静并不算特别大,但那家伙杀猪般的惨叫却差点儿戳穿了我的耳膜——那发高侵彻力手枪弹的威力可不是一般市面上的民用手枪弹能比的,在射入人体后,它产生的空泡效应几乎撕碎了这人持枪的半截胳膊,让他只能哀号着摔倒在地,而他的三名同伴则不知所措地退到了一旁,并没有试图与我们为敌——很显然,他们也没料到这家伙会突然朝别人举枪,再加上人数处于劣势,因此一时间不知如何是好。

在确认另外三名保安队员不会干预后,我一步跨上前去,将一支时刻带在身上的混合式消毒/镇静剂扎进了这家伙没受伤的那只胳膊。随着里面的药剂被推进他的体内,这浑球儿烦人的惨叫声终于稍微消停下来。

"喂,你刚才为什么朝我们举枪?"我一边撕开自己的迷彩斗篷,让栗子替他包扎伤口,一边问道,"我们家罗蒙诺索夫又和你有什么冤、什么仇?"

"喂!什么叫'我们家'啊?我才是你的雇主好吧?"历史学家抗议道。当然,我现在可没空在乎这种不重要的细节。

"你们这些叛徒……勾结大敌的孽障……不得……好死!"在缓过劲儿来之后,那厮立即朝我抛出了一大串咒骂,一时间甚至让我开始怀疑自己是不是不该给他打镇静剂,"人类的渣滓……'变节者'，最彻底的……败类……我居然会……会没能宰掉你们这种……"

拜托，要不是你刚才动手之前还在废话，我说不定还真的反应不过来呢！不知道反派通常都会死于台词过多吗？不过话说回来，这家伙对我们的憎恨倒是让我颇为介意。

"对了，为什么你要这么说我们？"

"难道你……你们刚才不是自己承认了吗？那……那边那个家伙，他说他是……是伊斯坎德尔·罗蒙诺索夫！"那个身受重伤的家伙继续用神经质的语气嘟哝道，"就是那个……那个……'变节者'。"

"嗯？"

虽然我还是不知道这位老兄到底和我们有什么冤什么仇，但"变节者"这个词儿我还是听过的——在老资格义勇军特有的辞典里，所谓的"变节者"特指传说中与傀儡们并肩作战的人类……咦？难道这家伙已经发现艾琳的真实身份了？如果是这样那可不太妙，但话说回来，自打来到这座位于兰檀半岛西部的商业城镇后，艾琳一直都很遵纪守法，甚至表现得比城里绝大多数成年居民还要和平友善。我实在不认为有谁能轻易注意到她并非普通人类这一事实。

那这到底是……

"你、你们还想装傻吗？"那家伙继续吼叫道，语气中满是悲愤，仿佛我们是他的杀父仇人似的，"你们……难道不是你们在阿尔-萨尔特盐沼谋杀了超过四百名忠诚的义勇军战士吗？以圣安东的名义！你们打算抵赖到底吗？"

嗯？圣安东？阿尔-萨尔特盐沼？

我侧着脑袋想了两秒钟，才大概想明白了这家伙到底在说些什么——没错，在差不多两个月前，我们确实去过那鸟不生蛋的破地方，并在一处沦为废墟的法外人聚落里遇到了可可，而也正是在那鬼地方，我们因缘际会地撞上了一支安东旅的行动部队，并被牵扯进了一场非常可怕，同时涉及数量众多的傀儡与异兽的混战中。

不过话说回来。在那个浑蛋透顶的晚上，虽然我和我的伙伴们个个都过了一把大开杀戒的瘾（我自己则体验了另一些……极为微妙的经历），但我们还真的没"谋杀"谁：无论在哪个法庭上，用机枪、机关炮和手枪干翻一大堆异兽都肯定没法被指控为谋杀罪，而干掉傀儡也是同理——不过话说回来，因为某些现在看来并不像是巧合的"巧合"，对于那支曾经一度将我们请去"做客"的安东旅部队而言，对他们的营地发起毁灭性空袭的那支"地狱翼"中队看上去确实很像是被我们这些可疑人物招来的，而幸存者们多半在离开那地方后把这档子事告诉了更多的人，考虑到兰檀地区到处都有圣安东那家伙的孝子贤孙……好吧，看来我们在那天惹上的麻烦还远远没有结束。

"无论你听说了什么，我只能向你保证，我们和在那一天遇难的所有人一样，纯粹是那场不幸事件中的受害者。"虽然并非必要，但我还是尽可能耐心地对那家伙解释道，"我们绝不是什么'变节者'。"

好吧，严格来说，我这话其实不太准确——毕竟，传说中的"变节者"指的是"任何与傀儡合作的人类"，而和艾琳一起行动的我们在理论上都勉强够得着这个范围。不过，考虑到艾琳的特殊性，我也算不上是在蓄意撒谎。

"够了，别浪费时间了！"奥黛丽有些烦躁地说道，"按照《公共安全条例》第220条，在公共场合使用致命性武器威胁他人安全，做出这种行为的人可以由任何公民实施逮捕——欧文先生，你去将嫌疑人控制起来；特纳先生，通知本地的执法机关……"她用凶狠的吊梢眼瞪了一眼那三名躲在角落里的保安队员，然后摇了摇头，"不，通知能处理得了这种事的本地上级执法机关，让他们马上派人来履行义务。"

奥黛丽的那名稍微年轻些的随从点了点头，随即朝我们这边走来——但我只是朝他摇了摇头，"没必要这么做，老兄。你觉得这家伙还能有多少危险性？"

"从理论上讲，哪怕千分之一的危险性也够高了。"名叫欧文的年轻人说道，"先生，请你让开。为了公众安全，我有必要在像样的执法人员来接手之前对他采取最低限度的拘束措施。"

"我有一个弟弟和一个表弟在那支部队里，他们去了阿尔-萨尔特盐沼！"受了重伤的保安队员仍然在叫嚷着，"以圣安东的名义！就算不能完成使命也罢！我、我要让你们这些'变节者'付出代价！"

使命？冷不丁听到这个词儿让我感到了一阵迷惘，但还没等我开始琢磨它的意思，那家伙已经用还能动弹的那只手从制服下的口袋里掏出了一个我非常熟悉，而且相当不喜欢的玩意儿——

那居然是一枚事先拔掉了保险销的破片手雷。

"安东虽死犹生！"在我来得及阻止他之前，他已经用牙把拉环扯了下来，"永生永生！永世永生！"

说实话，在联合军兵工厂能造出来的东西里，如果说破片手雷是第二叫人讨厌的，那么第一名的宝座恐怕就只能长期缺席了——除非你把该死的标准压缩干粮也算上。由于设计者的天才头脑，这东西在对付披坚执锐的傀儡或者皮糙肉厚的大型异兽时,效果通常都只比挠痒痒好那么一点,但在对付人类时的效果却还算可以。除此之外,因为引信设计的问题,这东西有差不多四分之一在扔出去之后压根儿不会爆炸,另外四分之三则随时都有可能爆炸,连扔出去的功夫都可以省了。说实话,就算是装着保险销,我也不会乐意带着这玩意儿到处晃悠,更何况还是……

咦?等等,现在不是想这个的时候吧!这家伙现在离我只有不到两米了呀!死了死了,要死了啊!这东西的引信延迟从来都短得令人发指,就算用脚指头想,我也相当肯定而且确定自己绝对来不及逃出弹片的杀伤范围啊!除非我运气足够好,那东西恰恰是那幸运的四分之一——

"你看,我就说吧。"奥黛丽的那个叫欧文的跟班无奈地对我说了一句。

在那一天,我的运气实在是不怎么好。
因为三秒钟后的事实证明,那家伙掏出的破片手雷并不是那四分之一中的一员。

第三章

谢林家族和工作邀请

1

在浑身酸疼、头晕眼花、四肢无力的状态下，我从昏迷中醒了过来。

好吧，我得说，这种情况并没有让我感到太过惊讶。毕竟，因为我工作的特殊危险性与命运之神对我的特殊兴趣，像这样因为各种各样的破事而丧失知觉，然后在各种意料之外的地方醒过来，已经快成为我生活中的某种常态了。

既然是常态，那我也只好学着去习惯了。在确认自己没有被捆绑，没有处于死亡边缘，没有被卷成一团塞进垃圾桶，没有在哀乐声中躺在棺材里，也没有被倒挂在肉铺的大铁钩子上后，我就放心地让全身放松了下来，开始继续休息。既然一时半会儿完蛋不了,那么抓紧时间养精蓄锐才是最好的。就算真有什么麻烦,精力充沛、头脑清醒的我也能更有效地……呜哇!

"喂! 干吗打我! 很痛啊!"

随着两声清响,外加在我的脸颊上迅速扩散开的疼痛和热意,我就像被扔进开水锅里的青蛙一样,一下子从躺着的地方蹦了起来——结果却和一个热腾腾的额头"砰"的一声撞在了一块儿,然后在一阵眩晕中直挺挺地倒了回去。

"呜呜呜……好疼! 你这是干什么?"

"这话应该是我问你才对吧!"

在剧烈碰撞导致的天旋地转结束后,我的脑子也算是彻底清醒了过来——要是挨了这么一下还不能提神醒脑,那才是怪事呢。

睁开双眼,看清楚周围的情况花了我几秒钟时间,而让因为撞击导致的重影在我的眼前消散又花了更多时间。不过到最后,我还是弄清楚了身边的情况:现在的我正躺在一间比正规军兵营里的八人宿舍还大的房间里,身下则是一张有着厚重而绵软的床垫,散发着一股浓烈的新棉花香味的大床,身上盖着一张普普通通的亚麻布薄毯子——在兰檀,这就是大多数人眼里的"被子"了,而在床边,两名穿着白色围裙,怎么看都很像是绘本故事里的女仆形象的年轻女子正以混合着不满和惊慌的目光瞪着我,其中一人还在忙着将另一个我之前见过的家伙从地上扶起来。

"你这浑蛋! 你就这么对待帮助过你的人吗? 我刚才只是想帮你尽快醒过来而已,你居然——"在捂着有点发肿的额头站起来后,那个有着尖下巴、雀斑脸、吊梢眼和浅稻草色的自然卷头发的家伙立即对我尖叫了起来,活像是只被抢走了面前鱼罐头的坏脾气小猫，"给我道歉！"

"对不起。奥黛丽女士。"我毫不犹豫地道了歉。

与那些喜欢意气用事的人不同，我从来不会在这种无聊的细节上浪费时间。更何况，礼让妇女本就是我这种绅士应该做的。

"我……那个……其实我不叫那个名字。"或许是我如此痛快地道歉有些出乎她的意料，吊梢眼小姐抓了抓自己长着雀斑的脸颊，语气突然变得羞涩了起来，"我……其实她才是奥黛丽。"她朝着刚刚将自己扶起来的年轻女仆努了努嘴，"我……我的真名是……是……奥菲莉亚·阿卡迪亚·谢林。"

妙极了。

虽然这家伙只不过报上了自个儿的全名，但在听了这个名字之后，我已经对许多问题都有了答案——除了最不关心世事或者最无知的家伙之外，在我的时代，没有几个人会对谢林家族一无所知。这个家族八代之前的祖先曾经和伟大的救主领袖本人共事，并长期担任救主领袖的技术顾问。在联合军政府成立，残存的和谐星居民退避到大陆的边缘后，马尔克斯·塞雷斯·谢林死于一次深入傀偲控制区，对黄金时代技术遗迹进行调查的活动，并获得了"英雄烈士"的称号，而他的家族——尤其是谢林家族本家，则世代都在联合军政府中担任要职。

换句话说，我眼前这个其貌不扬且脾气很差的家伙显然有资格自以为是——因为她这辈子大概就是这么过来的，而这家伙会不走心地穿着我平时只会在那些蠢爆了的典礼和阅兵式上穿出来的全新制服也并不算什么出人意料的事情。当然，既然她好歹知道不能随便乱报自己的真名，那么也许她的头脑比我之前预估的要好那么一丁点儿吧。

"喂！你在想啥呢?"见我低头不语,奥黛丽——哦,不对,是奥菲莉亚·阿卡迪亚·谢林又一次朝我吼了起来,"你肯定在觉得我长得不好看,脾气也很差,对吧? 别以为我不知道!"

"哪里哪里,我认为小姐你美丽而且温柔体贴。"我连忙摇头,"真的!"

"我才不信呢!"

虽然嘴上如此坚称,但奥菲莉亚似乎还是很乐意地接受了我的这几句奉承。很快,真正的奥黛丽就给我们各端上了一杯浓咖啡,这玩意儿又烫又苦,还泛着一股我很不适应的怪异酸味,因此我只是尝了一口,就连忙把它放到一边去了。另一名女仆则打开了放在房间角落里的一台造型颇为古典的电唱机,房间里顿时充满了义勇军战歌《慷慨就义在今朝》的曲调,这曲调让我猛地打了个哆嗦。

从奥菲莉亚带着些许期待的表情来看,她大概是希望用这种方式让我放松一些。可惜的是,就像百分之九十以上的义勇军成员(如果是老手的话,这个比例应该还能增加到百分之九十九)一样,我实在是不太喜欢《慷慨就义在今朝》这首曲子。当然,这绝对不是因为我对慷慨就义这样充满荣光的结局有什么抵触情绪,更非我缺乏为人类文明的未来而献身的精神——只不过,从理性的角度来讲,我还是希望稍微活得久一点儿,以便为人类文明做出更多的贡献。

"小姐,刚刚受过伤的人不太适合听音量过大的音乐,我建议最好让他静养。"或许是注意到了我的脸色,另一位女仆立即将唱机关掉了——感谢救主领袖! 看来这里还是有头脑正常的家伙。

"说的也是,凯瑟琳女士。"奥菲莉亚从善如流地点了点头,接受了这个解释，"好啦，现在就让我重新自我介绍一次吧。我的名字是奥菲莉亚，谢林家族本家的长女，由联合军议会任命的临时准将兼兰檀地区特别监察官。"她停顿了一小会儿，然后从衣兜里掏出了一本笔记，"你是……啊，对了，你是阿德南·阿卡迪亚·奥雷利安努斯，义勇军少校，三次一级战功勋章获得者，第2720特设义勇军别动队指挥官……和我同岁？不是任何一个大家族的人？直接从正规防卫部队的列兵升上来的？救主领袖在上！你还真是厉害，我以前从没听说过……"

"是的。"

我下意识地在身上摸了摸，这才发现自己只穿着内衣，而我的宽斗篷和防弹胸甲都已经被脱了下来，放在了房间一角的柜子上——其中也包括我的身份证件。虽说这种行为在法律上已经构成了侵犯个人隐私，但我明智地选择了没有点明这一点。毕竟，要是她知道我的这些勋章和这个少校头衔全都是吝啬的第二军团财务部为了抵扣赏金而硬塞给我的，而我指挥的那支"别动队"的正式队员用一只手就能数过来，恐怕我在奥菲莉亚眼中的形象就会变得不那么好了。

"叫我阿德就好。还有，我是怎么被弄到这里来的？发生了什么事？"

"你说面包店里的那事儿？那个……"奥菲莉亚的神情突然变得阴暗了许多，"欧文……欧文他……走了，你知道的吧？"

我点了点头。至少，直到那个圣安东的信徒引爆破片手雷为止，我的记忆都还是大体靠谱的。当时奥菲莉亚的那个名叫欧文的跟班主动扑向了那浑蛋，用最原始但也有效的方法阻挡了手雷的大部分冲击和致命的弹片——说实话，以前我也曾在报纸和故事书上看到过不少类似的事例，但亲眼看到还是破天荒头一回。

　　"你的大多数同伴——包括罗蒙诺索夫博士都没事。"奥菲莉亚继续说道,"但你和那个叫可可的小姑娘受了些伤,被冲击波震倒的货架刚好砸在了你们身上。当然,你的朋友们马上就把你们送到镇上的诊所去了。"

　　"听上去是没什么问题。"我挠了挠脑门,"除了一点——既然我们被送到了诊所,又为什么会在这里?对了,这里到底是什么地方?"

　　虽然我没去过红木镇的诊所,但就算是智商只有我一半的家伙也能猜出,一般的诊所里肯定不会有做工精细的红木桌椅、软乎乎的双人大床和唱片机这种奢侈品。

　　"这……啊……这里是我的临时驻地。"奥菲莉亚解释道,"这里原本是第九军团西部防御指挥部,离红木镇不算太远,现在则是本地自治政府的财产。由于大部分护卫部队和随行人员还没抵达,所以我和先期到达的人员必须在这里等待一段时间。"

　　"我明白了。"我点了点头。

　　与职责范围极为广泛,从街边的食品小贩到各地政府部门的账目,再到士兵们弹匣里的子弹,在理论上几乎无所不管的普通监察官们不同,所谓的"特别监察官"虽然也是联合军政府监察官委任的监察官,但这种家伙的工作通常只有一项——代表总司令官和议会造访各个军团辖区。通常而言,特别监察官并非常任职位,而是每隔几年才会被临时委派一次,而摊上这种活儿的往往是那些来自在大战爆发前就已经拥有显赫地位的世家大族的嫡系后代,以方便这些家伙积累资历。虽然所有人都坚信,特别监察官的职务非常重要且相当关键,会直接关系到各军团对最高统帅机关的效忠与支持；但每个人也都知道，这活儿并不难干——毕竟，特别监察官通常并不行使他们在名义上拥有的权力，他们要做的只是在一大帮子随从的簇拥下在各个城市之间转悠一圈，并在纯粹仪式性的典礼上保持微笑，四处招手，宣读一堆半点用也没有的官样文章。说实话，这样的活儿虽然稍稍超出了木偶的能力范围，但如果以弱智儿童的平均标准而言，倒也不是无法完成的工作。事实上，像奥菲莉亚这样真的试图监察些什么的特别监察官，反而是绝对的另类。

"总之，我把你们带到这里来可是完全出于好意哦。"奥菲莉亚继续解释道，"镇上的诊所的条件不是太好，不太利于你和可可恢复健康，而我这里有医术更好的私人医生。更何况，我对这件事也负有责任。"说到这里，她的目光开始游移起来，那双吊梢眼也因为表情的变化而显得不那么凶恶了，"当然，你不用担心，我把你们带到这里来是征得了诊所人员的同意的！完全合理合法！我可以出示他们开具的同意书！而且我也留下了一封信，明天你的朋友们去探病时就会知道你到我这里来了，所以，你尽管放心就行了……"

作为一名经验丰富的老江湖，我从很久以前就已经学会了如何在言辞与表情的战场上与他人刀兵相见——而奥菲莉亚却完全没有这种经验。因此，在她将话说完之前，我已经可以判断出：她至少有一半的话还没说出来；而已经说出的话中，又有起码一半不那么真实。

"所以，监察官阁下，你只是出于对我们的同情和愧疚才这么做的？"我尽可能露出最纯真阳光的微笑，询问道。

"啊……没错。"奥菲莉亚轻轻地咬了咬嘴唇，似乎下定了什么决心，"不过，其实我还有一事相求。"

2

"喂！无论怎么说，这也太过分了吧？"

"抱歉，少校阁下，但从法理上讲，如果没有合适的理由，你必须接受我们的大小……不，长官阁下的请求。"须发斑白的老军士长叹了口气，"毕竟你也明白，根据940年修订的《指挥与统帅权条例》……"

"这我该死的当然知道！但我还有自己的任务要完成！大家都还在等我回去！我、我知道你们的任务是很重要，没错！难道为和谐星的全体人类争取和平的重任就不重要了吗？喂，你倒是说话啊！"

"非常抱歉，在下只是一名勤务军士，无权在这一方面做出任何判断。"老头对我敬了个礼，然后便扭头向房门外走去，"但从法理上讲，目前对这一问题拥有最终决断权的是奥菲莉亚准将。"

"……"

我倒是很想说一句"让那什么破烂法理见鬼去吧！"之类的话，不过，从来都坚持遵纪守法的我当然不可能这么说——更何况,在目前的情况下,激怒对方无疑是极为愚蠢而无意义的事。

"总之,虽然在理论上无权置评,但我还是以个人的名义建议你接受这项建议。"在走出门外后,老头在关上门前对我说道,"你和可可小姐的晚餐会在一个小时后准点送到,有需要的话,可以随时向房间外的卫兵提出来,再见。"

"再见? 你以为谁还想见你啊……"我不太文雅地小声嘟哝了一句,然后摇了摇头——这老家伙最后特别提了一句"房间外的卫兵",显然是在暗示我们"别试着溜走"。

"怎么办啊,阿德? 我们……我们会怎么样……"紧紧抱着爪爪的可可问道。

和我一样,她在面包店事件中也只是受了点轻度脑震荡,外加一些无关紧要的皮外伤,但从认识的人身边被奥菲莉亚自作主张地"偷走",还是让她着实被吓得不轻。

"没关系,我想奥菲莉亚大概不会对我们怎么样——她只是有点过分死板,但绝对不是什么坏人。"我轻轻地拍了拍可可的背,"我想,我们应该不会有事的。"

"那你难道要答应那个请求?"

"才不要呢!"我连忙摇头。

就在半个小时前,奥菲莉亚正式提出了她的建议:从今天起,我将作为她的随员,并以"特别顾问"的头衔跟着她在兰檀进行为期三个月的巡查工作;而作为回报,我会被晋升为义勇军中校,并拿到一笔足以把我之前欠下的债务一笔勾销的报酬。

说实话,在听到奥菲莉亚开出的那个价码时(具体多少我就不说了,但第一位数字后面足足有四个零! 四个零啊!),我确实心动了那么几秒——哦,不,也许是十几秒钟,但在那之后,我的自制力和道德感便重新占据了上风。虽说奥菲莉亚的条件颇为诱人,但毕竟我对罗蒙诺索夫、平娜上尉和我的所有同伴们都负有责任,换句话说,我根本无法就这么撇下他们。更何况,我还得尽快找到我的那位兄弟,阻止他正在谋划的天知道是什么的阴谋才行。总之,我当场便对奥菲莉亚的提议表示了拒绝,而不出我所料,她完全不打算就此放弃。

"我必须提醒你,作为特别监察官,我现在等同于联合军政府在兰檀的全权代表。"在花了三分钟时间翻遍浑身上下,先后拿出一打小册子和笔记本后,奥菲莉亚将一本书名叫《简明联合军政府法令集》(第三册)的袖珍书扔给了我,"同款法令规定,我有临时的人事任命权和对其他单位人员的借调权——你的情况正好符合这一规定。虽然我不能越权取消或者更改总司令官本人签署的行动指令或者授权书,但我没记错的话,那份授权书上只有罗蒙诺索夫博士的名字。当然,作为协力者,我不能直接禁止你继续与他合作,或者在没有总司令官许可的情况下逮捕与拘禁你,但在必要的情况下,只要你本人同意,我就能借调你来为我工作。"

咦?这倒是没错。

"除此之外,我现在还有非常明确的理由这么做——因为我现在正面临人员不足的问题。"奥菲莉亚继续补充道,"你该不会忘了,是谁让你只受了这么点儿小伤就逃过一劫的吧?因为欧文军士的英勇牺牲,我的随员名单里出现了一个空缺,因此我有权就地借调人员进行填补,这点你不反对吧?"

"是。"

无论如何,那个和我只有一面之缘的家伙确实让我避免了被破片手雷的弹片炸成筛子的不幸下场——虽然我估计,他当时之所以扑上去，多半是为了保护奥菲莉亚，而不是我这个素不相识的人。

"所以说，你现在是我的人了！"见我一时无言以对，奥菲莉亚露出了得意扬扬的微笑，"我想，你对这点应该没有异议吧。我希望你在十二小时后给我明确的答复。"

我当然有异议！有非常强烈的异议！就算那个什么欧文军士确实救了我一命，我还是非常想表达异议！只不过，在我想明白该怎么表达自己的异议之前，奥菲莉亚那家伙已经大摇大摆地离开了房间，也不知是去哪个犄角旮旯推行她的"法律与正义"了。或许是为了避免我过于担心，又过了几分钟，这家伙的跟班特纳军士长把恢复意识的可可也带到了这里，而她的两名女仆——奥黛丽和凯瑟琳则用推车送来了一份茶点与一整叠光是书名就长得让人脊背发凉的法律书籍和规章制度手册。

这又算是哪门子黑色幽默？是在嘲笑我是法盲吗？话说回来，哪个脑袋没烧焦的人会想看这种破烂玩意儿啦？

"活见鬼！让我当她的随员？特别顾问？"

在女仆们也离去之后，我有些神经质地在房间里踱来踱去，考虑着各种各样的可能性——为什么那家伙会看上我这个除了有个义勇军少校头衔就没有什么特殊之处的家伙？虽然我确实有着高尚的品格、过硬的军事素质、丰富的经验（大多数都是和在枪林弹雨里求生，以及和各种根本不可信的家伙共事相关的），外加某些只有我、罗蒙诺索夫和另外少数人知道的"特殊素质"，但就我所知，这些玩意儿全都和给一个礼仪性特别监察官当随员扯不上半点关系，而除此之外，只剩另外一种可能性……算了，我可不认为那个坏脾气千金大小姐会对我一见钟情。虽然能安安稳稳地吃软饭似乎也不算件坏事，但作为一个现实主义者,我可不认为这种童话故事里的套路会真的发生在我身上。

总之,为了人类的幸福,为了正义与公平,也为了我能尽快逮住那个之前把我要得很惨的浑蛋出口恶气,我无论如何也不能在此时此刻接受这种荒唐的提议!

"那个……阿德……"可可怯生生地拽了拽我的衣角,"要不然,我们还是离开这里吧?"

"你当我不想吗?"我叹了口气,"但这恐怕有点困难!"

"可奥菲莉亚说,我们只是她的客人。我想他们应该不会阻拦我们……"

可可的声音越来越小,很显然,就连她也不相信,擅自把昏迷住院的我们弄到这里来(为了不伤感情,我就不用"绑架"这个词了)的奥菲莉亚会真在我"自愿"同意为她工作之前让我随便离开。

"如果要不辞而别的话,恐怕有点困难。奥菲莉亚那家伙的随从应该不止一个两个,而且我们对这里也不熟。"我挠了挠头,开始考虑起在不被"主人"发现的前提下离开这地方的可能性,"这可真是麻烦。"

"也许我们可以等奥黛丽和凯瑟琳进来送晚餐时把她们控制住,然后扮成她们的样子混出去。"可可提议道。

"真是好主意……才怪呢! 拜托,起码换个像样点儿的主意行不?"我忍不住吐槽。

也许可可能够扮成女仆中的一个,但我? 要是换成我的老朋友罗蒙诺索夫博士,也许还有那么半点儿可能性。更何况,就算这么做可行,我也绝对不想扮成女仆什么的,毕竟这实在是丢人得有些过头了!

"……"

"如果想逃离此地,两位何不听听我的意见?"就在我和可可大眼瞪小眼的时候,有人突然建议道。

哦,不,严格来说,刚才说话的家伙并不是"人"。

3

"两位，不必那么紧张。我刚才只是让你们放轻点儿脚步，可不是让你们模仿变色龙或者树懒哦。"

"谁知道你说的是什么鬼啊？话说变那啥的还有树那啥的，到底是什么？我以前根本就没见过啊！"

"啧啧，所以说，你们这种出生在偏远殖民世界的土包子就是没见识。和你们说话，连稍微用点儿修辞手法都费力。"之前对我说话的那浑球儿得意扬扬地说道，"我的意思是，你们只要不弄出像在阅兵场上踢正步那个级别的动静，现在基本上就是安全的，完全犯不着像这样蹑手蹑脚。当然，要是你连这个都听不明白的话，我还可以重新检索词汇与语法库，把解释用语的理解难度下调到三岁小孩的水平。"

"你这——"

我用力咬住嘴唇，把一句已经到了嘴边的咒骂又咽了回去——俗话说，对人生气就是在惩罚自己，而对一个连人都不是的东西生气，那就是纯粹的行为艺术了。要是有人看到现在的我，他多半会认为我的精神状态已经出了问题——因为我正在恼火地盯着一只有些破旧，用一根皮绳挂在可可背上的大号玩具熊，并不断地对它说着话。

当然，这个名叫爪爪的玩意儿并不是普通的玩具熊（虽说它在这些天里确实扮演着这个角色），按照它的所有者——我的老朋友罗蒙诺索夫的说法，这玩意儿和他的亲密伙计穆吉与贺尼一样，是千年之前便已经因为大崩溃而宣告终结的——传说中的文明黄金时代的遗物。

不过，与那两架造型简洁，散发着机械美感的无人机不同，爪爪的外形是一只一米来高的大号玩具熊。这个自称为"质量优秀的ABL-750智能管家机器人"的家伙虽然总是宣布自己"其实并不拥有真正意义上的智能"，但它不但可以像这样用尖酸刻薄的语气和我斗嘴，也能唱歌跳舞、活蹦乱跳，甚至还能驾驶我那辆老掉牙的半履带装甲车"走为上号"——当然，这都是在日出城的那档子事发生之前的情况了。在那个晚上，由于遭到了被我兄弟控制的可可的袭击，这家伙的一部分系统受到了损坏，沦为了介于半身不遂与高位截瘫之间的状态，而罗蒙诺索夫和艾琳虽然多次尝试恢复它的运动功能，但也都因为缺乏必要的零部件而暂时没有任何进展。因此，这家伙只能专心致志地当起可可的玩具熊，为这个孤独而脆弱的小女孩提供心灵慰藉，而在大多数时候，它都把这份"本职工作"干得不错。但事实上，它能做的事不止于此。

"下一个走廊交叉处往左拐，在你们的左手边应该能看到一扇门。"当我停止和它斗嘴后，爪爪继续指示道，"对，往左，就算你这种边远星球的土包子也能分清左右，对吧？下面往前走，把门打开……"

"这么做没问题吧？"在朝着那扇贴着"工作人员房间，闲杂人等禁止入内"字样的门伸出手前，我小声地问道，"里面要是有人怎么办？"

"尽管放心，我的相关算法虽然已经有九百二十五个地球年没有更新了，但基本上还是能用的。根据我的传感器所收集到的各类信息的综合归纳结果，我可以确信，这里面有94.9%的概率不会有人。"爪爪似乎颇为自豪，"当然，罗蒙诺索夫先生为我更换的传感器零部件大多存在着型号不够匹配或者严重过时的问题，在振动传感器、声学分析设备、热像仪、二氧化碳浓度探测仪和湿度计等子系统中尤其如此，因此这一概率会有向上3%，向下15%左右的随机浮动，能理解吗？"

说老实话，我基本上理解不了，但我还是把门推开了。万幸的是，房间里没人——而且从地板上积累的那层灰尘与房间角落里大大小小的蜘蛛网判断，这种状态大概已经持续了不算太短的时间。

在迅速关上房门后，我立即按照爪爪的指示打开了嵌入墙体内的一个金属箱，将几根线路接在了它背后的插口上。

"很好，就是这样。"玩具熊点了点头——这便是它目前能靠自个儿做出的最大幅度的动作了，"虽然这颗行星实在是偏远得有点过分，但好歹这里以前也是个注册在案的正规殖民世界，至少你们从祖先那里继承下来的基本技术规格还是通用的……真是谢天谢地……"

当然，这家伙的话我还是照样一个字都听不懂——哦，不，更准确地说，是听得懂每一个字，但连起来的意思就不清楚了，可这不妨碍我大致弄明白它到底打算干什么。在可可提出不辞而别的建议之后，这家伙就主动站出来，提出了一整套逃脱计划。按照它的说法，通过安装在它脑袋里的那一堆乱七八糟的传感器与一些我根本搞不明白的什么算法，它可以帮助我们绕过在这栋建筑里巡逻的守卫和四处游走的闲杂人等。早在与我们被一起带进来时（那时我和可可都还处于丧失意识的状态），它就已经弄明白了这座建筑内的布局，绘制了临时三维地图，并提前规划好了一条据说"相当适合"用来开溜的路径，而我们要做的仅仅是按照它的指示一路前进，躲开卫兵和各种闲杂人等，相当简单，轻而易举……至少在理论上是这样。

不过，以防万一，我们还是在正式开溜之前首先造访了这地方——位于主建筑三楼的设备维护室。爪爪声称，如果一切顺利，它有能力利用这里的设备入侵建筑内部的安全系统，并将那些可能发生的"惊喜"提前排除掉。而至少到目前为止，一切确实还算顺利。

"只有这点而已？看来这可真是个落后的时代。"在接上那些数据线不到三分钟后，爪爪说道，"在外侧围墙的主要出口和两个次要出口处有红外传感器控制的自动报警设备，建筑物内有十四处监控摄像头，外加六套监听设备，清晰度都糟糕得很，有几套根本没法用。哦，对了，还有几个固定岗哨装有手动操纵的无声警报……真是可怜，要是在创造出我的伟大黄金时代，这点玩意儿连幼儿园的安保都不够格。"

"哇哦，看起来，伟大的黄金时代还真是可怕。"我故意咂了咂嘴，"就连幼儿园都需要比这更严密的安保，那时候的社会风气一定相当糟糕，说不定满地都是诱拐小朋友的……"

"你这脑子生锈的蠢材！你不知道什么是优雅而巧妙的修辞手法吗？算了，虽然这点小手段难不住我，但考虑到你们俩都不怎么聪明伶俐，我还是勉为其难地让它们失效一下好了……"玩具熊恼火地嘟囔着，声音中蕴含的情绪让我不由得又一次怀疑,这货自称的"并不拥有真正意义上的智能"到底是不是实话。"警报系统只要断掉就行,监控视频可以用循环播放的录制画面代替,这不需要太多时间……不过在这之前,我顺便再确认一下外面的岗哨好了。所谓不怕一万,就怕万一……"

在爪爪忙着干它的活儿的同时,感到有点无聊的我走到了这间没有窗户的小房间的角落里,打量着挂在墙上的一幅建筑结构图——正如奥菲莉亚所说,在四十五年前的那场横扫兰檀半岛的毁灭性入侵之前,这里曾经是第九军团的一处重要指挥部,虽然规模不大,但作为一处军事设施,它也确实有着一定程度的防御能力。除了地面四层、地下两层的主建筑之外,这里还有几座由厚重的钢筋混凝土板建造的半地下式仓库与一座可以与所有这些设施相连的地下防空洞;而在不算太开阔的庭院边缘则是一道带有多个哨塔的厚重围墙,更靠外的地方还有数座位于道路上的检查站与一道由树篱围绕着的壕沟。虽然达不到要塞的级别,但要悄无声息地在这里溜进溜出仍然是很不方便的事。

"好了,都搞定了。"爪爪突然说道,"顺便,乡下佬,过来看看这个!"

"死熊! 不准这么叫我! 还有,既然搞定了,那我们就赶紧离开这里,我可不想浪费时间……"

"那可是非常有趣的东西哦。"玩具熊的一只黑眼珠亮了起来,片刻之后,一幅图像被它投映在了刷着石灰的墙面上,"我保证你会对这个感兴趣。"

"是什么? 别告诉我是奥菲莉亚那家伙正在洗澡。"我一边说着,一边走了过去,"像我这样道德高尚,懂得尊重他人隐私的绅士,可是绝对不会做出偷窥这种不纯洁行为的哦,除、除非是情势所迫、迫不得已……"

　　接着,在视线落在那幅图像上的瞬间,我的双眼便无法继续移动了。

4

出现在图像上的确实是奥菲莉亚,但她并没有在洗澡——事实上,她现在已经换下了那套崭新得有些刺眼的制服,穿上了一套轻便得多的白色裙装,坐在一张显然为她量身打造、带有扶手和粉红色衬垫的椅子上,优雅地啜饮着一小杯茶,一旁的矮几上则摆着好几碟做工精致的小点心。不过,吸引了我目光的并不是她的裙装,也不是那些点心,而是别的什么东西:不知为何,拍下这一幕的摄像头的角度极其诡异,似乎是从地板上的某个角落倾斜着朝上拍摄的,因此我只能看到奥菲莉亚与她身边的一小块区域的影像,当然,还有位于她裙子下方的……

"怎么样?相当有意思吧?"

我猛地打了个哆嗦,"这是当然……啊不,我不是那个意思!归根结底,那……那不过是一块普通的布料罢了!我才不会对这个感兴趣呢!真的!"

"你在胡说些什么啊?"玩具熊反问道,"我指的是这台针孔摄像机——它的存在就算在这里也完全是个秘密。无论在系统装备清单上,还是在监控列表里都没有。要不是我在入侵系统时偶然找到了一个需要靠密码开启的隐藏目录,并把那个密码破译了出来,还真没法发现它的存在。"

"嗯……哦……对。"意识到自己会错了意,我连忙应和道,"所以呢?"

事实上,在这种地方发现藏在角落里的窃听和摄像器材并不是什么令人意外的事情:与我们英勇无畏、光明磊落的义勇军不同,正规军的官僚机构总是会像一整年没人清扫的破鞋柜一样,滋生出各种各样见不得光的玩意儿。因为互相排挤、毫无意义的猜忌和各种愚蠢的内部矛盾,这些家伙会用各种方式相互打探对方的秘密。一些广为流传的笑话甚至声称,在瓦尔哈拉大厦——联合军最高统帅部和议会的驻地里面,各派人员私下安装的窃听设备甚至已经快把墙壁和房梁里的空间给塞满了,就连白蚁都没地方安家。

"所以,我觉得你有必要听一听这个,非常有意思。"

爪爪打开了一个音频播放频道——当然,为了避免引起其他人注意,它故意将音量调到了最低,我和可可只能凑到离它不到一尺①的距离上,才能勉强听清声音。

"恕我直言,虽然在理论上,你才是这里的主官,但基于职责,我必须对你进行劝诫。"最先从玩具熊的扬声器里传出的是一个阴沉的男人声音,"奥菲莉亚大小姐,不,准将阁下,请你记住自己的身份。你是古老而光荣的谢林家族目前仅有的嫡系后裔,自从出生时起,你就肩负着世代传承的职责——"

由于摄像机的拍摄范围有限,我只能在图像边缘看到这人的一小部分身体,包括一只擦得锃亮的高筒靴与一只干瘦如木乃伊的手。

---

① 1 尺≈0.3333 米。

"啊，是啊，冯先生。我当然有在好好履行我的职责。"奥菲莉亚优雅地放下茶杯，用略带不耐烦的语调说道，"我今天还去了镇上一趟，观察了人们的生活状况，并且在一家有严重违法乱纪行为的面包店里……"

"我的意思可不是让你用这种方式履行责任！"被称为冯先生的那人有些恼怒地说道，"你——"

"如果我没记错，当时建议我担任特别监察官职务的可是你啊。"奥菲莉亚耸了耸肩，露出了一丝促狭的笑容，"我只是去执行自己的法定权力而已——更何况，监察官本就有义务去了解本地民众的生活，我这么做难道有错吗？"

"这——总之，我要求……啊，不对，我建议你最好不要再像今天这样随意行动，这么做不但危及了你本人的生命安全，同时也对联合军政府的整体战略造成了严重的不利影响！"那个我看不到脸的家伙有些气急败坏地说道，"你现在代表着整个联合军政府，而这次任务并不是什么礼仪性的出访——它关系到联合军政府能否重新在这片土地上建立权威，乃至谢林家族能否重振荣光！请你务必对此有所自觉！"

"好啊，我很自觉。"奥菲莉亚耸了耸肩，"然后呢？"

"如果你有这种自觉，那就请谨慎地运用你的权力。"冯先生说道，"因此，我必须对你今天滥用权力的行为表示不满与抗议。"

"哦？"

"我要求你收回关于那个男人的决定。"

第四章

不速之客与两个请求

1

"哎，阿德。'那个男人'指的是你吗?"在听到冯先生的话后，可可问道。

"嘿嘿，好像是呢。"我挠了挠头发，突然有些不知该说什么好。

虽然那个冯先生总是让我感到一股子说不清道不明的反感，但我还是不得不说，他刚才这话倒还真说到我心坎里去了。如果奥菲莉亚愿意放弃那个莫名其妙的"借调"要求，我也可以光明正大地回到镇上和其他人会合了，就我看来，这对所有人而言都是最好的结果。

"总之，我请求你无论如何，都不要任命那个来路不明的男人作为你的顾问。"在这座建筑的另一个房间里，冯先生继续对奥菲莉亚说道，"除此之外，我建议你立即动用监察官的紧急权限将其逮捕，并进行必要的调查。"

咦？这话可就不中听了！我和你什么冤、什么仇啊？还没和我见过一面，你居然就要逮捕我？

"抱歉，我没有那个权力。"奥菲莉亚从身边的茶几上拿起了一本写满了密密麻麻条文的袖珍本法律书籍，递到了冯先生面前，"而且我也没有理由逮捕他——毕竟有足够的证人可以证明，他和面包店中可能存在的不正规经营现象无关。"

"看在救主领袖的分上，谁在乎那该死的面包店？"冯先生枯树枝般的手突然颤抖了一下，显然情绪颇为激动，"这种身份不明，蓄意接近你的家伙绝对不能相信！我不知道他到底用了什么手段来诱惑你，但恕我直言，任何放任自己沉溺于自欺欺人的'一见钟情'中的年轻人，将来都会以自己的余生来为自己的年少无知还债！尤其是对于你这种来自显赫世家，有着光明未来的年轻人而言，绝大多数被刻意送到你面前，名为'爱情'的糖果，里面包裹的不是毒药就是鱼钩。"

在冯先生慷慨激昂的陈词结束后，奥菲莉亚突然用双手捂住了脸，胸口和颈部都开始急剧地起伏，甚至连她的肩膀和胳膊也开始颤抖了起来，并浮出了淡淡的红晕——不会吧？她是在哭吗？难道我之前的猜测是真的？她之所以毫无理由地试图把我留在身边，真的只是因为对我一见钟情？这可不妙，相当不妙……毕竟我还有重任在身。无论是为了人类的幸福，还是为了文明的未来，我都没时间顾及儿女私情。当然，如果她坚持到底，而且非要以结婚为前提的话，不忍让人伤心的我恐怕也只好咬牙做出牺牲，让我的同伴们来替我扛起那些重担……不，等等,好像有什么地方不对……

"哈哈哈哈! 噗哈哈哈哈!"在忍了好一阵子后,奥菲莉亚似乎终于无法抑制自己的情绪,爆发出了一阵非常不淑女的大笑——好吧,原来她刚才根本不是在伤心落泪,而是在拼命抑制笑意,"噗哈哈哈哈哈哈——"

"长官? 大小姐? 你没事吧?"另一个人走上前去,拍了拍笑得差点就要倒在地上打滚的奥菲莉亚的肩膀。是特纳军士长,那家伙忠实的跟班。

"啊哈哈哈哈哈……呼哈,呼哈,呼……"奥菲莉亚一直笑到快要喘不过气来,才总算停了下来,"没……没事。只是你们真的认为……认为我会对那家伙一见钟情?"

"咦? 可是根据我助手的报告,那个来路不明的男人显然刻意策划了这一切。否则的话,把这些都说成'巧合'也太过牵强了。你遇到的面包店居然'恰好'在销售有问题的面包,而当你与那些人争论时,这个男人'恰好'出现,并且'恰好'有一个疯子试图刺杀你,并被这个男人阻止,而他还在你的面前'恰好'负伤……这个套路实在是太过精巧了! 策划这一切的人恐怕是个极为资深的欺诈师!"冯先生说道,"因为真正聪明的人都知道,在正式社交场合中公然接近你,往往会事与愿违,引起你的警惕甚至反感,但一次涉及生命危险的'英雄救美'、一次适当的'负伤',都可以让你放松警惕性,并激起你本能的同情心和保护欲,从而骗去你的爱情! 这……这是何等的狡诈! 为了让你彻底放下警觉,他居然还让自己的妹妹和自己一起受伤! 这种苦肉计——"

这、这算是什么鬼分析啊! 槽点实在是太多了,我根本不知道该从哪里开始吐起! 这家伙的那什么"助手"到底是在哪个酒馆的犄角旮旯里,在哪个白痴酒鬼的嘴里听到了这些瞎扯淡的玩意儿啊?还是说他的人偷了哪个二流言情剧作家的剧本来糊弄他?说到底,这家伙脑子里到底装着什么东西?

万幸的是,奥菲莉亚显然并没有傻到相信这些胡言乱语,她只是用指尖轻轻摩挲着白瓷茶杯的杯沿,"恐怕你刚才的说法有些不够准确,冯先生——当然,这可能是你的助手在目击时不小心看错了,或者在转达时发生的某些无心之失。我只是在去镇上闲逛时偶然进入那家面包店的,原因是我肚子饿了,我不认为有人能预测我的行为,而那个所谓的'疯子'也并不是打算刺杀我,而是企图袭击另一名在场的人物,原因似乎是私人恩怨——当然,现在我们也没法调查这件事,因为他已经死了。最后,真正救了我的是已经牺牲的欧文军士,不是那个男人,而那个被卷进来受伤的女孩子也不是那个男人的妹妹。"

"是吗?那看来我确实对某些细节没弄明白。"

"退一百步……不,一千步……不,一万步讲吧,你凭什么认为我会对那样的男人一见钟情?"奥菲莉亚继续说道,"那个男人并不聪明,还自以为是,长相也非常一般,而且来自鱼龙混杂、以缺乏教养著称的义勇军!虽然他现在确实在执行一项正经任务,但我能从他的眼神和举止中看出来,这家伙本质上也不过是个任由荷尔蒙和动物本能驱动自己,内心深处住着头野兽的肮脏男人。虽然我无权评论为他颁授少校委任状或者勋章的人的做法是否合适,但就我看来,这种家伙顶多只配被送到仓库里当个日雇的警卫——而且还得再派两个人防着他偷东西!"她轻轻哼了一声,"就算这家伙是整个行星上最后一个男人,我也不会对这种人产生哪怕一丁点儿兴趣。"

咦?这和你对我说的那些话完全不一样吧?说好的你觉得

我很厉害呢？虽然我知道什么一见钟情肯定只能是童话书里的故事，但亲耳听到这种……算了，我无所谓，真的无所谓……我一点都不在乎……

"总之，我之所以要找上那个男人，完全是为了别的重要目的。"奥菲莉亚最后总结道，"我需要和某些人合作，而这个男人是我唯一可以用来争取合作的筹码。所以，就算那是个毫无可取之处的男人，我也只能暂时为他开出一些优惠条件，但是……"

我一把遮住了爪爪正在投映影像的眼睛，让图像消失了。

"好啦，既然不是什么重要的东西，我们也没必要继续看了！"我如此宣告，"该干的活儿干完了没？"

"是的……都差不多弄好了。"玩具熊答道。

虽然这家伙自称"没有真正的智能"，但似乎也被我的语气吓到了——当然，这也可能仅仅是因为它在这方面模拟得非常成功而已。算了，我都在想些什么……

"那我们现在就走！没时间可以浪费了！"

2

"我不在乎……我不在乎……那我一点儿关系也没……没……没……没……"

"阿德,你要不要紧啊?"位于我下方的可可声音发颤地问道,"你没事吧? 现、现在可别掉下来……我……我害怕……"

"没、没事,我刚才啥都没说!"在可可的提醒下,我连忙摇头否认,同时在手掌和膝盖上加了把力。

可可说的没错,在眼下这个当儿,我可不能胡思乱想,否则一旦出了差错,我自己倒霉事小,把可可也连累了可就不好了——毕竟现在我身下是差不多十米深的垂直通道,就这么摔下去,可不是闹着玩儿的。

当然,要是有选择,我绝对不会主动钻到这么一个四四方方的铝合金通道里,并且像这样手脚并用地抵着通道壁往下爬。危险性暂且不提,光是弥漫在这里面的厨余垃圾臭味就算得上是一场酷刑了,而我们之所以待在这里,完全是因为这里是爪爪推荐的"最佳逃脱路线"之一。根据这家伙的说法,虽然在主建筑之内的卫兵数量很少,每层楼连一个巡逻的都未必有,但在一楼的出口处却全都有固定岗哨,要直接混出去几乎不可能。因此,我们不得不选择无人看守的垃圾投弃通道。从这里爬下去后,我们可以沿着与垃圾房相连的一条封闭式走廊进入位于围墙下的供水房,再在那附近寻找一处下水道出口。与红木镇那聊胜于无,据说出没着各种不可名状的活物的下水道不同,这处设施周围有着一套直接通向附近的河道,在理论上维护程度相当不错的独立下水道系统。爪爪向我们保证,在它关闭所有报警设备,并在事实上让整个监控系统无效化之后,只要我们专心致志,别出差错,成功逃脱就不是什么难事。

"没错。我们得专心致志,别出差错。"我一边极端小心翼翼地朝下挪动着四肢,一边念叨着,"专心致志,专心致志,专心致志……我不在乎……不在乎……不在……"

"阿德!你的手在抖!真的在抖!"可可几乎要哭出来了,"还是让……让我先下去……"

"没关系,我不在乎,不在……哇啊!"

自言自语着"我不在乎"的我最终还是一个不小心,将手掌抵在了一块天知道什么时候留下的油污上,结果惨叫着撞上了可可,直接像一块货真价实的垃圾一样栽了下去……万幸的是,在失手时,我们已经往下爬了一大半的距离,而似乎是因为时候已经有些晚了,我们下方的垃圾箱里早已堆满了各种各样的臭鱼、烂虾、菜头之类的玩意儿,起到了很好的缓冲作用,让我俩几乎没有受伤……事实上,与摔下去时的这点疼痛相比,可可在爬出垃圾箱后甩在我脸上的那两记耳光倒是要疼出不少。

呜!为什么今天每个人都要抽我耳光啊?

当然,事已至此,我也只能承认这都是自己的问题——虽然我真的不在乎那个该死的千金大小姐到底说了些什么,但是……但是在听了她说的那段话之后，我的情绪确实开始变得相当不稳定，就像是失去了什么东西……

"你看上去相当心神不宁，伙计。难道这就是传说中的失恋的感觉吗？"就在我和可可手忙脚乱地摘掉浑身上下的垃圾时，被可可背着的玩具熊非常讨打地问道，"怪不得你之前对队伍里的其他人都没有意思，原来你喜欢的是那种类型啊——"

"你说啥？"我故意问道，"很抱歉，我这几天的精神有些不太好，一被打扰就会忘事情。说不定我会在离开这地方时'不小心'把你落在某个角落里哦。"

欠扁的玩具熊立即停止了胡言乱语。

"嗯……啊，走这里。"

在让玩具熊闭嘴后，我很快便找到了它之前提到的那条通往供水房的走廊。虽然我和可可现在身上的味儿大概在几十码①外都能被人闻到，但幸运的是，这一带似乎暂时没有人出没，而接下来寻找下水道入口的事也没费什么劲儿就完成了。事实上，当我和可可在一排墨绿色的树篱后找到那儿时，沉重的混凝土井盖已经被推到了一旁，看上去简直就像是特意为我们准备好似的。

等等，为什么井盖会是打开的？

"阿德，快看！"

观察能力不错的可可很快便注意到，下水道口周围有几行由污水形成的足迹。很显然，顶多就在几分钟之前，有什么人刚刚从这下面摸了上来，并且……从这些足迹的方向判断，他们似乎是沿着围墙朝大门的方向去了。

---

① 码，英制长度单位，约合0.9144米。

"这是怎么回事？进行例行维护的水管工？清扫下水道的？"我自言自语道，"不对，那些家伙不至于撬着井盖不管就到处跑吧？至少也该留个'维修中'的标志牌什么的……"

"确实。"爪爪赞同道，"不过这里发生的事和我们无关，要走的话，现在正是机会。"

平心而论，我当然明白玩具熊这话的正确性——但是，在又一次迈开步子后，我却发现自己走向了与那些脏污的脚印相同的方向。

"喂，你在干什么？呆瓜？"

"闭嘴，我只是去看看情况。"我说道，"没准儿是咪咪和艾琳他们来找我了呢。"

"也有这种可能。毕竟奥菲莉亚那家伙确实在你们之前入住的诊所里留下了一封信，而且可可身上的那个定位用挂件直到现在都还在运转。到了这种时候，他们确实也该找到这里来了……"玩具熊嘀咕道。

不过，虽然它提出了这么个看似合理的解释，但不知为何，我却有种相当糟糕的感觉——在内心深处，我并不认为刚刚从下水道里潜进这里的是咪咪、艾琳、罗蒙诺索夫，或者我的其他同伴。我的直觉告诉我，那很可能是某些更加危险的家伙，而这种预感很快就变成现实。

"阿德！那——"

在我们沿着围墙内侧，来到警卫室附近的地方时，可可倒吸了一口气，只差一点儿就要爆发出一声足以传遍整个庭院的尖叫——幸好我及时地捂住了她的嘴。

"安静！我也看到了。"

"啊……"

被我捂住嘴的可可点了点头,迅速恢复了镇静。说实话,以这个年纪的女孩子的标准,能像这样及时控制自己的情绪,实在是难能可贵——毕竟,在警卫室外倒着的是一具死状可怖的尸体。

从这个倒霉鬼身上的制服和带着黄铜色流苏的肩章判断,他应该是一名奥菲莉亚部下的警卫,而且多半直到刚才还在警卫室里照常执勤。不幸的是,由于一发从后脑勺钻入,沿着眼眶钻出的大口径子弹,他的勤务已经永远地结束了。这个男人的小半张脸都在子弹钻出时被扯了个粉碎,眼眶周围的骨头,甚至是一部分牙齿都因为面部皮肉被撕碎而露了出来;他的一只被压瘪的眼球像是烂熟的荔枝一样粘在一旁的地板上;脑组织和血液在混凝土地板上泼洒出一个粗糙的扇形,看上去颇有几分像是阿卡迪亚的那些所谓"前卫派"艺术家们喝高了之后的胡乱涂抹。

糟糕……这下真的是麻烦大了!

虽然作为一名合格的义勇军战士,我的辞典里压根儿就没有"临阵退缩"这个词,但这一切的前提是我手里起码得有件称手家伙才行。

不幸的是,我现在身上啥都没有——我随身携带的武器早就被奥菲莉亚"保管"了起来,而一路上经过的地方也没有任何可以用来防身的称手玩意儿。从这名警卫的下场推断,潜入这里的家伙多半不是什么善茬儿,要是迎面撞上他们,我恐怕没法指望他们大发慈悲。

不过……等一下,说到武器,这里不就有吗?在瞪着警卫的尸体后知后觉地看了几秒钟后,我才突然意识到,这家伙的身上还用枪带挂着一支带激光瞄准器的冲锋枪,腰间的弹药携行袋里至少揣着三个弹匣和两颗破片手雷,还别了把刀鞘上带着俗丽镀金装饰的匕首。

虽然这个废柴没能利用这些武器保住自个儿的性命,但在我手里,它们肯定能更好地发挥作用才对……唯一的问题在于,我似乎已经没时间拿到它们了。

3

"行,都搞定了！我们得赶紧把这堆烂肉藏好！"

就在我打定主意,准备去"借用"死去警卫的武器时,一个听上去就不像是什么良善之辈的声音从警卫室里传了出来,接着,我又听到了一阵逐步接近的脚步声——

"抓紧时间！'攻城锤分队'马上就要来了！"

攻城锤分队？那是什么鬼？听起来似乎是些厉害家伙。好吧,看来这些浑蛋在起代号方面还算是有点文化……等一下！现在可不是想这些的时候！虽然那支冲锋枪和弹药看上去颇为诱人,但对我这种经验丰富,懂得取舍的老兵而言,随时判断状况变化并随机应变可是基本功。通过脚步声的大致距离和接近的速度,我立即估算出,要在被对方发现前冲过这几米的距离,拿到武器几乎是不可能的,而我更没有丝毫机会抢在对方之前开火。虽然在故事书里,潜入敌营的主角总是能在瞬间夺下警卫的武器,然后漂亮地把周围的敌人统统撂倒,但事实上,为了防止走火,大多数站岗放哨的家伙身上的武器都处于保险关闭,甚至枪膛内没有弹药上膛的状态,而任何打算仿效故事主角的人都会悲哀地发现,由此造成的几秒钟时间差会让他们注定当不成主角。

当然,熟知这一点的我自然不会拿自己宝贵的生命去自讨没趣。在被对方发现之前,我已经拽着可可躲回了围墙旁的树篱之中。由于现在已经是黄昏时分,光线相当暗淡,再加上这些树篱因为常年无人照料,长得十分杂乱而茂密,就算是最警惕的人,要发现藏在这里面的我们也绝非易事,而这个从警卫室里走出来的家伙显然并不属于这一类型。

来者是个男人,一个穿着红木镇上的保安队制服,披着本地人最常穿的薄斗篷,有着一张普通到简直就像是在宣布"我是路人甲"的脸的光头男人。在离开警卫室后,这家伙举着一支装着消音器,锯掉了枪托的改装步枪匆匆四下环视了一圈,随即便拽着警卫的尸体回到了室内⋯⋯当然,一同消失的还有那些让我垂涎欲滴的武器弹药。

"喂,乡巴佬,我建议你还是赶紧按计划开溜。"可可背上的玩具熊用它的扬声器能播放的最低音量对我说道,"卷进这种破事可没好处。明白吗?"

"你什么时候开始对我这么关心了?"

"拜托,你觉得我会在乎你这种头脑简单、没有见识、缺乏礼貌的家伙吗? 只不过,我不希望让可可因为你的无意义行动而遇到不必要的危险。你到底想干什么? 收拾掉这几个家伙让那个奥菲莉亚对你回心转意吗?"玩具熊继续说着欠扁至极的话。

说实话,要不是明知给这家伙的语言系统编程的家伙早就入土为安上千年了,我肯定得把他揪出来好好收拾一顿。

"安静!"实在是没心思和这家伙吵嘴的我抬起一根手指,做了个"噤声"的手势,"那些家伙在说话。"

爪爪识趣地住了嘴,好让我能听清入侵者们的对话。在把警卫的尸体搬进去后,刚才的那个男人与另外两名袭击者一同从里面走了出来,开始小心翼翼地推开位于警卫室一旁的大门,并搬走位于门外的钢制路障。按理说,这样的动静应该会引起大门外的岗哨的注意才对,但我却没看到任何人赶来。很显然,那些家伙要么在这个节骨眼儿上"恰到好处"地擅离了职守,要么已经遭到了和警卫室里的人同样的下场。

"谢天谢地。"其中一个家伙说道,"幸好没出岔子。"

"是啊,虽然你刚才差点儿就出了岔子。"另一个用大口罩遮住了大半张脸的人答道,"居然没能一下子解决掉警卫,还让他去按了警报!要不是那警报器居然在这种时候出了故障,我们的任务就已经搞砸了。"

咦?

说起来,警卫室里的警报器可是爪爪之前"以防万一"而偷偷关掉的。照这么看,那名警卫似乎没我想象的那么无能——事实上,要不是我们的所作所为,他至少是可以让其他人意识到危险的。想到这点,我甚至有了些罪恶感……不对,不知者不罪!我怎么可能知道会有人挑着这个时间点进来捣乱!

"话说回来,要是伊斯哈克在这里的话,我们也用不着这么麻烦——他收拾人要比你利索多了。"大口罩一边推动着足以挡住轻型装甲车冲撞的沉重大铁门,一边继续说道。

"那又怎样?谁知道那家伙居然会在这种节骨眼上搞那么一出?明明离计划的时间就剩一天……我听说,他当时似乎是恰巧遇到了一个仇人什么的,但就算这样,他也不该……"

"至少他做了一个男人该做的事情,也死得其所。"戴口罩的那家伙显然不大赞同同伙的话,"更何况,那种东西本就该死!

如果我当时在那儿,说不定也会……算了,反正这些破事好歹也算是搞定了。再过几分钟,这地方就……"

这些人对话的声音越来越低,很快我便听不清了——不过,就算不继续听下去,我也能把情况猜出个大概:看起来,这些家伙似乎只是整场袭击中负责渗透和进行准备工作的小分队,而真正要命的正主儿还在后面。

虽然不大愿意,但身为一个有着博爱胸怀和强烈人道主义精神的人,我当然不能就这么对奥菲莉亚和她的那一大群随从见死不救。万幸的是,如果那些家伙所言属实,那么我应该还有几分钟时间。这点时间纵然不长,也足够我跑回楼里警告其他人……

"可可,你留在这里等我!"

在打定主意之后,我匆匆对可可吩咐了一句,便从另一侧钻出树篱,朝着我刚刚逃离的主建筑的方向跑去。可就在我推开面前那些枝枝蔓蔓的灌木枝叶时,一道寒光却毫无预兆地袭向了我的脖子。要不是我反应敏捷,迅速做出了一个大幅度的侧身躲避动作(或者更准确地说,在下意识地朝后仰身时失去了平衡),这迎面而来的一刀多半会准确地把我的颈动脉和气管捅个对穿,同时把我临死的惨叫给封在喉咙里。

当然,既然由于我那出类拔萃的警惕性与反应能力,这家伙没能达成对我一击致命的目标,那相对于没有准备后招的他,我在接下来的一刹那里便具备了优势。在那家伙来得及搞明白状况之前,仰面倒地的我已经抓住了一棵灌木的树干作为支点,迅速收缩腹肌,用脚尖钩倒了这家伙。接着,在他倒地的一刹那,我就像被扔进油锅的生猛大虾一样蹦了起来,一把夺过了那家伙脱手飞出的刺刀。

呜啊！中奖了！

虽然我的对手反应也颇为迅速，在意识到自己不可能来得及起身的瞬间，索性狠狠一脚踢向了我的面门，却被我成功地躲开了。接着，避开还击的我迅速欺身接近，将刺刀扎进了他的心脏……嗯？这又是怎么搞的？在刀刃刺中对方胸膛的瞬间，我立即意识到了情况不对——在穿透衣物和皮肉之后，刀锋上便传来了一阵刺中硬物特有的阻滞感。怪了，难道这家伙也像我一样，时刻在衬衣里面穿着防弹胸甲不成？不，从手感来看，这不是防弹甲的陶瓷插板，而是……

"噗哇！"

在兜头挨了一记重锤般的勾拳后，我松开了刀柄，摇摇晃晃地朝后退了两步，而接下来落在我小腹部位的踢击的力道之重，更是让我险些以为自己就要裂成两截——虽然某些身手很好，力气够大的普通人也能做到这种程度，但结合刚才的情况，我那敏锐的大脑迅速得出了一个八九不离十的结论。

"你这家伙……是傀儡？"

4

　　一旦想明白了这点，之前我看到的一切倒也说得通了。与常人不同，和谐星居民的大敌——俗称的傀儡们无不有着一副健壮得有点过分的体格，就连其中的"非战斗人员"也绝对与瘦弱无缘。拜密度更高的肌肉结缔组织和比普通人类更多的血氧承载力所赐，这些家伙的爆发力和耐力要比一般人高得多；而他们对于疾病、伤痛和各种极端环境的免疫力与耐受力也较常人更强；此外，傀儡的视觉更好，能够在像现在这样的微弱光线环境下清晰视物；血管可以在伤口附近收缩，以减少失血过量的速度；骨骼密度也比常人更高，更不容易折断；最重要的是，某些傀儡的肋骨之间甚至会部分愈合，形成一个由骨板拼合而成的"装甲匣子"，从而为胸腔内的关键脏器提供一层额外的保护。

　　毋庸置疑，刚才挡下我那决胜突刺的多半就是那玩意儿。

　　由于鲜血不断沿着面颊流下，我的视线开始变得有些模糊，而颅骨内的强烈疼痛也使我越来越难以集中注意力，但即便如此，在熊熊燃烧的勇气、坚定不移的责任心和使命感（哦，对了，也许还有那么一丁点儿出自本能的求生欲）的鼓舞下，我仍然站起身来,摆出了准备格斗的架势。

而对于我的行为,那个男人只是露出了一丝鄙夷的笑容。他甚至没有伸手拔去卡在胸口上的利刃——也许他是打算解决掉我之后再这么做,又或许只是打算用这种方式向我证明,我那可怜的挣扎不过是无用功。

"哇呀——"我用尽自己全部的肺活量放声长啸,同时朝着那家伙扑了过去。

到了这种时候,刻意保持安静已经没什么必要,大吼大叫不但能加强气势、压制恐惧,而且也有可能引起那些在庭院的其他地方和大楼里的警卫们的注意。当然,这么做还有点别的作用……

"呜啊!"那个男人原本已经好整以暇地摆出了迎击的架势,却突然发出了一声混合着吃惊与疼痛的惨叫。

在我长啸着冲上去的同时,一个圆球状的影子突然出现在了他的身后,并精准地朝着他的后颈窝射出了一束电弧。多亏了我之前发出的喊声吸引了他的注意力,这家伙完全没有意识到从后方接近的危险。

"呼——多谢了。"在确认那家伙只剩下在草地上抽搐的份儿后,我长长地松了口气,终于放下心来,然后对悬停在面前的圆球说道。

共处了这么久,这台名叫穆吉的多功能无人机也已经成了我的老伙计,我甚至可以通过它机体表面特有的划痕与颜料剥蚀的痕迹将它和另一位老伙计——与它型号相同的贺尼区分开来。

"看来这里的麻烦比我预料中的还要严重。这……这家伙是什么情况?为什么会有一个傀儡在这里?"

无人机的所有者——罗蒙诺索夫的声音从机身下方悬挂着的一台迷你扩音器中传了出来。就像装在无人机两侧的两台迷你涵道式升力发动机、机身内新增的大容量蓄电池和高精度光学传感器一样，这台扩音器也是我们在日出城地下的城堡里发现并用来为这玩意儿"更新换代"的古代遗物。

"你问我，我问谁啊？我倒是想知道……咦？等等，好像我还真的知道该问谁！"我用衣袖擦了一把从脸上流下的鲜血，突然想起了一件事——我刚才那一吼，在门口的那三位不可能听不到。既然他们直到现在还没来找我麻烦，那意味着……

"阿德！你也解决掉一个了！"当我拖着被历史学家的伙计放倒的那家伙走出树篱时，咪咪欣喜地朝我挥了挥手，"我刚才听到你在那边打架的动静了！我猜这场架打得肯定很开心——呜喵！"

"开心你个头啊！拜托，我可不像你，能拿这种玩命的事情当消遣。"

我轻轻地敲了一下咪咪的脑门，然后开始审视起那几个不幸遇上了她的浑球儿：在那三个人中，那个秃头就像被弄坏的布偶般倒在已经被完全推开的厚重铁门旁，脖子扭曲成不自然的角度；而另一个人的脑门则被整个砸得凹了下去，眼珠被生生从容积骤然减少的眼窝内挤了出来，活像是只被拍扁的蛤蟆；只有那个戴口罩的家伙仍然还活着，但我敢打赌，他现在九成九恨不得自己能立即断气儿——毕竟，手腕和脚踝关节全都被强力折得脱臼的感觉肯定不怎么好。

"救主领袖在上……这还真是你的风格。"

"所以阿德你一定要奖励咪咪哦——这次咪咪要吃真正的冰激凌。"

"好好好,我保证你以后一定能吃到的。还有别的家伙吗?"我把被电击放倒的傀儡丢在她脚下,随口应付道——反正我也没说到底是多久以后,所以自然不算不讲信用。

"在大门外的检查站那儿还有两个,围墙侧门附近有个望风的,都已经被控制住了。另外,一共有四名警卫人员遇害。"罗蒙诺索夫通过无人机的扩音器说道,"顺便说一句,你的女朋友好像来了哦。"

"女朋友个鬼啊!"我有气无力地吼道。

不过没错,因为我们刚才闹出的这番动静,楼里的灯火已经全部亮了起来:一大帮卫兵、仆役甚至军官正像被淹了窝的蚂蚁一样纷纷从里面跑出来;一些原本在其他地方执勤,或者在庭院里巡逻的人也在往这边赶;而一手举着手电,另一只手拿着一本小册子,似乎正在宣读什么天知道哪年写出来的规章条文的奥菲莉亚则被一帮级别不低的军官簇拥在中央的位置……算了,这家伙爱怎样就怎样吧,反正我得溜了。

"科……科赫队长?你怎么会在这里?"有些出乎我预料的是,在看到那个被我扔在一旁的傀儡后,被咪咪制服的口罩男突然问道,"你……你不是应该在外……外面负责警戒和指挥调度的吗?"

傀儡没有说话,在一阵颤抖之后,他的胸部停止了起伏——许多傀儡具有一种特别的能力,可以在极端状况下依靠一系列意识信号强行停止自己的心肺功能,从而让任何试图从他们身上获取情报的家伙都无功而返。

虽然这家伙再也说不了话了,但我倒是有问题要问:"你怎么会认识这个傀儡的?你们是什么人?来这里干什么?"

"傀……傀儡?胡说八道!科赫队长不是什么傀儡。他是个正常人，一直都能和其他人好好地交谈。"

口罩男充满疑惑语气的回答表明，和这颗行星上的绝大多数居民一样，他对傀儡的认识仍然局限于无情且无法沟通的活体战争机器的程度。当然，在百分之九十九——哦，不，应该是百分之九十九点九九的情况下，这种认识没什么大问题，但我的亲身经历告诉我，傀儡也能表现得与普通人相去无几——我的伙伴艾琳就是一个极为特殊，连她自己都不明白是怎么回事的例子，而如果处于被具有权限的人直接操控的状态下，傀儡在理论上也完全可以和人正常交流。

"算了，无论如何，我们的任务已经完成了。这里的人马上就只有死路一条——"

"他说啥？"我挠了挠头。

但当一阵刺耳的发动机声从远处传来时，我立即产生了一种不祥的预感——在正对着这处设施大门的柏油路上，一辆没开车灯、没有车牌，除了在车门上写着"我们爱和平"这几个大字之外就没有任何标识的装甲车正在朝这里驶来。与我的"走为上号"不同，这玩意儿并不是那种四平八稳，有着我喜欢的大车厢的半履带装甲车，而是一辆四轮的"野猪-2"型。在第二军团辖区内的几次二手车拍卖会上，我都见过这种玩意儿，但压根儿没有购买欲望。毕竟，除了速度快些之外，这东西无论在防护能力还是有效载荷上都非常有限，很难派上多少用场。

不过话说回来，这就是他们之前提过的那啥攻城锤分队？是不是太寒碜了一点儿啊？一辆"野猪"就算拆掉机枪塔节省空间，连驾驶员一起，顶多也就能载六个持有轻武器的人，而奥菲莉亚身边起码有不下三位数的警卫和随从。在这种情况下，将他们的做法称为送死都不太恰当，叫投案自首还差不多，除非……等一下,还有一种可能……

"是自杀式袭击!那辆车上很可能装了爆炸装置!"罗蒙诺索夫惊慌的声音从无人机中传来,"离那辆车远点!"

对,这就说得通了——之前的袭击者在干掉警卫之后,第一件事就是打开铁门,拆走路上的障碍物,明显正是为了让这玩意儿可以在没人发现的情况下畅通无阻地直达目标。

不过话说回来,我现在该怎么办? 跑回去警告奥菲莉亚? 肯定来不及。

把大门重新关上也需要一两分钟时间,恐怕还是来不及。

开火揍趴它? 这倒是很符合我的一贯做派,但举目所及,我能看到的武器装备顶多只有手枪、微型冲锋枪和刺刀,完全不足以在安全距离上解决掉一辆装甲车。

当然,我也可以选择找个掩体躲在后面,这样至少还有机会逃过一劫……

"喂!阿德南少校!你要干什么?"

我可以保证,在开始行动时,我真的是打算带着咪咪和可可她们一起去找掩体的。毕竟,奥菲莉亚那家伙本就和我素昧平生,而且也不是我喜欢的类型,更重要的是,我在法理上也没必要为她负责——至少应该是这样吧。无论如何,我完全没有理由去替那家伙冒险……但谁能告诉我,为什么等到我反应过来时,自己的手上已经多出了四枚从死去的警卫身上拿来的破片手雷啊?

"阿德!"

也许是一时间闹不明白我打算做什么,咪咪和可可都没有立即采取行动,而是任由我带着手雷冲到了那辆"野猪"的必经之路——一座位于围墙外的壕沟上的混凝土桥旁。在桥边的检查站里，我看到了已经死去的警卫、敞开的闸门和被移走的金属路障的痕迹。毫无疑问，为了确保攻城锤能砸中目标，那些渗透者干得很好。

我深吸了一口气，开始计算那辆车冲到这里所需要的起爆时间。

当然，这些用来对付人类的破片手雷不可能摧毁那辆装甲车，哪怕它装甲最厚的地方只有不足一厘米的普通钢板，但也仍然能有效地防御手雷的弹片，但就我所知，"野猪"系列的轮胎和悬挂装置的强度都算不上好，而为了能在泥泞和淹水区域跋涉，它的底盘也相当高。只要能确保在车身下方引爆我手里的这些玩意儿，至少从理论上讲，我有机会让这玩意儿陷入失控，从而错失目标，但这也意味着，我必须付出相应的代价……但我为什么要付出这样的代价呢？

是为了那个不把我放在眼里，自以为是的家伙？是为了她身边那些无辜的人？还是说，是出于我与生俱来的正义感和使命感呢？也许是其中之一，也许全都是，但又或许是出于别的理由，但无论如何，在那一刻，我居然没有感到太多恐惧。我想，这大概是潜藏在我内心深处的英雄特质的作用吧，没准儿我生来就很适合当个英雄。

总之，在那种难以用三言两语精确描述，出乎寻常的镇定状态下，我仔细地计算着时间，并逐个拔下了手雷的保险销，做好了引爆的准备，但正当我抱着决绝的心态将手指伸向位于第一枚破片手雷引信顶端的拉环时，那辆气势汹汹地朝我接近的装甲车突然消失在了一道我有些熟悉的强烈白光之中……然后，伴随着一股不算过分强烈，迎面而来的焦热气浪，我听到了一声不算响亮的闷响。

　　很显然，在等离子射流那蛮不讲理的毁灭性火力面前，炸弹里的大部分装药甚至连因为受热而开始进行氧化反应的机会都没有，就已经与那辆装甲车与开车的那家伙一起惨遭电离了。

　　"喂！你这是在玩哪样啊？我说，就算你再怎么不满，也不至于这么吓唬我们吧？"

　　当热浪消散后，罗蒙诺索夫从因为刚才的全出力射击而陷入过载瘫痪，现在正趴窝在路边的"走为上二号"里钻了出来，与他一起出现的还有满脸泪痕、不断颤抖的栗子，一脸担心地对着手指的艾琳，以及有点搞不清状况的平娜和德尔塔。

　　最好只是吓唬而已！把我刚才的自我感动还回来啊！

5

总之，在那个混乱、血腥且令人印象深刻的傍晚，我的情绪着实经历了好几轮大起大落，而最终，当我总算平静下来时，正举着一本天知道是啥玩意儿并大呼小叫着什么"安全规范"的奥菲莉亚和她的那帮跟班们也已经找到了我们。

在我俩目光相接的刹那，奥菲莉亚的眼睛里突然泛起了泪光，她猛地扔下了手里的小册子和手电，然后张开双臂，激动地朝我跑了过来……并且直截了当地从傻站着的我身边跑了过去。

"我……我……我不在乎……我真的一点都不在乎……"

脑袋一片空白的我一边傻乎乎地念叨着，一边不明所以地看着奥菲莉亚一路冲到了罗蒙诺索夫面前，然后才大口喘着气停下了脚步。

"伊斯坎德尔·罗蒙诺索夫先生。"她用略带颤抖的声音说道，而且居然罕见地没有去查阅任何乱七八糟的玩意儿，"我……我没想到你这么快就会来……不过这不重要……因为，我有个请求……"

　　"好极了。"历史学家拨开面颊上的飘逸银发,露出了一个欣慰的微笑,"因为我恰好也有一个请求。"

第五章

"特别顾问"和奥菲莉亚的故事

1

在一片令人窒息的黑暗中，我一边盲目地前行，一边绝望地摸索着。我的指尖与双脚已经因为在黑暗中触碰到锋锐的乱石而严重受损，身体也因为疲惫而到了崩溃的边缘。纵然现在我还能在求生本能的驱使下勉强前进，但我很清楚，自己的大限已经不远了。

不出意外的话，我很快就会在这片荒野中倒下。

我是怎么来到这里的？对于这一点，我其实并不清楚。在我的印象中，我其实是第一次用自己的双脚走路，第一次用自己的双手触碰东西，第一次切实地通过自己的肌肤感受到旷野那夹杂着尘土的冷风。我只知道，我原先所处的那个地方已然消失不见,而我再也无法返回,仅此而已。

但我之前到底住在哪儿?是怎么生活的?我又有多少岁了?都是谁在照顾我?对这些本该无比简单的问题,我却一点儿头绪都没有。当然,与刚刚出生的小婴儿不同,我对这个世界并非一无所知。

在我开始跋涉之时,我的脑子里就已经有了不少知识,从这颗行星与这片大陆的名字,到生火和包扎伤口的方法,甚至是计算抛物线的公式与气象设备的工作原理,或者如何使用灯光与无线电发送密码……应有尽有,但我就是想不起来我到底是在哪里、从谁那里学来了这些知识。

最重要的是,我不知道自己的目的——虽然我相当清楚,早在降生之时,我就已经被赋予了一个生存的目的,但那个目的就像被深埋在大地深处的宝石,被层层埋藏在我记忆的最深处。无论我如何努力地在脑子里挖掘,都无法触及其分毫。正如食物和水之于坦塔罗斯,或者那可望而不可及的山巅之于西西弗斯一样。

等等,话说这两个家伙都是谁来着?

在又一阵干冷的寒风吹过之后,我强迫自己撇开这些像是茶水表面上的浮沫般在我的意识中乱窜的知识,继续朝着荒原的尽头拼命地前进。虽然我什么都记不得,也不知该到哪里去,但我很清楚,留在这里无异于坐以待毙,我唯一的希望只有前进、前进,无论如何都必须前进……

接着,迎面而来的夜风突然变得湿热了起来,就像一团黏糊糊的热面团般毫无预兆地兜头裹住了我——对于这种意外情况,我可是一点儿准备都没有,而我脑子里那些来路不明的知识在此时此刻也丝毫派不上用场。那诡异又温热的物质层层叠叠地挤压着我,让我的呼吸变得越来越困难,也越来越痛苦……

"呼啊——"

2

　　我大口大口地喘着气,从梦境中回到了现实——结果却险些被流进鼻孔的液体呛得背过气去。有那么一瞬间,我还以为"华美号"已经失事沉没了,而我则掉进了水里,但河水肯定不会有这样的温度,更不会只一个劲儿地往我脸上淌。

　　"咦……又是你啊。"

　　在弄明白元凶的身份后,我一时间只觉得哭笑不得。事实上,刚才的那股窒息感来自紧紧搂住我的家伙——咪咪这家伙不知什么时候居然钻到了我的被子里,而且还在睡迷糊之后下意识地抱紧了我,最绝的是,她竟然还不断用舌头舔着我的脸,边舔还边嘟哝着"冰激凌好好吃"什么的。拜托,我的脸就那么像冰激凌吗?你就算说是烤肉似乎还要像话一些吧?

　　看来咪咪梦游的坏毛病又犯了,这证明我去年在街边小摊上从那个自称名医的手里买来,号称一定能让任何梦游症患者都安安稳稳地在床上一觉睡到天亮的药方压根儿就没用。救主领袖在上!那活见鬼的药方可足足花了我六块八毛五分钱,再怎么说也是笔不小的开销……

　　算了,无论如何,至少咪咪这回没有在梦游时尿床,也没有拿着各种子弹上膛的枪械在我的被窝里瞎比画,或者用刺刀替我"理发",这也勉强可以算是一点儿进步吧。在确认她一时半会儿还不会醒过来之后,我小心翼翼地挣脱了她环抱着我胸口的双臂,然后悄悄地溜下床,披上我挂在床头衣架上的大衣,尽可能轻手轻脚地走出了分配给我的船舱。

　　一股由空调系统制造出的强烈凉风立即让我猛地打了一个喷嚏。

　　除了待在装有空调设备的"走为上二号"里的时候外,素来以勤俭节约、艰苦朴素的美德为傲的我这辈子还没享用过几次空调这种奢侈的东西(当然,也有那么一丁点儿财政方面的因素就是了),而在我的印象里,大多数军舰——尤其是在低纬度地区活动的浅吃水内河舰艇,通常都是以恶劣闷热的内部居住环境著称的。不过,"华美号"却是个例外。虽说这艘排水量超过六千吨的大船在名义上是一艘直属联合军最高统帅部的军舰,但它的舰载武器却少得可怜——撇开船舷两侧的几门复古的青铜礼炮不算,这玩意儿的武器只有两座双联装二十五毫米高平两用机关炮、一架装在船尾机库里的直升机,外加一套电子对抗装置和一座装在上层建筑顶端的近程防空导弹发射器。而且我敢打赌,除了那架偶尔被奥菲莉亚当成出行工具的直升机外,恐怕没人知道一旦真的出事,这些东西到底能派上多少用处。

　　不过,与聊胜于无的军事功能相比,"华美号"的其他功能倒是颇为完备。它拥有好几十间可以和上等旅店的客房相媲美的宽敞舱室,光是装在每间舱室里的家具的价值就比我一年的收入还要多。一座装潢华丽的舞厅占据了第三层甲板接近一半的面积,而第四层甲板则被豪华餐厅和一座酒吧所挤占,上层建筑内则设置着典雅的半露天式会客室、小型室内花园和沙龙,还有极富东方情调且铺着纹理细腻的木地板的宽阔浴室(别问我什么是"东方情调",这个词是我从船上的侍从那儿听来的)。总而言之,一切我这辈子想象得到或者想象不到的奢侈玩意儿,在这艘船上统统都能找到。设计它的家伙目的多半只有一个——那就是尽可能地利用这艘船的每一吨排水量以最高的效率烧钱。

当然,考虑到兰檀的地缘政治状况,我倒是可以理解这艘船为什么有必要存在。自从四十五年前那场被称为"鲜血黎明"的灾难性战役后,人类联合军下属的第九军团事实上已经不复存在,联合军政府对这片土地的控制也随之终结,而所有重建秩序的行动也因为诸多复杂因素而难以展开。但是,由于阿卡迪亚岛上的军事工业区需要兰檀出产的大量有色金属矿和化石燃料来维持运转,那帮肩膀上挂着将军金星的老浑球们又没法对这地方放任不管。于是,在既无法重新控制此地,也不能轻言放弃的两难处境下,联合军政府不得不使出怀柔手段,用经济援助和商业利润的许诺尽可能稳住这片土地上的各路地头蛇,让他们自愿与最高统帅部合作。正因如此,这艘写作"军舰"、读作"豪华游轮"的玩意儿才会长期在兰檀的河网中巡航,为联合军政府的使节和代表提供一处与地方实力派结交和举行会谈的平台。

理所当然地,在奥菲莉亚和她的一大帮部下被派到兰檀,开始她的巡查之旅后,这艘船也就变成特别监察官阁下的座舰。

在关好舱门,把还在熟睡的咪咪抛在一旁后,睡眼惺忪的我一边打着呵欠,一边揉着双眼,穿过了装饰着雪花石雕塑、镀金小吊灯和精致的迷你盆栽的走廊。混合着香料、小点心和醇酒的浓郁香气几乎弥漫在这里的每一个角落,伴着从远处传来的如梦似幻的轻音乐,我感到有些心醉神迷……啊,不对,应该是羞愧难当才对。毕竟,现在还有五十多万联合军战士们正在和谐星的各个角落里为了人类的未来奋不顾身地战斗,像我这样待在安全舒适的地方,享受如此奢华的待遇,可真是罪过!没错,我真的就是这么想的!

不过,至少在眼下,我还得再继续过上一段这种令我内疚不已的生活——这都得怪我法理上的雇主跟合伙人!在三个星期之前,这家伙擅自和奥菲莉亚·谢林达成了一项协议,使得我必须以"特别顾问"的身份留在奥菲莉亚身边,而他和其他人则以我的"随员"的名义一同待在这艘船上,跟随这位特别监察官一起行动。

"啊,你、你就是阿德南中校吗?"

当我踏着厚实的织锦地毯在走廊中拐过一个弯后,差一点儿便和一个穿着大礼服、戴着宽檐帽、有着褐色皮肤的男人撞在一块儿。在站定脚跟后,这家伙像是打量什么珍稀动物一样盯着我看了一阵子,然后突然递出了好几张名片。

"咦?对,我就是。"

由于"中校"这个头衔对我而言还是个新鲜事物,所以我花了大约一秒钟才反应过来——在成为这个"特别顾问"后,奥菲莉亚确实是履行了承诺,给我颁发了一份委任状,而这虽然整体而言不是坏事,却也在一定程度上成了麻烦的源头。

"太、太好啦!在下非、非常荣幸能、能见到你!"这个我从没见过的褐色皮肤的男人连忙说道——当然,我那无比敏锐的直觉告诉我,这厮毋庸置疑一点都没感到荣幸,"在下是、是硫黄城的商务代表助理——'灰诗人'阿贾·里夫,如果你不嫌弃,还请收下拙作,作为我们友、友情的见证。"

"那个……嘿嘿……我其实不是很懂这个……"

101

　　我正要客气几句,却发现那个什么灰诗人早已溜到了一旁,而我手里则多了一本厚重且金光闪闪的《硫黄城:阿尔-杜阿尔镇与阿贝山城赞美诗集》。好吧,虽然我连翻开看哪怕一个字的兴趣都没有,但至少在把上面的镀金装饰刮下来卖掉之后,我倒是可以把它留在身边——没准儿哪天还可以用来捶爆某个对我或者我的同伴居心叵测的家伙的狗头。

　　"阿德南中校!能见到你可真是无上的荣幸!"就在我打着这个念头往前走了没两步时,一个让我非常想把这个念头付诸实施的家伙就冒了出来,"我是红木镇镇长的代表!我知道你之前曾经在镇上住过一段时间!那个……不嫌弃的话,还请你在合适的时候转告监察官阁下,如果她在返回阿卡迪亚时需要随员,红木镇的宝家有很合适的人选,希望她能稍做考虑!"那个男人不由分说,就把三张名片塞进了我还拿着那本大书的手里,"温和善良的宝卷先生、睿智聪明的宝融先生和诚实可靠的宝翕先生都是非常不错的可造之才,而且……"

　　"哎呀呀,没想到能在这里碰上中校先生你呢。"我甚至还没来得及想出推托的说辞,一个浑身上下的香水味儿足以熏倒一头黑兽的女人已经跳了出来,"我听说你还没有结婚,也没有定下婚约,对吧?没关系,我正好有一个不错的表妹——"

　　"等等,你别走啊!在下还有一个小小的请求!"

　　"这是代表我的商会的一点心意——"

　　"那个,我们的副市长的弟弟——"

　　所以说,我最讨厌的就是这个啊!

3

几分钟后,在用一大堆借口和理由(包括了最有用的"必须立即向监察官阁下报告的紧急事务"),外加祖传的视而不见大法脱出那班人的包围后,我总算成功地抵达了自己最初的目的地——位于第三层甲板上的豪华浴室,并用浴室外侧的淋浴间草草把自己身上冲了冲。虽说其实每间客房里都设有淋浴间,因此这么做实在没什么必要,但我不太希望把正在睡觉的咪咪吵醒,所以只能选择绕了这么一段麻烦的远路。

自打当上了"特别顾问"后,平时因为不慕荣华,不愿沽名钓誉而极少在公共场合出现的我,也不得不在这辈子里头一遭站到了聚光灯下。由于奥菲莉亚根本没时间去应付大量级别不那么高的求见者和本地的二三流"名流",与这些不算重要的家伙会面的任务就落到了我的头上。除了监督可可好好洗热水澡,盯着咪咪不要乱跑,以及偶尔陪着恰好有空的奥菲莉亚下棋之外,我的大多数时间都在一次次宴会致辞、出席典礼,以及跟各种各样三教九流轮番打哈哈的见面会中度过。有趣的是,虽然我从没替他们完成一次请托,或者做过比读简单发言稿更复杂的事情,但总是有搞不清楚状况的家伙把我这个"特别顾问"视为奥菲莉亚手下的大红人,甚至认为我是在最高统帅部有着深厚人脉的重要人物,并通过各种乱七八糟的渠道试图与我搭上关系,而每当"华美号"在沿河城镇靠岸进行访问时,这些货色的数量往往还能再上涨那么一两个数量级——而今天恰巧就是这种日子。

在擦干身体,穿上故意摘掉肩章的大衣,再把宽檐帽尽可能压低之后(在光线昏暗的走廊里,这可以减少我被路人甲乙丙丁偶然认出来的概率),我离开豪华浴室,穿过了仍然在不断飘出音乐声的舞厅上方。今天"华美号"到访的灰石城是个比红木镇大得多的城市,城市周边光秃秃的岩山里分布着成百上千的铜矿、铅矿和锡矿矿坑。这些矿区与城里的精炼厂在为城市带来巨大财富的同时,也顺理成章地养出了一大堆有钱有权的家伙。由于这些货色的数量实在多到连"华美号"也难以塞下,负责安排日程的那些可怜虫们不得不将一系列所谓的"联谊"活动拆成了好几场。奥菲莉亚会在明天早晨前往城里的大礼堂,会见市长、当地议员、地方安全部队司令和一大堆名字后带着"会长""董事"之类字眼儿的家伙;稍微次要的家伙则在今天早上由我接见,但就算是像我这样精力充沛的人,也没那么多精力和那么多我压根儿不认识的人挨个扯淡。因此,在把带"长"字儿的伙计都见完后,疲惫不堪的我只能把剩下的重任交给了奥菲莉亚的另外几个级别更低一点儿的"顾问",然后在舱室里一口气躺到现在,那些可怜的家伙大概直到明早之前都没法脱身。

"阿德南长官,阁下正在等你。"

当我穿过漫长的走廊,来到一扇有人看守的舱门外后,守在那里的卫兵朝我敬了个礼。

"我明白了。"

仍然有些疲惫的我点了点头,示意对方打开舱门。在开门的瞬间,一股混杂着芦苇和河畔淤泥味道的潮湿空气便扑面而来,让我感到了一阵心安——不过,那名据说来自某个不算高级官僚世家的卫兵却似乎不太喜欢这种味道,在我出门之后的瞬间,他就像是在进行化学武器袭击演习那样以极快的速度把门关上了。

门外是一处开放式的平台,在柚木地板上摆放着几张与本地湿热气候颇为相宜的长藤椅与一张用整块红木雕成的圆桌,足以容纳十来个人而不嫌拥挤,只不过现在待在这处露天小沙龙里的人远远没达到这个理论最大值。除了正端着一本厚重的大书坐在一旁的奥菲莉亚与穿着一套女仆的服饰在她身边整理茶具的艾琳之外,只有在被月光照亮的木质围栏旁还伫立着一个纤细的人影,那齐腰的银色长发和仿佛冰雪雕琢的肌肤在皓月的光芒下散发着一种淡泊、素雅且宁静,仿佛不属于这个世界的超凡色泽,甚至让我在一瞬间联想起了地球传说中的辉夜姬……

当然,我可不希望伊斯坎德尔·罗蒙诺索夫知道我刚才到底在想什么。不然的话,他多半又会揪着我的耳朵,对我大吼一通"我不是女人"了。

"你来得有些晚了,中校。"在注意到我出现之后,奥菲莉亚合上了手中的大书,用她一贯的那种一本正经的语气说道,"虽然这是个私人请托,不是上级军官的正式命令,但迟到就是迟到,是一种缺乏责任感和契约精神的行为! 你……他迟到了多久来着?"

"三十二分钟零十秒,截至你刚才开始发言为止。"穿着女仆装的艾琳——更准确地说，她现在其实是简，一个勤务兵——放下茶壶，看了一眼放在桌上的一只工艺怀表，然后报出了这串数字，"如果从他抵达起算，则是三十一分钟零五十八秒。当然，如果……"

"算了！"奥菲莉亚摆了摆手，"总之，下不为例！你应该知道，我通知你来这里是为了什么吧。"

问得好，可我就是不知道啊。话说今天下完棋之后，只是甩下一句让我晚上十二点到私人沙龙来，就自顾自地跑去处理所谓"紧急公务"的人，明明就是你自己吧？我又能到哪儿去打听你到底要干啥？

"奥菲莉亚阁下，你不介意的话，接下来请允许我来负责解释。"罗蒙诺索夫及时地替我解了围，"毕竟，之前没把事情说清楚是我的责任——因为我们即将讨论的这些事，至少在目前是不太适合公之于众的。因此，在有无关人员在场时，我实在是不方便明言相告。"他顿了顿，又补充了几句，"有时候，适当的无知对于人们其实是一种保护。可以的话，就算是对身边最亲密、最值得信赖的人，也请两位不要透露太多相关信息。"

"我能理解。"奥菲莉亚点了点头——很显然，她这次之所以罕见地没在身边带着那么一大帮子跟班，完全是刻意而为之，而我还注意到，在我们头顶，两个小小的影子正在夜间的雾霭中来回巡逻，甚至不时降低高度，掠过浑浊的河面，显然是在警戒着什么。

不过话说回来，他好像还忘了一个非常重大的安全隐患啊！虽然不太好意思，但本着对所有人认真负责的态度，我觉得自己还是有必要提上一句："但是，艾琳……"

"她不是问题。"虽然奥菲莉亚向我投来了不解的目光，但历史学家却只是露出了毫不在意的笑容,"你还在担心,你的那位'兄长'与他的同伙可能会用上次的方式控制艾琳,让她偷听我们的对话吗？我只能告诉你,如果他们真的这么做,那倒是好事一桩。"

"嗯?"

"放心,我们在这里是绝对安全的。穆吉和贺尼已经对这一带的每一平方厘米的墙壁、地板和天花板统统进行了三次地毯式扫描,总共挖出来四个窃听器和一个微型摄像头。我已经在这里设下了电磁干扰器,可以让任何无线通信信号都彻底失灵,而针对别的被窃听的可能,我也已经做了相应的应对措施。在我们周围方圆五米内,都是我布设的智能定向消音力场的工作范围——这种黄金时代留下的小玩意儿能够截获和分析来自特定方向的声波,并以相同波形的声波进行一定幅度的抵消,虽然其效果并不完美,但就算我们现在在这里用最大音量吹起床号,五米外能听到的声音应该也不会比用指头吹出的口哨声更响。"

"那就真是太好了。"我耸了耸肩,"总之,你到底打算说些什么？为什么要搞这么多保密措施?"

说着,我从简的手里接过了一杯热气腾腾的花草茶。与总是一本正经还常常尖刻地挖苦人的艾琳和总是自信满满地鼓捣着那些机器的爱尔卡不同,简一直都是安静而温和的。在大多数时候,被她照顾着的人甚至很难注意到她的存在,而此时此刻,她的存在也增加了我们的安心感。

"我今晚要讲的事可不少。"历史学家说道,"首先,你知道为什么奥菲莉亚要把你留在她的身边吗？"

"这……我觉得应该是……"

"没错,是为了让你留在我身边帮助我,罗蒙诺索夫博士。"

奥菲莉亚抢先说道,"因为你持有授权书,我无法命令你,也无权让你成为我的顾问,因此我只能选择以……合法的方式留下你身边的人。"

虽然我早就猜到了这点,但听她亲口说出来,还真是让人不太舒服——毕竟,这等同于间接宣布,我其实是个不重要的家伙。不过话说回来,奥菲莉亚为什么要这么做呢?我可不认为罗蒙诺索夫和她这种世家出身的千金大小姐会有什么交集。

"那么,也请允许我稍稍猜测一下你这么做的意图吧。"历史学家继续说道,"虽然你在之前的这些天里一直忙于那些例行公事,因而甚少和我见面,更是几乎从未与我就任何话题进行过深入交谈,但如果我没猜错,你希望我协助你解决的问题,大概和你的父母和妹妹有关,对吧?"

"啪嚓!"就在罗蒙诺索夫说完这话的同时,我听到了一声脆响——奥菲莉亚把手中的茶杯给打碎了。

4

"你、你、你怎……怎么会知道得这、这、这么详细?"

当艾琳——哦,不,简变魔法似的拿出全套清扫工具,开始打扫地上的那一片狼藉时,奥菲莉亚颤抖着问道,不断打战的上下颌让我想起了忙着咀嚼植物的蝗虫……好吧,其实用这种方式比喻女孩子实在有些不得当,但我真的想不出更贴切的说法了。

"阁下,或许你应该对你家族的地位更有一些自觉才是。"罗蒙诺索夫叹了口气,似乎对奥菲莉亚的回答有那么点儿失望——当周围的空气中开始弥散起淡淡的酸梅气味时,我对这点更加确信了,"没错,谢林家族是一个历史悠久的家族,曾经在对抗傀儡的毁灭狂潮的战争中立下过伟大的功勋,你们的嫡系家支也曾经统治兰檀半岛超过一个世纪之久,现在也仍在联合军政府里有着举足轻重的影响力,但是别忘了,你们家族还有一个身份——科技考古学的研究者。我们现在所拥有的许多实用技术,正是你的先祖发掘出来的。"

"这我知道。"奥菲莉亚答道。

众所周知，所谓科技考古学，虽然在理论上属于历史学的一支，但实际上却并非如此——科技考古学家们的主业是通过历史文献与记录定位黄金时代留下的技术设备、科研设施和其他可能蕴藏着类似"宝藏"的地点，并从中寻找失落的科技知识。在傀儡战争爆发前，和谐星上的人们正是靠着这样的努力从近乎一片空白之中建立起文明，甚至只差一点就能重返航天时代。事实上，就连让文明再度衰败的傀儡战争，也可能源自当年科技考古学家们的某些错误举动。

"总之，你其实不需要对此感到太过讶异——虽然你父母的事被联合军政府仔细地掩盖了起来，但作为他们曾经的协力者之一，我仍然可以通过某些渠道了解到未被篡改的事实。"历史学家继续说道，"比如，我很清楚坠毁在尖牙湾的那架水上飞机其实只是被放火烧毁的一堆破烂，也从来没有人曾经坐在里面，而你的家人也没有死于什么'空难'。"

"这……能麻烦你们说清楚这到底是怎么回事吗？"当简打扫干净地上的残渣和茶水，并为奥菲莉亚奉上一杯新的花草茶时，仍然一头雾水的我插话道。

说实话，他们刚才这种令人不知所谓的谈话让我产生了一种被撇在一边的感觉。

"是这样的——"奥菲莉亚抿了一口茶水，然后缓缓说道，"我的父亲，当时担任联合军政府军事技术部副部长兼首席研究员的约翰尼斯·谢林中将与我的母亲戴安娜，都在十年前——也就是我十八岁那年去世了。当时的官方公报仅仅极为简单地提及了这件事，并宣称他们是死于一次'巡视过程中的水上飞机失事'，而一同遇难的还有我的妹妹苏菲娅。我原本有个哥哥，但他在很小的时候就生病夭折了，所以我就成了谢林家族本家的唯一继承人。一切看上去都顺理成章,除了一点……"

"那就是——根本没有什么'水上飞机失事'。"历史学家接着说道,"未公开的调查结果表明,奥菲莉亚的父母死于锐器造成的伤害,更准确地说,凶器就是他们家中的菜刀和被砸碎的高脚玻璃杯碎片。一同死亡的还有他们的一名助手,而他们也并非死在什么水上飞机里,而是在联合军科技学院的科技考古研究中心的地下研究室里遇难的。除此之外,他们的二女儿——当年只有十一岁的苏菲娅·谢林,也在当时失踪。注意,不是死亡,而是失踪。"

"怪了……"我挠了挠头发,"十一岁?按理说这个年纪的小孩是不应该进入工作场所的,这样才对吧?就算是谢林家族的人,这些规矩也是该遵守的。"

"但苏菲娅小姐可是得到了正式许可的——因为她当时已经是助理研究员了。"

"咦?十一岁?"

"是的。"奥菲莉亚叹了口气,"在我的家族中,每隔一两代,就会出现智力发育得非常早的成员——苏菲娅就是其中之一,而就算在这种'天赋异禀'者中,她的智力发育也被认为快得有些过头。在七岁那年,她就在家庭教师协助下修完了全部的标准中学课程,十岁时已经完成了大学里科技考古学课程学习,并且获得了助理研究员的职位。相较之下,虽然爸爸妈妈也试着让我去钻研那些东西,可……可我就是怎么都学不来,就连最基础的《科技考古学概论》,我也花了一整年才理解了个大概,更别说深入研究了。"

"所以,奥菲莉亚,你其实相当笨吗?"我随口说道……然后立刻就后悔了。

"喂！你这可是侮辱自己的长官哦！"奥菲莉亚几乎立即就对这句话产生了反应，"按照相关条例，将会被记过处分和降薪……等一下，有点不对……"她拿起自己刚才还在读着的大书，翻了好一会儿，"不对。现在是私下会面，那么在法理上就不适用侮辱长官的相关罪名。"

"呼……"我松了口气。

虽然我这种刚正不阿，不为五斗米折腰的英雄好汉可不怕这些威胁，但我确实不是很希望让自己刚刚获得的稳妥收入有所降低。

"但既然是私下会面，那我就可以采取私人报复手段了！"还没等我把这口气吐完，奥菲莉亚就已经跳上来，用弯成爪状的手指使劲揪住了我的脸，"你这蠢材、浑蛋、人渣、猪脑子、垃圾、大白痴！你知不知道这么说女孩子是非常不礼貌的？就凭你这句话，任何女孩子都有权惩罚你——"

"哇啊长官阁下饶命啊！哇啊……你一点也不笨，真的……我知道错啦……呜哦……"

天哪，怎么这家伙也有这种本事？也许我改天得问问咪咪，是不是她暗地里给奥菲莉亚支了什么招。最后，当一言不发的简温柔地拍了拍我们的肩膀，然后用那双强有力的胳膊将我们分开时，我觉得仿佛自己的脸都被整个儿拽下来了。

"好，让我们继续吧。"在被简摁住后，奥菲莉亚深吸了一口气，然后活像条坏脾气的河豚一样气鼓鼓地继续说道，"正如我刚才说的，苏菲娅是个非常聪明的孩子，而我的父母也一直对她偏爱有加，但在那天，她从实验室里失踪了，而监控录像表明，在我的父母死亡后不久，她突然逃离了研究室，而且……而且双手还带着血迹。除此之外，在事后的调查中，安全部门的人注意到,她逃走时留下的脚印中有微量的血液成分,来自我的父母和另一位研究员,在刺杀我父母的锐器上,也有她的指纹。"

"这……开什么玩笑啊?"我下意识地问道。

虽然在以义勇军战士身份四处活动的经历中,我也曾经不止一次见到过作为临时辅助力量被动员起来并投入战斗的儿童,其中一些甚至还没到十一岁这个年纪。我也很清楚,只要有武器、有决心、抓准机会,就算是很小的小孩,其实也是有可能杀人的。可是让一个十一岁的孩子朝着怪物或者傀儡开枪是一回事,让她突然刺杀自己的亲生父母,那就是另一回事了。

"是不是有其他人杀了你爸妈,然后你妹妹只是在现场沾上血迹并留下指纹呢?"

"不可能,守卫报告说没有其他人进入,而门禁系统和监控系统的记录也与此一致。"

"但……她是怎么逃掉的呢?"

"在研究所的一处地下停放场里,藏着一架黄金时代建造的小型航天器,是我们家的一个远亲在三十年前找到的。经过维修和重新充能,其中的大多数设备都已经可以使用,但最关键的动力系统和主要操作系统却被密码锁给锁上了,无法启动。"奥菲莉亚说道,"奇怪的是,苏菲娅在逃出我父母的死亡现场后,却启动了那东西,并驾驶着它离开了阿卡迪亚——当然,也可能是用了自动驾驶系统。"

"我的天……"我下意识地嘟哝道。

话说,现在的小孩都这么厉害的吗?还有没有天理了?以后我这种人该怎么过日子啊?

"当时,阿卡迪亚的防空雷达和航空军的战斗机部队都发现了那架航天器。它当时虽然处于大气层内巡航模式,但飞行高度仍然超过了四万五千米,速度更是高达五倍音速,完全不可能拦阻。"奥菲莉亚继续说道,"所有人都说,它当时朝着西南方——也就是兰檀半岛的方向去了,而我们装在航天器里的追踪器最后发回的信号表明,它确实降落在了兰檀,或者更准确地说,是降落在了尼尼微城的废墟里。"

"居然……是那种地方吗?"

在听到那个地名的瞬间,我不由自主地打了个寒战。

5

虽然在我当初接受的速成军官培训课程里，军事史这个"相对不重要"的科目的内容被砍到了最低限度，但即便如此，我也不可能没听说过尼尼微城的大名，毕竟那是兰檀的前首府兼原第九军团司令部驻地。在毁于四十五年前的"鲜血黎明"战役之前，这座坐落在烟波江中游的城市一度是联合军控制区内的第二大城市和工业中心，有着接近二百万的常住居民……当然，这一切都已经是过去式了。

尽管许多细节至今仍然有争议，但"鲜血黎明"战役的主要过程早已尽人皆知。

在946年初，当时的第九军团发起了一次大规模的北上攻势，试图扫除傀儡们设在兰檀半岛北方，据说对这里的安全"构成威胁"的一系列军事基地和据点。在一开始，攻势还算顺利，但很快，对方的大规模反击便如期而至——在一系列惨烈的消耗战后，第九军团的主力连同来自其他地区的增援部队几乎全军覆没，而一支总兵力近两万的傀儡大军甚至尾追着溃败的人类军队攻入了尼尼微城。虽然当时的第九军团司令——也就是奥菲莉亚的外曾祖父在尼尼微城内集结了两个旅的正规部队和上万的民兵，并紧急修筑了大量城防工事，但在傀儡大军泰山压顶般的攻势面前，这些努力全都无济于事。在每一个街区、每一座楼房和每一处厂区中，防御者们都进行了激烈的抵抗，并最终与他们的阵地一道被有着压倒性优势的敌人粉碎。在六十个小时不间断的激烈巷战后，城内百分之九十五的区域均已沦陷，而位于市中心大广场周围的弹丸之地的陷落，看上去也不过是时间问题而已……接着，这场战役便结束了。

没有人知道，在那个血流成河的黎明，在尼尼微城中到底发生了什么，但是当硝烟散去，交火声停歇，暗淡的阳光重新洒落在大地上时，一切已然结束。攻入尼尼微城的傀儡军团突然停止了活动，陷入了一种诡异的"休眠"状态。虽然当有人试图攻击或者过于接近这些入侵者时，他们也会突然醒来并以迅雷不及掩耳之势消灭掉那些不知天高地厚的家伙，但除此之外，他们便不会再进行任何活动，也不会再离开那座已然化为废墟的城市，而事先疏散出城的幸存者们则在烟波江的另一侧建起了一座新城，作为目前兰檀名义上的首府。据说，偶尔也会有胆大包天或者过度愚蠢的家伙试图深入城市废墟一探究竟，但他们通常不会活着出来。

"落在那种地方？那她肯定已经死了！"在进行了一番不算复杂的思考之后，我得出了结论，"没有人能在那座城里待上超过十二小时还能活着出来的，我听说……"

"沉睡在城里的傀儡士兵会在有人靠近时自动激活，然后发起攻击，不加区别地把所有人杀光，是吧？这些我都知道！"奥菲莉亚说道，"但没有任何证据能显示苏菲娅已经死了，至少我认为……"

　　"大多数死在傀儡手里的人都'没有任何证据',因为傀儡有不止一种武器可以把人弄得连渣都不剩。"我摇了摇头。虽然破坏他人的希望是件很残忍的事情,但有时候,我确实有说真话的责任。

　　"没错,但我也认为,至少在理论层面上,苏菲娅小姐仍然可能活着。"罗蒙诺索夫说道,"这也是我选择与奥菲莉亚阁下同行的缘故。"

第六章

拟似人格与突发事件

1

　　"真的吗？你也相信苏菲娅还活着?"在听到历史学家的话后，奥菲莉亚兴奋地问道，"她一定还活着！对不对?"

　　"很抱歉，我无法回答这个问题。"罗蒙诺索夫双手一摊，"世界上没有所谓'绝对'的事。尤其是我接下来要说的只是一个符合逻辑但缺乏足够事实证据的推论——换言之，我只能认为她有存活的'可能'，但无法保证更多的事。"

　　"就算只有可能也够了！总比什么都没有要好！"奥菲莉亚拼命地点着头，看上去只差一点儿就要哭出来了，"如果不是为了这点也许微不足道的可能，我才不会答应那些人的请求，担任联合军政府派往兰檀的特殊监察官呢！事实上，我根本就对什么家族荣耀、世代相传的责任完全没有兴趣！更不是因为贪恋权力地位才谋取这个职务的！我……我之所以来这里，其实都是……都是……"

"我知道，你希望在兰檀找到你失踪的妹妹，并且弄明白那一天发生在你父母身上的事。"历史学家身上开始散发出一股若有若无的稻谷香味（有时候，当他耐心地解答别人提出的问题时，我就能嗅到这种味道），"不过，想必你也知道，在缺乏线索且毫无头绪的状况下，要找到人的可能性非常之低。更何况，由于你所担任的职务的关系，你在兰檀的绝大多数时间都不得不耗费在大量礼仪性的会见、访问和视察活动上，根本腾不出多少时间去找人。"

"这不重要。"奥菲莉亚说道，"按照目前的日程安排，我们会在兰檀现在的首府——也就是新尼尼微城停留相当长一段时间，而在这段时间里，我应该能找到机会进入旧尼尼微城的遗址。我相信，如果苏菲娅还活着，那她就应该还在那座城里；而有了你这种专家的协助，我成功地找到她，并将她救出来的概率应该会大幅度提升。"

"哦，这倒是和我的猜想一致，但我必须问一句：你到底是基于什么样的理由或证据，才认定你的妹妹仍然留在那座城市里的？"

"那个……我也不知道是为什么，因为我其实完全没有她的消息，连一点儿证据都没有，但我……我……"奥菲莉亚的脸突然红了起来，似乎有些不好意思，"那个……其实我一直有一种直觉，一种非常强烈的直觉……在苏菲娅失踪之前，这种直觉让我总是觉得自己应该去尼尼微城一趟；而当她失踪之后，这种直觉又告诉我，苏菲娅就在尼尼微城的遗址里……"

啥？直觉？喂，你不觉得这听上去很不靠谱吗？难道你就是凭着直觉才决定到兰檀来找你的妹妹，还把我们给卷进来的？

出乎我意料的是，对于这个无论怎么看都非常扯淡的理由，罗蒙诺索夫居然露出了认可的神色！

"很好……如果我的推断没错，你的直觉有很大概率是可靠的。这并不是你因为过度思念自己的妹妹而产生的幻想，而是另一种东西。"

"那是啥？"我和奥菲莉亚异口同声地问道。

"这解释起来恐怕有点麻烦。"历史学家捋了捋他的银色长发，悠然地将杯中的茶水一饮而尽，"你们听说过'拟似人格'吗？"

拟似人格？这个高端大气上档次的名号听上去一点也不熟悉。我看了看奥菲莉亚，却发现她点了点头，似乎是知道些什么。

"我知道'拟似人格'，这是个科技考古学方面的概念，它……那个……那个……"

奥菲莉亚刚说了半句，就又一次从自己的制服衣兜里拿出了一本笔记，翻了一阵，然后扔在一边，接着又开始翻下一本……很快，被她从不同位置的衣兜里掏出来的笔记本就已经堆成了一座小山。

喂，你这样也算是"知道"吗？要不是一直在努力维持礼貌，我肯定已经忍不住开始吐槽了！

值得庆幸的是，在一口气翻阅了一大堆笔记之后，奥菲莉亚总算是找到了正确的那本，并且一本正经地报出了标准答案。

"那个，咳咳，所谓'拟似人格'，是一种早已失传的古代技术。这种技术最初存在的目的是创造能够高度模仿人类的人工智能体,从而为人类提供各种特殊的服务——包括一般性的陪伴、心理疏导和虚拟恋爱……原来如此。不过话说回来,这玩意儿不是已经不存在了吗？和我又有什么关系？"

"因为事实上,虽然目前和谐星的人类确实已经失去了制造'拟似人格'的技术,但这并不意味着它就已经不存于这颗行星上了。"历史学家微笑道,"在你的父母还活着时,我也曾有幸参与过他们主持的某些次要研究活动,并偶然读到了他们的一些未曾发表的文献。这些文献表明,他们似乎相信'拟似人格'仍然存在,并且可以被以某种方式利用。不过,直到遇到了阿德南少校和他的朋友们,我才真正确定了这一点。"

"什么意思？"我问道。

"你难道从来都没有认真考虑过,你的这位老朋友的所谓'自我认知故障'到底是怎么回事吗？"历史学家指了指站在一旁的简。

2

"咦？什么认知故障？"

我必须承认，奥菲莉亚现在的一脸惊讶完全在我的预料之内。毕竟，自打我们登上"华美号"以来，艾琳·爱尔卡·简·安特米欧娜就一直以温和娴熟、寡言少语的"简"这个人格出现，与船上的其他勤务人员一道勤勤恳恳地提供着服务，而艾琳和爱尔卡这两个人格则完全没有露头的机会——毕竟，"走为上号"和"走为上二号"在这一路上都一直待在货运驳船的船舱里，根本没地方派上用场，而我们现在也没有制订进一步的行动计划，她俩就算"出来"，也基本上没什么事可做，所以奥菲莉亚多半并不知道"这两位"的存在。

"是这样的，简小姐其实还有另外两个身份——阿德南中校队伍中的装甲车辆副驾驶员兼战术参谋，以及首席机械师，而在履行这些职务时，她的另外两个完全不同的人格会浮到'表面'上来。"历史学家耐心解释道，"事实上，她们俩也有各自的名字——艾琳和爱尔卡。"

"开什么玩笑？这算啥？精神分裂症还是什么？"奥菲莉亚

傻乎乎地瞪着双眼,看上去就只差直接在脸上写上一行"我不信"的大字了。

"错——"历史学家晃了晃手指,"这并不是任何一种精神疾病,而仅仅是三个不同的人格在机缘巧合之下被'安装'进了同一个躯体、同一个大脑的同一个意识当中。她们共享相同的知识与记忆,只是在擅长的领域、性格和行为模式方面有所不同,但我可以保证,就算是艾琳那家伙,姑且也算是很好的伙计——呜哦——你干啥? 我的耳朵! 耳朵要被揪掉了——"

"来,解释一下什么叫作'姑且也算是'啊? 喂,别那么害羞嘛。"

虽然仍然是同一个人,仍然挂着完全相同的清澈笑容,但任何迟钝程度低于一块烂木头的人现在都不难意识到,正用力揪住罗蒙诺索夫耳朵的这位可不是"简"。

"你刚才听错了……我其实……其实说的是艾琳姐温柔善良又和蔼可亲……"疼得额头上开始冒出冷汗的历史学家立即大言不惭地说起了瞎话,从他身上散发出的那股子芥子油气味表明,这种扯淡甚至让他自己都感到颇为内疚,"能让爱尔卡也出来一下吗?"

"好哇。"艾琳松开了历史学家的耳朵,接着,一种我相当熟悉且自信满满的神色浮现在了她的脸上,"好久不见了哈! 你小子总算想着要叫本天才机械师出来啦? 这一路上一直看着简那家伙陪着那个呆瓜大小姐玩女仆游戏,我也有点腻了,能出来玩玩倒是件好事情。"

"这……难道你刚才说的是认真的……"奥菲莉亚倒吸了一口凉气。

"我骗你干啥?"历史学家一边揉着自己的耳朵,一边说道,

“还有，其实简——啊不，艾琳她其实并不是人类，而是傀儡哦。”

“啥？你指的难道是‘那种’傀儡？是这个意思吧？”

奥菲莉亚的话音刚落，便已经条件反射地从腰间的枪套里抽出了一支镶嵌着繁复的镀金与白银装饰图案，看上去更像是艺术博物馆里的展品一般的手枪——没办法，和谐星的人们对傀儡的恐惧与反感就是如此深入骨髓，以至于就连她这种实战经验为零的家伙，也能在这种时候立即做出这样的反应。

“你们没开玩笑吧？这肯定是个玩笑对吧？傀儡什么的……”

“不然呢？你难道一直没怀疑，为什么简的力气比普通人更大，反应速度也更快吗？”我问道。

“我一直以为经常做家务劳动的女仆都很有力气，而且应该眼疾手快来着。这个不是常识吗？”

“那你就没想过，为什么我们的队伍能够拥有一辆基本可用的基路伯超重型坦克吗？要知道，以前被缴获的基路伯可都从没有被成功修复或者启动过的先例，但我们的‘走为上二号’却……”

“因为罗蒙诺索夫博士和你们在一起啊，有他在的话，就算能做到这样的事也不奇怪吧？”

“……”

有道理。怪不得这家伙当时在看到“走为上二号”的时候一点儿都不觉得惊讶，甚至没向我们提出任何问题。我挠了挠脑门，正想另外寻找一些能说服这家伙的措辞，爱尔卡却突然行动了起来，以寻常人完全看不清的速度夺过了奥菲莉亚手里的枪，然后变戏法般地掏出了一支微型螺丝刀，以更加惊人的速度将它完全拆解开来——整个过程只花了不到十秒钟。

"真是不幸,这里没有稍微复杂一点,而且允许我拆卸的机械制品。"

爱尔卡用略带遗憾的语气说道,随即以同样的高速度把这支手枪组装了起来,接着把子弹上了膛,然后将连衣围裙的领口部分稍稍拉了下去,对着自己胸口的中央扣动了扳机……在一声沉闷的枪响与奥菲莉亚的尖叫声中,爱尔卡胸口中弹的部位流下了一道鲜血……但也仅此而已了。

"大小姐,我可以给你一个免费的建议:如果你以后真的要对付一个傀儡,千万不要使用这种5.56毫米口径的儿童玩具——它子弹的那点儿发射药所能提供的动能实在太低,就算是零距离也很难贯穿傀儡愈合成骨板状的胸骨,也无法对胸腔内的心肺等重要器官造成实质性伤害,只能留下点儿皮外伤。"爱尔卡将手枪丢回给了奥菲莉亚,然后从胸口的皮肤中挤出了那粒黄豆般的铜制弹头,"手枪的话,最少也要用威力加强的点38口径弹药,或者傀儡们自己生产的'撕裂者'。当然,如果还想学射击技术,那就得另请高明了——因为某些原因,我不能使用任何被我定义为'武器'的东西直接投入战斗,像这样射击自己已经是极限了。"

在接过自己的"儿童玩具"后,奥菲莉亚拼命点起头来。很好,至少她现在不会再继续认为我们是在开玩笑了。

"总之,如你所见,艾琳——当然,你也可以叫简或者爱尔卡——事实上是个傀儡,但幸运的是,她不对任何人持有敌意。"见奥菲莉亚不再怀疑,罗蒙诺索夫解释道,"根据我之前数月持续观察研究的结果,我已经能够得出结论,她的这种'没有敌意',事实上正是载入了拟似人格的结果。"

不仅是奥菲莉亚,就连我都开始对罗蒙诺索夫接下来要说的事感到好奇了。

历史学家倚靠在藤椅上，眺望着被月光照亮的江面——和谐星的卫星据说比地球的更大，反照率也更高，在这种满月时分，就连一贯浑浊的烟波江江面也被映照得如同一整块白玉。数艘负责护卫"华美号"的内河炮舰和数量更多的补给与辅助船只在灰石城的港口中一字排开，竟然颇有几分浩浩荡荡的感觉。

"既然你也曾经学习过科技考古学。那我想，你应该知道一个假说——一个关于这个世界过往的假说。

"众所周知，在人类文明黄金时代的最后百年中，人类已经占领了猎户座悬臂中的近千个世界。在那个时代，资源早已充足到可以任意挥霍，高度发达的技术和公平有效的分配制度让人们不知战乱、贫穷与饥荒为何物，人们也从劳苦困顿中得以解脱。我们的祖先中，有一部分选择将目光投向了真理的彼端，将漫长而安逸的人生投入对哲学与科学知识的无尽追求；但更多的人则选择了享乐，凭着手中的金山银山，他们可以尝试一切新鲜的事物和特别的感觉，只为对抗除死亡之外唯一无可摆脱的大敌——无聊。

"虽然在黄金时代终结后，大多数记录已然散失且无从考证，但流传下来的那些仍然足够惊人：在那时，曾有人驾驶特别改装的飞船，花费数十年时间将整颗小行星变成一座雕塑；有人大半生都沉溺在虚拟幻境之中，将各种最原始而直接的快感直接输入自己的大脑皮层；还有许多人以肆无忌惮的基因工程改造为乐，在实验室里创造出各种各样的"喀迈拉"和"弗兰肯斯坦"……

"在罗迪尼亚大陆上乱窜的那些异兽多半就是这么来的，而和谐星则不过是这些人造出的另一个游乐场——早已忘记战争与痛苦滋味的他们希望按照历史记录,在这银河偏僻的角落中打造出一个充满铁与血、激情与荣耀的世界;而傀儡们组成的自律型军队,不过是他们设计的这场超级游戏里的锡兵罢了。拟似人格技术,一开始便是用在这些'锡兵'身上的。"

"我以前确实听说过这种假说。"奥菲莉亚说道,"但我不太明白,那些打打杀杀的傀儡为什么需要这种东西?"

"我猜,这大概是为了让'游戏'更加真实吧?虽然当时的人也完全有别的方式可以获得类似的消遣,但就像键盘从没完全消灭笔墨,显示屏也没有彻底取代纸张一样,至少对一部分人而言,和有血有肉的'人'互动的感觉,是游戏里的NPC无法取代的——虽然它们同样能够伪装得和真人差不多。"历史学家答道,"毕竟,和谐星并不仅仅是一个朝着活体靶子开枪的靶场,也不只是一个玩军事演习的地方。那些家伙想创造出的可是一个无比接近真实,能让穷极无聊的他们真正感到有趣的世界。当然,种种迹象表明,在这个'游乐场'建成之前,黄金时代的旧文明就已经土崩瓦解,因此这里的工程并未真正完成。预定用于植入傀儡的拟似人格并未全部设计完成,这直接导致长眠于地下的两支傀儡军团在被意外唤醒时,所具有的只有冷酷的战斗本能而已。"

"那我到底算是个什么情况?"换回"默认"人格的艾琳指了指自己。

"你应该算是极少见情况下的特例——当阿德南找到你时,你正好遭受了一定程度的脑损伤,并出现了某种程度的意识混乱。也许这种混乱导致了某些计算错误,让你接受了一些外来指令,并阴差阳错地从傀儡们的上行数据库内下载了多个没有设计完成的人格……咦?等等!别用那种眼神盯着我!我说的

'设计未完成'可没有鄙视你的意思！真的！其实我很怀疑，是当时找到你的咪咪和栗子对你说了些什么，可惜她们怎么都不肯对我说那时的事情……"

我点了点头，那些偶尔会出现在我的梦境中的零散记忆在我的脑海中迅速掠过——事实上，虽然当时我正处于半昏迷状态，但也确实多少听到了些什么，而我很清楚，罗蒙诺索夫的猜想确实没错。

"总之，基于艾琳这个例子，我可以确认，拟似人格技术确实曾在和谐星上被大量应用过，而这也意味着，我所读到的某些来自你父母的文件中的记载都是事实。"历史学家重新将目光转向了奥菲莉亚，"而这也意味着，你和令妹大约都曾被用于实验。"

3

"我想你说得对。"在听完历史学家的推测后，奥菲莉亚默默地低下了头，似乎在努力回忆某些往事，"这就都说得通了。"

"咦?"

"我还记得，在很小的时候——大约五六岁的时候，爸爸曾经在我身上进行了一些测试。我记得那时候，我甚至还接受了一次头部的局部手术，但他最后说我'不合适'，因此便没有继续下去。"奥菲莉亚的眼神显得非常空洞，似乎这些回忆让她感到颇为不适，"我不知道苏菲娅身上发生了什么事，但如果你是对的，恐怕她在六岁后突然变得那么'聪明'而且'懂事'，一定也和这有些关系。"

"救主领袖的蛋蛋啊……"我那强烈的正义感和道德心让我不由自主地犯起了嘀咕，"拿自己的孩子做试验，这算是哪门子爹妈啊?"

"这算是谢林家族的爹妈。"随着一丝略带苦涩的酸草味在夜风中弥散开来，历史学家冷哼了一声，"哦，你不知道吗? 他们家的家训就是'牺牲与殉难'——对他们而言，任何可能有利于人类未来的行为,都是合适且可以被接受的——哪怕是为此让自己的家人做出牺牲。"

"好吧。"我耸了耸肩。

虽说我也非常愿意为了人类的幸福、为了正义与公平奉献一切,但不能不说,这事仍然让我有些不舒服。

"总之,这样一来,一切都清楚了。"历史学家总结道,"在很久之前,谢林家族的某人显然从某处古代的设施里找到了一些很有趣的东西,它们显然具有将拟似人格植入某些'合适'的自然人目标的功能,而我的老朋友约翰尼斯中将决定用自己的女儿来实验这项技术。在第一个实验体奥菲莉亚身上,这玩意儿基本未能达到预期效果,于是他便用苏菲娅尝试了第二次——结果,出于某些目前尚不明确的原因,苏菲娅杀死了自己的父母,然后前往了尼尼微城的废墟。"他侧着脑袋想了一会儿,"这多半是因为,一起植入的还有某个指令——某个要求被植入者前往尼尼微城的某处执行特定任务的指令,而同样接受过实验的奥菲莉亚之所以会有着那种强烈的'直觉',多半也是受其影响所致。"

"那……你能帮我找到苏菲娅吗?"在说这话时,奥菲莉亚下意识地将双手握紧放在胸前,做出了一个恳求的姿势。

"如果是现在,我想我有很大概率帮得上忙。"历史学家从他那从不离身的大号双肩包里掏出一件被塑料布裹住的东西,"当然,这还得依靠阿德南中校的帮助才行。"

虽然塑料布是不透明的军绿色,但根据这玩意儿那仿佛传说中巫师的魔杖一样的外形,我也能大致猜出它到底是什么:在阿尔-安东旅那些满嘴"安东虽死犹生"的狂热分子口中,这根短棍被称为"罪孽之杖";罗蒙诺索夫则简单地称之为"信标";据说在别的人那儿,它还有其他某些称呼……虽然第一个称号听上去颇为"狂炫拽酷",但素来行止端正、履历清白的我仍然比较倾向于第二种叫法。

"我? 可是我根本不知道该怎么找人……"

"有了这个,再加上我利用在日出城找到的技术数据进行的升级改良,你就算不知道也没关系。"历史学家胸有成竹地笑道,"对了,之前我曾经告诉过你,我已经找到办法,可以更有效地寻找你那位老是躲躲藏藏的兄弟,你还记得吧?"

"你好像是这么说过来着。"由于之后发生了太多的事情,再加上已经过了一段时间,要是罗蒙诺索夫不说,我恐怕压根儿想不起来这档子事,"你打算用'信标'来找它们?"

"准确地说,还有不少限制条件,但我现在至少能大幅度地……咦? 怎么了?"

历史学家的话刚说到一半,奥菲莉亚突然拿起放在藤椅扶手上的怀表看了一眼,并露出了略显慌张的神色。

"那个……哎呀……糟了! 计划去城里和那些家伙见面的时间已经到了!"

"不是吧? 你们的会面不是定在早上七点半吗?"

"那是正式的礼仪性会面的时间! 其实按计划,我应该要提早一些时间去才对! 因为有几个当地官员私下恳请我利用直接向最高统帅负责的特别监察官权限,为他们向统帅部转交几份信件和一些别的……"她有些恼火地看着怀表的指针,似乎希望发现自己刚才其实看错了,但很不幸,她并没有如愿以偿,"奇怪了。特纳军士和凯瑟琳他们呢? 我明明让他们通知我一声的……"

"很抱歉,这恐怕是我的错。"历史学家突然有些尴尬地低下了头，"我忘了告诉你，我为了防范窃听，在这里设置了无线电信号干扰设备，它们不仅会阻止这附近的信号输出，也会干扰外部信号的传入。大概是这个原因……"

"不对。"艾琳说道，"要是电话一直打不通，奥菲莉亚的随从肯定会起疑心的。按理说，他们应该会到这里来看个究竟才对！为什么一直没人过来？"

"没错，总之我们先回到船里面再说吧。如果有人要来搞袭击，这种露天环境是很危险的。"

我的心中一下子涌出某种不祥的预感——当然，任何人只要像我这样，三天倒一次小霉、五天倒一次中霉、十天半个月倒一次大霉，那他或者她自然也会对各种倒霉事情产生一定程度的预感能力。

"我同意。"奥菲莉亚点了点头，试图朝里推开连接露天沙龙和走廊的那扇舱门，但有些出乎意料的是，她竟然没能推开……

好吧，我知道这些该死的舱门为了安全的缘故，分量都有那么点儿重，但也不至于……

"谁来帮我一把？好像有什么东西堵在外面了。"

我和艾琳立即冲了上去，同时朝里推动这扇舱门——这一次，它总算是不情不愿地挪了窝，而同时传来的还有两声重物滚落在地上的闷响。难道是哪个在下面喝高了的王八蛋从厨房搬了什么东西堆在门后，特意这样让我们难堪？不对，这里可是有奥菲莉亚的卫兵守着的。那家伙就算再怎么不济，也不至于……嗯？等等，卫兵……

如我所料，挡在门外的那两个"重物"之一就是原本守在这里的卫兵。由于我们强行把门推开，这家伙现在已经滚倒在地上，但似乎仍然一动不动；而倒在他身边的另一个人，则是奥菲莉亚的忠实跟班——特纳军士。

好吧,看来今天这事恐怕不太容易解决了。

4

"他们都还活着,呼吸基本正常,心跳和脉搏有一点轻微的紊乱。根据我的判断,他们暂时应该没有生命危险。"艾琳迅速检查了倒在地上的两人,说道。

听到她的回答,一向宅心仁厚,最见不得有无辜者受害的我稍稍松了口气。

"哦,还有一件事……"

"啥?"

"戴上这个,快!"艾琳将手伸进女仆围裙的口袋里,掏出一只带有迷你滤毒罐的简易防毒面具,扔给了我。

咦?话说现在干女仆这行的平时都得随身带着这种东西吗?或者这只是她的个人爱好?

"我在空气中嗅到了微量的失能性化学毒剂的存在。虽然这种剂量对我基本没有影响,但普通人类持续吸入的话,很可能会在数分钟内丧失意识。"

"没错,我刚才就觉得头有点晕。"

罗蒙诺索夫点了点头,从艾琳那儿接过了简易防毒面具,动作麻利地戴了起来;只有奥菲莉亚在拿到防毒面具后愣了一会儿。

"那个……嗯……这些防毒面具没有符合规定的使用手册,滤毒罐也没有密封标志和表示检查合格的——呜嗯——"

她刚嘀咕了半截,我就粗暴地把那玩意儿硬是盖到了她脸上。

"拜托! 现在没时间扯这个了! 你难道也想像这样被放倒不成?"

奥菲莉亚摇了摇头,开始配合地将防毒面具的系带系牢,并打开了由蛇形橡胶管与面具连接的滤毒罐的供气阀。看起来,至少这点基本技能她还是具备的。

"我想,袭击者恐怕刚动手不久——他们应该是设法在船上空调系统的某个部分动了手脚,让浓度不至于导致人员死亡的化学毒剂进入了封闭的走廊和部分船舱内部。"在确认我们三人都戴好防毒面具后,艾琳尽可能压低声音说道,"考虑到毒剂浓度已经开始变淡,他们很可能是在几分钟,甚至更早之前开始这么做的。"

"但如果袭击已经开始好几分钟了,他们刚才为什么不直接来攻击露天沙龙呢?"

奥菲莉亚将那支像是工艺品的手枪攥在胸前,声音听上去倒还算平静——不幸的是,她颤抖不停的双手彻底地出卖了她目前的真实情绪。我估计,之前艾琳——不对,应该是爱尔卡的那一幕过分惊悚的"表演",显然在很大程度上减少了这件武器能够带给她的安全感。

"我想,袭击者数量应该比较有限,而且并不知道我们当时在那里。"罗蒙诺索夫将那名守卫和倒霉的特纳军士搬运到一旁,然后将耳朵贴在每天都会被一大帮子仆役擦得干干净净的木地板上(当然,就算不这样做,我也能听到从下面传来的依稀可辨的音乐声和喧哗声),"他们没有办法完全控制'华美号',更别说和护卫部队对抗了。因此只能选择用这种手段迅速瘫痪一部分地方的人员——或许仅限于这一层甲板,甚至只是这层甲板的一部分区域,然后以最快速度达成目的。"

"换句话说,时间其实站在我们这边。"艾琳补充道(现在的她虽然性格不太讨我喜欢,但在这种关键问题上的分析是绝对靠谱的),"对袭击者而言,他们只有非常有限的时间完成行动——虽然我估计,他们可能锁死了一部分舱门,破坏了这一带的报警系统,还选择了人员往来频率不高的凌晨展开行动,但最多再过个二三十分钟,船上的其他人也该意识到情况不对了。"

"也就是说,我们只要退回露台,再把舱门锁死就行了?我们在那里完全可以坚持足够长的时间。如果能找到替代绳索的物品,甚至可以直接从上层建筑外面滑到下面的甲板上去。"

我从昏迷的卫兵身上解下了一支与奥菲莉亚的那支同款的华丽自动手枪,外加一把剑鞘上满是黄金藤蔓纹路的窄刃剑。老实说,我根本不喜欢这种花里胡哨、只适合拿来在典礼上显摆的玩意儿,而且我估计也没几个人真的知道怎么用它,但在坚持履行《联合军着装条例》的奥菲莉亚的要求下,船上的卫兵还是不得不放弃了更好用的步枪,而佩上了这些花里胡哨的东西——而这只是因为在理论上,他们是直属于联合军高阶军官的卫兵,因此同时具有仪仗兵的性质。

"对!露天沙龙里有救生工具包!我在上周的例行检查时要求船员按规定放在那里的,里面就有十五米长的绳索!"奥菲莉亚连忙说道。

咦？这倒是不错！看来像她这样近乎偏执地随时遵守规章，偶尔还是有点好处的嘛。

"那我们现在就——"

"别急，我先来！"

见我准备走回露台上去，艾琳突然伸手拦住了我，同时把那名仍然昏迷不醒的卫兵抱起来，推着他走出了舱门，而她才刚像这样朝外走了两秒钟，露台外就传来了一阵似乎是压缩空气从管状物中喷出的"嗖嗖"声，外加一阵针头穿透织物，继而扎进皮肉的闷响。

"好极了。"我自言自语道，"完全符合我的一贯运气。"

当然，没人就此发表反对意见。

第七章

"那一招"和必胜"奥义"

1

不是我吹牛，但我敢保证，在听到这个故事的诸位中，大概很少有人曾经遇到过比我那时所撞上的麻烦更加棘手吧。虽然从理论上讲，在离当时的我们不过十几米远的地方就有一大票人可以来帮忙，但不幸的是，这些人全都与我们隔着数层厚重且坚固的金属甲板，而当时的我们没有任何与他们联系的手段。更糟糕的是，我们当时被困的地方是一条细长而没有任何掩体的走廊，前方可能隐藏着正在守株待兔的袭击者，而我们身后的露天沙龙也已经不再安全，甚至连走到那里去都得吃上一通子弹。

唯一值得庆幸的是，当艾琳抱着那个被她当成诱饵兼活体盾牌的卫兵退回相对安全的走廊内后，我注意到，插在那人身上的"弹药"，其实是几发带有注射针头的小型飞镖——不消说，装在里面的多半是强效麻醉剂或者类似的东西。

这算是搞啥？难道那些袭击者不打算干掉我们吗？

我这辈子遇到过许许多多的危险：有些时候，是那些（当然，完全错误地）认为我对人类文明和全人类未来的忠诚与热爱有所欠缺的家伙打算干掉我；而在另一些时候，则是一大堆毫无理智可言，只知道"肚子饿"这么个永远合理的理由的家伙打算把我撕成碎块（或者干脆连这个过程都可以省略），然后吞到肚里去；当然，我也曾经数百次与那些冷酷无情，满脑子想着的只是如何高效地把被他们定义为"敌人"的目标轰杀成渣的傀儡在战场上刀兵相见；甚至还有一些时候，我遇上危险纯粹是因为对方认错了人，或者在无意中被牵扯进致命的混乱事件……但无论在什么时候，那些对我亮出刀刃、枪口或者尖牙利爪的家伙都有一个相同的目标——把我从这个世界上彻底抹去，而像现在这样刻意要留我们性命的行为，反而比较少见。

不，我从刚才就应该注意到这点才对——如果对方的目的是杀人，早在成功控制了一部分通风系统时，他们就应该直接把足以致死的毒气投放进来才对，完全不需要用仔细控制剂量的麻醉气体来刻意避免人员伤亡。既然倒霉的特纳军士跟这个我不知道名字，天知道要睡到啥时候才醒得过来的卫兵现在都还有口气儿，那么很显然，对方肯定希望我们——或者至少是我们中的某个人继续活着。

"怎么回事？为什么联系不上？"

就在我精准而敏锐地做出上述逻辑推断时，露台上传来了略显惊讶的说话声。

"怪了,我也是。这可不像是通信设备故障。"另一个家伙嘟哝道。

或许是情况颇为意外,让他吃了一惊的缘故,这货居然没有注意把说话声放低一点儿,以至于被我听了个清清楚楚。

"不妙,这样就没法报告我们已经就位了,其他人恐怕还不知道目标在这里,而且已经被我们击中了一个……"

说到这里,他才意识到自己的声音似乎太大了,连忙把说话声压低成了我听不清的耳语。

虽然那两个家伙不明白发生了什么事,但我倒是清楚得很:之前以防万一,罗蒙诺索夫在露天沙龙安设了无线电信号干扰设备,而现在,这玩意儿却让那两个刚刚爬上那儿的家伙和自己人失去了联系……当然,从他们的对话来看,我们会待在这地方显然在他们的预料之外,这两个家伙原本的任务多半也只是堵住这个出口,避免我们逃脱而已,而因为无法通信,其他躲在船上的袭击者对此必然还不知情。

我那经过了千锤百炼的战术直觉告诉我,这是个不能放过的机会。

在和艾琳交换了一个眼神之后,我们便对接下来该怎么做达成了共识。我迅速跑到舱门之后,对艾琳比画了一个手势,她立即将仍然昏迷不醒的特纳军士扛了起来。在我打开舱门的瞬间,她立马用尽全部力气,将这个可怜的男人像滚圆木似的滚了出去。

咦?虽然有点对不起这位老兄,但这真的是没办法哦!毕竟奥菲莉亚硬逼着我读的《联合军战地行为准则》里明确规定:在紧急状态下,保存自己的优先度为第一位,消灭敌人则为第二位,而保护他人的优先度顺位排在这两者之后。而且,我没弄错的话,如果是为了保护更多的人,那么放弃保护少数人在理论上也是行得通的……应该是这样没错!当然,要是这位老兄就这么挂了的话,那就更不会有人因为这个找我麻烦了……

当然,不幸——哦,不对,万幸的是,这位老兄没有挂掉。也许是在第一次打照面后产生了某些疑惑吧,在看到翻滚着撞出舱门的特纳军士时,埋伏在露台上的那两个家伙没有立即开火。不过,这也已经足够了。趁着他们的注意力被引开那几秒的当儿,我就已经一个箭步冲出舱门,开始施展起我一直引以为傲的随机应变功夫。

假如舱门外还有更多敌人,我这么做恐怕会非常危险,但区区两个家伙,倒也不是没法对付——尤其是在艾琳与我一起行动时。从堆在这两个家伙身后那已经皱成一团的滑翔伞判断,他们应该是在我们进入走廊后才从空中以滑翔的方式抵达露台的,而他们所找的"掩体"也不过是被仓促放倒的大藤椅。他们都穿着暗绿色的紧身衣,这样有助于在昏暗的光照条件下掩护自己,还在腰间悬挂着简易工具袋,并戴着装有微光夜视设备的头盔。其中一个家伙手中端着一支长身管枪械,它造型怪异,还连着圆筒状压缩气瓶和半满的飞镖弹匣;另一个人则端着一支比较常见的电击手枪。两人腰间都带着塑料手铐和一捆尼龙绳索,以及一些别的束缚用器材。从这套行头来看,这些人是铁了心想抓活的,和上次去刺杀奥菲莉亚的那些家伙表现出的气势截然不同——那些家伙是一门心思打算同归于尽的。

不过,虽然他们不方便杀人,但我可没有不能干掉对手的限制——这让我在战斗中又多了一层优势。当两人意识到情况不对时,我已经举起从卫兵身上摸来的手枪,照着其中一个人的颈口和面部,一口气打空了弹匣里面的六发子弹。虽然正如艾琳

——哦,不,爱尔卡之前演示过的那样,这种小口径手枪的杀伤力并不比打麻雀玩儿的BB弹强到哪儿去,但只要冲着这些要害,近距离地一通猛打,多少能产生点儿效果。毕竟,就算真的只是BB弹,打在那种地方也肯定不好受对吧。

"呜啊——"

当弹匣里的最后一枚子弹的弹壳也从抛壳口里飞出来后,拿着气动麻醉枪的那家伙已经捂着脸倒了下去,鲜血随着他挣扎的动作不断从指缝间涌出。也许我的某一枪打中了他的鼻梁骨,又或者报废了他的一颗眼球吧,但无论如何,这家伙已经被红牌罚下,彻底出局了。别问我红牌是什么,这个词也是罗蒙诺索夫之前和我瞎扯——啊不,聊天时提到的。

在我身后,另一个家伙虽然反应稍快,及时地使用了手中的电击枪,但效果却不尽如人意——因为那枚带电飞镖射中的是艾琳。虽然现在的艾琳穿着一整套简最喜欢的那种女仆连衣裙,看上去怎么也不像是个厉害角色,可傀儡与生俱来的强壮体魄与高抗性绝不是闹着玩儿的。即便被强烈的电流贯穿胸膛,她也只是略显痛苦地闷哼了一声,摇晃了两下,随即便站住了脚跟。

"咦……?"

对方显然没料到,这个赤手空拳的"女仆"居然没有如预料中那样,被这发威力不差的电击放倒,随之而来的困惑让他的反应迟滞了极短的一刹那——虽然艾琳并不像咪咪那样长于此道,但对她而言,这点时间也完全足够克敌制胜了。

"嗵!"

"呜哇,妈呀——"

"漂亮!全垒打!"

　　跟在我们后面探出头来的罗蒙诺索夫恰巧看到了最后一幕:在艾琳用上全部力量,犹如炮弹般的直拳轰击下,那个来错地方的浑蛋就这么被发射了出去,宛如马戏团里的人体大炮。他先是撞凹了身后的铝合金露台护栏,然后高高地弹跳了起来,像一个蹩脚的跳水运动员一样徒劳地在空中挥舞着四肢、旋转着身体,最终消失在船尾附近的水面上,并溅起一大片水花。

　　虽然我不知道"全垒打"是什么东西,但我必须承认,这一幕着实赏心悦目……唯一美中不足的是,在栽下去时,这家伙的手里似乎拿着什么东西……或者更准确地说,我就算用脚指头,也猜得出那是什么东西。

　　"我们的逃生工具箱啊! 这下完蛋啦!"

　　当奥菲莉亚发出哀鸣时,我只是耸了耸肩,然后将目光投向了罗蒙诺索夫。

　　"现在该怎么办?"

　　"这样也好。正好趁这个机会,要不我们试试'那一招'?"隔着防毒面具,历史学家露出略显兴奋的笑容,"既然没法从这里溜走,我们何不索性正面应战? 阿德南中校。"

　　要不是现在脸上戴着这玩意儿,估计我多半已经闻到一股子混杂着焦糖与薄荷的气味了——每当这家伙因为愉悦而变得兴奋时,我总能闻到这种气味。

　　"但是……"

　　"放心,我们在理论上是有胜算的,而且还很不小。"历史学家向我伸出了一只手,"当然,能否成功,还得看你的表现。"

　　接着,我的右手中突然多出了一件手感颇为熟悉的东西。

2

　　我相信各位应该都还记得，就在不算太久之前，我的小队曾在前往日出城的途中遭遇了一点儿小小的波折。由于那个自称为我兄弟的王八蛋的暗中陷害，外加一系列颇为复杂的偶然与人为因素，我曾经相当不幸地被牵扯进一系列诡异的事件。在那时，由于从可可手中得到了被罗蒙诺索夫称为"信标"的那玩意儿，我的意识一度被接二连三地硬塞进了不少躯体，经历了一段意料之外的奇特遭遇。要不是在最后一刻因运气太差而功亏一篑，我甚至只差一点儿就能借着这个机会当上王牌飞行员——虽然我估计大概没有哪个官方机构会承认这个"王牌"就是了。

　　言归正传，虽然这次的情况和在荒原上的那一次大相径庭，但仍然有着不少相似之处。握住"信标"后，我的意识又一次来到了那片诡异的虚拟"空间"之中，而我身边的世界则仿佛是由两个完全不同的世界叠加而成的一样：其中一个是我平时熟悉的那个现实世界，我能够感觉到脚下的织锦地毯的厚重触感、空调系统吹出的凉风、雕饰华丽的吊灯发出的柔和光线，以及经过滤毒罐过滤的空气特有的略微苦涩的味道；而另一个世界则是我过去曾经数次短暂造访过的那个透明的"聊天室"，在这里，一切都要简单得多，无论是甲板、舱壁、装饰物，还是别的什么都并不存在，存在于我身边的只有一个虚拟控制面板与一系列我完全看不懂的数据流。

"你应该还记得，我们上次在红木镇因为手头紧而去猎异兽换赏金的事吧？虽然那次我们的行动整体上不大成功，但至少我的实验结果是非常令人满意的。"在我进入这个"空间"之后，罗蒙诺索夫对我解释道。

他并没有实打实地开口说话。自打我开始使用"信标"后，他就戴上了像是头盔一样的东西——之前在操纵他的那对伙计时，他就用过这玩意儿。接着，这些信息便开始整段整段地直接进入了我的大脑。说实话，这种"对话"方式虽然让人感觉怪怪的，但确实比正常的交谈要高效得多。我们要传达一句话所包含的信息，甚至连半秒钟都不需要。

"嗯？"

"为了能最省事地解决掉那些异兽，我当时派了我的伙计们去把它们引到定向雷的杀伤区域里。"历史学家说道，"只要有'信标'跟最起码的使用权限，要吸引这些家伙并不困难，但你当时应该也注意到了，我并没有把每一种异兽都给招来，而只是在有限的范围内，对有限的一些对象进行了诱导。否则，当时的情况恐怕就是另一种样子了。"

我点了点头。在经历了阿尔-萨尔特的那档子破事之后，我可算是充分感受到了这些古代玩意儿的厉害之处——当时还被我兄弟操纵着的可可曾经让这支"信标"功率全开，把方圆百里内的各种牛鬼蛇神都给招来，陪我们度过了一个就算到下辈子八成也忘不掉的不眠之夜。在那之后,那玩意儿甚至还把一个正在执行对地打击任务的傀儡攻击机中队引到了可怜的安东旅的营地一带,造成了非常惨烈的结果。

"多亏了从前联邦科学院的设施里打捞出来的那点儿残余资料,现在我对'信标'的认知已经深入了许多。"历史学家继续以那种远超正常交谈的效率往我脑子里塞进话语,"在以前,我们这些科技考古学和科技史学的研究者都只知道,'信标'这种设备是在和谐星殖民初期,也就是这个星球仍在被当作一座巨型游乐场而进行建造时生产出来的,其用途是让来到这个世界的'玩家'们可以使用这里的'设施',但因为从来都没有人成功激活过散落在世界各地的大量'信标'中的任何一个,所以更详细的信息,我们也不得而知。"

"但我和可可为什么能使用它?"

"你们俩的情况不大一样。在联邦科学院的'国王'计划留下的资料中,我注意到,他们发现'信标'有两种启动方式:第一种是由'有资质'的人员通过接触后认证使用;另一种则是由这些人向他人开放使用权限。前者的认证需要解锁特定的基因锁,换言之,只有在数据库里录入过自己的基因信息的操作人员才能用;后者倒是没那么麻烦,但这种开放授权的权限范围远低于'有资质'的人员,因此能做的事要有限得多。根据我的推测,这大概是和谐星的'游乐场'在建设和测试阶段的权宜做法——负责测试这里的少数工作人员拥有广泛的权限;而有限的开放授权则提供给早期的游客和其他对这里感兴趣的人,让他们在正式运营前进行一些体验什么的。"历史学家答道,"至于授权如何进行,你已经做过一次了。"

"这倒是。"我点了点头。

在那次失败的(都怪栗子那家伙)捕杀异兽行动前,罗蒙诺索夫也曾经神秘兮兮地把一直被他"保管研究"的"信标"暂时交给我,让我握着这玩意儿,用非常羞耻的语气正儿八经地说了一大段我自己都听不太懂的话,其中好像就包括了"特将使用权限A0到A7全部交付于目标自然人,并确定这一操作"什么的。

"总之,你是那种因为具备特定的遗传基因而'有资质'的人——虽然我不知道为什么几百年里都不见踪影的'有资质'者会在这个当头出现,但也没有别的解释了;至于可可,她则是得到了别人移交的权限。当然,只限于最低的A0和A1级,除了在'游乐场'系统内发出定位信息、执行简单的通信,以及呼唤与召集那些异兽之外,做不了别的什么事,顶多只能用来坑害我们。"历史学家继续"说"道,"不过,你能干的事可就多得多了。"

"我明白了,如果这次的袭击者也像之前那样是傀儡的话,我就可以去抢夺他们的身体,就像上次在艾琳身上——哦,不对,在那些傀儡飞行员身上做的那样?"

嘿,这么一说,我一下子就兴奋起来了——当然,这完全是因为我极其渴望立即夺取敌人的身体,然后对他们实施正义的制裁,绝对不是因为在那些袭击者之中可能也有异性……

"别瞎想了,你做不到的。"历史学家立马就对我泼了盆冷水,"你能够在无意识中暂时接管那些傀儡,是因为他们当时处于自律状态,并未被人控制。换言之,当时没有'用户'在操纵他们,而且你的错误接入引发的系统故障也是原因之一,但是,如果现在袭击我们的是被你兄弟们'借用'了身体的傀儡,那么他们的用户权限和你至少是相当的。"他停顿了一会儿,"现在,按照我的指示行动,用你的意识在控制面板上选择'观察模式'。"

"好吧。"

　　我立即照着做了，接着，那些数据流开始变化、减少，最终全部消失，取而代之的是一系列巨大的三维坐标方格与一个带有"任务计时器"字样的面板——虽然我们之前东拉西扯了这么多，但根据面板上的数字，时间其实只过了区区十五秒而已。

　　"下面呢?"

　　"在你的脑子里尽可能清晰地默念这段信息：启动精准定位子程序，授权码D20210039。"历史学家迅速地塞给我一大段天知道干什么用的代码，"如果出现对话框，要求进行管理员 ID 验证，那就填入7DP205BS39990，如果还有……"

　　"好好好，我都明白。"

　　其实什么都不明白的我如此应付道，同时把那些天知道到底代表什么意思的数字和字母用脑子"填"进各种各样古怪的条条框框里。虽然这活儿很是麻烦，而且让人完全摸不着头脑，但当最后一个框框也被我填完之后，我的视野内突然出现了一些别的东西……我现在能"看到"那些入侵者了。

3

  事实上，管这叫"视野"其实不大准确，因为严格来说，这一切可不是我通过双眼"看"到的——没人能靠双眼看清自己身边三百六十度范围内的事物，更别说穿透层层的船舱壁了。更确切的说法是，与每一名傀儡相连的那套系统替我定位了所有位于"华美号"上傀儡，并将他们的位置以可视图像的形式传递进了我的大脑。

  拜这些图像所赐，现在我终于知道，除了在露台上被干翻的那两个浑球儿之外，还有足足五个浑蛋——或者更准确地说，五个处于"用户"远程控制下的傀儡正待在"华美号"上。系统不但详细地标明了这些家伙与我的相对位置和距离，甚至精确到了毫米级别，就连他们的健康状况、血压、脉搏、呼吸等数据也一道打包传输给了我。之前在闲扯时，罗蒙诺索夫曾经说过，以前的游戏里，每个角色都有被称为"状态栏"的东西，而现在，我算是弄明白那到底是个什么概念了。

  所以，这就是罗蒙诺索夫提到的，可以帮助我们找到我那些兄弟们的方法吗？虽然不能直接追踪到他们的位置，但能够精确定位被他们当作"代理人"的傀儡个体，这倒也是个不小的进步。

"现在我该怎么办？"

"什么都不干，就这样。"历史学家答道，"我在日出城地下的城堡里找到的无线脑机接口现在正把你所得到的信息全部转发给我，你只需要时刻将注意力保持在目标身上就行了。"

"明白。"我说道。

虽然没法跟专业狙击手那样的特殊人士相比，但我保持专注的本事也不算差。在深吸一口气后，我便强迫自己忘记了周围的一切，将我的意识全部集中在那五个家伙的身上，仿佛整个宇宙中只有他们有意义。说来奇怪，当我开始这么做之后，进入我大脑的信息又一次开始增加。这一回，流进来的是一些和位置或者身体状况这种信息完全不同的东西——那似乎是某种通信。

"第三小队没有回应。"其中一个家伙如此"想"道，"时间已经超出一分钟了，我怀疑出了意外。"

我的直觉告诉我，这种通信手段与罗蒙诺索夫和我之间的通信本质上如出一辙。只不过，他们显然没想到，自己正遭到我的监听。

"是的。目标的住舱已经搜查过了，没有人在那儿，在锁死通往下层甲板的舱门之前，我已经确认了目标没有离开本层甲板。"另一个离我最近，就藏在不到十米开外的走廊拐角处的家伙"想"道，"根据分析，我认为她有相当大的概率待在露天沙龙那里。"

"大半夜地待在那种地方干啥？"第一个家伙反问道，"难道那位平时一本正经的千金小姐为了在暗地里排解内心的欲望，所以……"

喂！这也太不纯洁了！就算是我，也没有对奥菲莉亚朝这方面乱想吧！

"够了，现在不是开这种玩笑的时候！"第三个家伙"插话"道，"对本层人员的清查表明，还有几个人也不在舱室里，其中包括了伊斯坎德尔·罗蒙诺索夫博士。如果他们打算利用夜晚秘密地谈论某些重要的事情，那么在露天沙龙设置小范围电子干扰设备，甚至是其他保密手段也是完全有可能的——你们也知道，罗蒙诺索夫博士在这方面很有能耐。"

"赞同。"藏身位置离我们最近的那个家伙表示，"也许第三小队已经成功控制了目标，也可能没有，而且我刚才似乎听到了打斗声。如果目标未得到有效控制，他们应该会朝着我们的方向过来——"

"放心，我不会杀掉任何人的。"最初"开口"的那人自信满满地答道，"不过，根据我的经验，这种家伙通常都是最不省心的那种类型，不过我们为什么不能干掉罗蒙诺索夫呢？之前头儿不是还要我们尽可能解决掉他嘛……"

"现在头儿判断他活着也许对我们更有用，等等，我好像听到了什么……"

随着一声从远处传来的短促尖叫，五名入侵者之一的生理数值突然发生了剧烈波动：他的脉搏、心跳和呼吸频率突然紊乱起来，全身神经系统也发生了严重的异常。虽然不能亲眼看到发生在他身上的事，但我完全能猜出这究竟是个什么状况——很显然，依靠从我这里分享到的位置信息，罗蒙诺索夫正指挥着他那对经过了一系列黑科技升级的伙计，对这些试图伏击我们的家伙进行突袭。多亏了"华美号"更接近于豪华游轮的设计，它的上层建筑到处都是方便通风与观景的大型舷窗，非常适合让原本在船外巡逻的穆吉与贺尼悄无声息地入侵其中；而它们的武器级电弧束的威力，可是以瘫痪普通人为目标的电击枪完全不能比拟的。

"呜哇啊——"

两秒钟后，潜伏在第一个家伙的隔壁舱室内的第二个入侵者也成了历史学家的伙计们的受害者。由于这家伙的藏身之处可没有消音力场，所以他那杀猪般的惨叫顿时让从下层甲板传上来的欢声笑语停歇了下来。接着，我听到了一连串金属敲击的"哐哐"声。看来，似乎是有人在听到惨叫后试图上来查看情况，却因为锁死的舱门而无法前进，因此正试图用消防斧之类的工具将门强行破开。

"糟了。情况有变，采取四号预案！"剩下的三个袭击者之一对他的同伙喊话道。

啥？这些家伙居然还对这种状况也做了预案吗？不过这其实也不奇怪——毕竟我的这帮兄弟能让我头疼这么长一段时间，没点儿本事确实不行。有些出乎我意料的是：他们既没有试图去营救被撂倒的两名同伴，也没有表现出要和罗蒙诺索夫的无人机，或是很快就会冲上来的船员们进行战斗的苗头；反而全体停止隐蔽，朝着我们所在的位置冲了过来。

"麻烦了！这些家伙恐怕是打算先抓住我们作为人质，然后从这里逃跑！"罗蒙诺索夫的判断倒是一如既往的迅速，"穆吉与贺尼离他们的距离太远，按照目前的相对速度计算，来不及在他们抵达这里之前阻止他们。"

自打登上"华美号"，我和我的同伴们的全部武器装备就都被"代管"在了船队里的运输驳船上，而除了那个倒霉的卫兵之外,这一层甲板上全是为高级别客人保留的住舱,根本没地方去找武器——当然,我腰间还别着把仪仗用窄刃剑,但我从来都没有练习过用剑的方法,而这玩意儿也显然不能当成我熟悉的刺刀或者多功能军刀来用。

"好极了。"我摇了摇头,"那个……谁知道我们该到哪里去找件称手家伙吗?"

"我知道。"回答我的是艾琳。

我的这位从来不能——也不愿意使用任何武器的队友驾轻就熟地打开了一处隐藏在走廊墙壁上的壁橱门,然后从里面拿出了——

一支用来清洗天花板的长柄刷子!咦?现在好像不是打扫卫生的时候吧?

艾琳并没有在意我投向她的疑惑目光,而是迅速打开了一只画着醒目的黄色叹号的塑料桶,并将里面气味刺鼻的液体全都倒在了刷子上——就算经过了防毒面具滤毒罐的过滤,那股子味道仍然再清楚不过地表明,这显然是某种必须经过合适的稀释才能安全使用的强效去污剂……不过她到底打算干什么?难道是简那个把服侍别人和做家务当成唯一爱好的家伙又不合时宜地钻了出来?要是这样,那可是大大的不妙……

还没等我想明白这个问题,第一个入侵者已经从走廊正前方的拐角处跑了出来,虽然是在高速奔跑中,但这家伙仍然将那支压缩空气动力的麻醉枪握在胸前,摆出随时可以射击的姿势。在与艾琳(还是简?救主领袖在上,我现在真的分不清那到底是谁了。)打第一个照面的瞬间,这家伙虽然愣了一刹那,但也立即扣动了扳机。

当然,就像之前在露台上用电击枪开火的那个二货一样,这斯的做法也是错得彻头彻尾——傀儡对于大多数有毒气体或者麻醉药物的耐受能力可要比自然人高出一大截。要放倒艾琳，需要的麻醉剂最起码也得是能干翻黑兽的级别，针对普通人类的剂量是远远不够的。

不过，这家伙已经没时间纠正自己的错误认知了。还没等发现情况不对的他拿定主意，艾琳就已经高举着沾了未经稀释的高浓度清洁剂的刷子，摆出一个标准的刺刀突击的准备动作。

4

　　"看我这招!"在将刷子戳向对手的瞬间,艾琳大吼道,"必胜'奥义'——我爱打扫!"

　　看在救主领袖的分上! 这都什么跟什么啊?

第八章

兄弟的记忆与城堡里的将军

1

　　作为一名英勇坚毅，从不畏惧刺刀见红的优秀义勇军战士，我这辈子见过无数次白刃战和徒手格斗，自己经历过的次数也不算太少。根据比我更早加入义勇军的前辈的说法，在混乱的肉搏战中，几乎任何东西都可以被当成武器——敲碎瓶底的酒瓶、包上臭袜子的板砖、菜刀或者烤肉叉，甚至是折成两段的劣质牙刷和配错的钥匙……但恕我直言，长柄刷子我还是第一次见。

　　只是这效果……似乎还不错。

　　"呜啊，我的眼睛啊——"

　　在被那招什么"必胜'奥义'"（是谁教艾琳这种听上去满是

古地球味儿的奇怪词语的？等到有空的时候，我也许得和罗蒙诺索夫好好谈谈。）当面戳中之后，冲在最前面的那个浑蛋几乎在眨眼间就丧失了战斗力。纵然现在他的意识寄居在一具傀儡的身体里，但这并不意味着他就没有弱点。罗蒙诺索夫曾经提到过，为了避免在无意识中伤到自己，以及准确地判断自己的身体状况，傀儡的躯体在感官灵敏度上甚至远超人类。只不过，对于那些只有基于"默认状态"的战斗本能，甚至连保护自己都可以排在第二位的家伙而言，只要不会致命或者致残，一般的伤害所造成的痛苦会被他们直接无视，但要是里面塞的只是个凡夫俗子，那可就另当别论了。

虽说双眼的晶状体和泪腺被高浓度清洁剂烧得痛苦不堪（没错，光是在一边看着我都觉得眼睛疼），但要是艾琳戳中的是个一般的傀儡，对方多半还能忍住痛苦，在盲目的状态下尝试依靠其他感官展开反击，但眼前这个丢脸的家伙却任由痛苦压倒了自制力，开始双手捂脸并在地板上痛苦地翻滚起来，甚至差点儿因此绊倒从后面跑来的同伙。不过，第二个家伙显然要比被放倒的那小子更有经验一些——在察觉到情况不对之后，他立即刹住了脚步，将无法对艾琳产生决定性作用的电击枪插回腰间的枪套里，转而拔出了一柄带有奇异弧度的短刀。

"没想到廓尔喀弯刀这东西在和谐星上还存在啊。"待在我和艾琳后面的罗蒙诺索夫又开始自顾自地说起我听不懂的话，"我记得这里应该没多少人祖先来自喜马拉雅地区。不过，考虑到这种兵器的知名程度，也可能是其他文化圈的人群带来的。当然，如果以后可以调查一下的话……"

算了，不管那到底是个什么玩意儿，总之这把刀在那家伙手里看上去实在是很危险——虽说艾琳的长柄刷子有着长度方面的优势,但那家伙不断将那把怪刀在双手之间交换,同时让自己一直处于艾琳的刷子能够戳到的距离之外,让对方无从判断他到底是打算冲上去突刺,还是想直接把刀子当成投掷武器使用。更糟糕的是,通过地板传来的振动表明,在这家伙身后,还有一个浑球儿最多再过几秒钟就会抵达这里。虽然从理论上讲,就算在这种情况下,我们这边还是占了四对二的优势,但我可不认为我有本事在保护两个非战斗人员的情况下,还能在近身战中单挑一名傀儡。

但奇怪的是,艾琳似乎并不怎么着急。在眯着眼睛,冷静地与对方对峙了两秒钟后,她握着刷子前端的手臂突然朝后一收,似乎是准备突刺,但就算是我也能看出来,在目前的情况下,率先采取行动并非明智之举。

接着,她狠狠地将刷子朝着斜上方甩了出去。

虽然这一招看似无法直接对对手构成威胁,但在强大的离心力作用下,大量浓缩清洁剂的液滴毫无死角地呈扇形飞溅出去,恶狠狠地兜头糊在了那个正在显摆玩刀本事的家伙脸上。

咦?在目击了这一幕之后,我突然意识到,平时我因为嫌贵——啊,不对,因为厉行节约而从来舍不得买的护目镜没准儿还真有点用,我以后还是备上几套比较好。

和之前那小子不同,这家伙"里面"的那位似乎意志要更坚强、也更能抵御痛苦一些,纵然双眼和呼吸道都被残忍地烧灼着,但他还是咬牙忍住了痛呼——但也只忍了一刹那而已。

当艾琳调转手中的刷子,朝着那家伙胯下挥出迅捷而准确的一击后,他爆发出的惨叫声甚至比之前那位还要夸张。虽然罗蒙诺索夫和其他科技考古学方面的专家都强调,傀儡们是在神秘地下工厂的人工培育舱里制造出来的,并不需要像自然人

159

那样生育，但出于某种所有人都百思不得其解的神秘原因，他们仍然保留了两性的全部性征和生殖系统，以及相应的弱点。

即便在捂着裆部倒下之后，那家伙仍然摸索着想拿起掉在地板上的那把廓什么的怪刀，但时刻保持着警觉的我当然不会给他机会。在一脚踩住他乱抓的手掌，又一脚踢在他的太阳穴上后，这人终于彻底消停了下来。

"你配合得不错啊，艾琳。"我朝着对方的脸上啐了口唾沫，然后拍了拍艾琳的肩膀，"对了，你平时不是绝对不肯参加战斗的吗？为什么……"

"拜托，我只是因为某种原因没法碰武器罢了，这不意味着我就不能用不算是'武器'的东西收拾人。"艾琳撇了撇嘴，"为了能在紧急状况下派上点用场，我拜托平娜上尉和德尔塔先生教了我一点用刺刀格斗的技术。毕竟，很多日用工具都可以当成长杆兵器使，因此就算是我，也能运用这种技术。"

"很不错。"我随口答道，同时却仍然感到了一点儿隐约的不安……等一下，似乎还有什么事是我们没解决的——对了，朝我们冲过来的第三个家伙呢？

骤然意识到这一点让我猛地打了个激灵，胜利带来的喜悦和轻松感也顿时被近乎本能的警惕取代了。我从刀鞘里拔出了那柄满是花里胡哨装饰的仪仗刀，尽管我几乎不知道该怎么使用这玩意儿，但还是准备和艾琳一起迎敌，可那家伙却迟迟没有露面。

这又是闹哪样啦？难道他打算从别的什么方向绕过来袭击我们吗？大惑不解的我重新集中精神，握紧了手中的"信标"，在统御着无数傀儡的系统数据流中搜索那家伙的下落。没过几秒，一切就真相大白了——第三个朝我们冲来的家伙其实离我目前的位置并不太远,就在距离走廊拐角不到五米的地方,只不过目前的情况可谓是相当不妙:从混乱的神经信号与生理数据判断,他似乎刚刚遭到袭击并结结实实地吃了一顿海扁……而且还不是被罗蒙诺索夫的无人机收拾的。

"阿德、阿德!你没事真是太好了!"

就在满脑子问号的我走过走廊的拐弯处,打算看看情况时,一个人影冷不防地跳了出来,像抓住猎物的章鱼一样紧紧地抱住了我……这熟悉的感觉是……不妙,我好像有点喘不过气来了……

"栗子……那个……麻烦你稍微松开一点行不?"

"咦?那个……对不起!"在听到我的话后,栗子立即触电般地放开了手,动作甚至比抱住我时还要敏捷,"我只是……只是真的很害怕!我担心那些家伙把你……"

"行了,现在没事了。"

我耸了耸肩,尽可能露出了无所谓的笑容,希望以此来安抚我们队伍里的这位总是容易过分担心别人(尤其是我)安危的驾驶员。就像我一样,她也戴着简易防毒面具,显然是在袭击开始时就已经有所准备了。

"对了,你是怎么注意到我们被袭击了的?难不成……"

"是咪咪做的哦。"

咪咪朝我挥了挥手,她正忙着摆弄一捆天知道从哪儿搞来的绳索,并把倒在地上的那家伙绑紧。从掉落在地毯上的白色矿物碎片来看,她似乎是用某位尊贵的大人的胸像把最后一名袭击者放倒的。

"我在睡觉的时候闻到了那种味道,然后就醒过来了。之前罗蒙诺索夫博士一直要我们保持警惕,所以我们都随身带着这个，没想到还真的有用啊。"她"嘿嘿"地笑着，用指尖敲了敲脸上的防毒面具——显然，比一般人更敏锐的嗅觉和对真正危险保持着的警觉帮了她大忙，"因为不清楚情况，所以在把栗子她们叫醒之后，我们就一直留在舱室里，但刚才听到外面有打斗的声音，所以我就出来了……"

"干得非常不错！你明天要吃什么我都请客！"

基于赏罚分明的基本信条，我立即对她保证道。反正无论是在这艘船上，还是在特别监察官的队伍所造访的城镇里，我的全部开销都会由奥菲莉亚买单。这种钱自然是不花白不花，花了还能促进经济循环跟货币流通，可谓是两全其美的大好事。

"那么，今晚的特别节目也算是结束了。"罗蒙诺索夫走了过来，看着那些被我们放倒在地的家伙，不知为何，他似乎有些遗憾，"全都是'借'来的傀儡吗？那可真是不幸，看来我们是没法从他们身上套出什么有用信息了。"

我点了点头，表示同意。

众所周知，在极端状况下，傀儡可以通过一个明确而强烈的主观念头在数十秒内停止自己的关键生理活动——比如呼吸和心跳，从而实现自杀。因此，除非对方故意打算提供虚假信息，否则对傀儡实施审问简直就像吃油炸刨冰一样可笑。在上次的袭击事件中，试图潜入奥菲莉亚一行人的临时驻地的那个家伙也是以同样的方式自行了断的。

"奇怪，这个人我好像有点眼熟啊。"仍然紧张地握着那支没什么用的手枪的奥菲莉亚也走了过来，打量着被艾琳干翻的那几个家伙的脸，"还有这个。对了，他们是我们在红木镇那儿临时招募的平民雇员，好像是下层甲板的清洁工……看来我得通知一下冯先生，让他和那些负责人事部门的人——嘿！你要干什么?"

　　"啥?"

　　或许是由于胜利带来的松懈情绪让我的反应速度变慢,在听到奥菲莉亚的惊叫整整一秒钟后,我才迟钝地转过身去……而在转身之后,我见到的第一样东西,便是朝着我的胸口直刺而来的一柄凶器。

　　这东西叫什么来着?当利刃穿透肌肤的疼痛沿着神经系统传到我的脑子里时,我发现自己居然在考虑这种无聊的问题,好像是叫……叫……是了,似乎是叫廓什么……

2

　　我想，那大概是我这辈子离送命最接近的几次状况之一。

　　举着那把有着奇怪的名字和更怪的造型的刀戳中我胸口的是艾琳，并不是其他人——当然，这也是我会被伤到的原因。毕竟，虽然由于奥菲莉亚总是反复强调的"仪容礼节"，所以在"华美号"上时，我没法像平时那样套着我那件补丁摞补丁且松松垮垮的迷彩大衣，并把厚重的陶瓷防弹胸甲藏在下面，但我好歹还是在衬衣里时刻穿了一件可以抵御低动能破片和小口径弹丸，而且也不至于过于显眼的轻型防弹衣，除了洗澡之外从来都不会脱下。如果换成别人，这一刀恐怕未必能穿透这层防护，但艾琳的力量却能做到这一点。

　　虽然在一些四处流传，真实性无从考证的传说中，我听说人会在临死之际看到所谓的"走马灯"，或者出现什么灵魂离体的体验之类的，但事实上，这些玩意儿全都没发生在我身上。我感受到的只有寒冷的金属穿透防弹衣，刺透皮肤和肌肉组织所带来的那种令人发怵的寒意，以及姗姗来迟的疼痛……哦，对了，还有伊斯坎德尔·罗蒙诺索夫的声音。

"是时候了。"

啥?

在下一个瞬间,我发现自己的视角突然转变了。

现在的我正用右手握着那把弧度怪异的弯刀,将刀刃尖端刺进一名男子的胸口部位。这个年轻男人的容颜俊美,眉宇之间带着一种令人迷醉的英雄气概和坚毅神色,乍看之下甚至足以与我本人相媲美——好吧,其实那就是我啦。不过话说回来,这好像不是什么灵魂离体啊。毕竟我仍然有着五感,也能察觉到自己身体的存在,这意味着……

"警告,检测到程序错误——目标被复数用户同时登入。警告,警告,检测到程序错误……"

当这个我颇为熟悉的"声音"流入我的意识时,我算是彻底闹明白这是玩儿的哪一出了:敢情和上次在阿尔-萨尔特沼泽时一样,我的意识又一次被塞进了艾琳的脑子里……咦? 不对,好像有什么不同,这一次的感觉非常奇怪。

在上一次"扮演"艾琳时,我能够清楚地察觉到她的三个不同的人格,就像是……非要打比方的话,就像是和三个昏昏欲睡的人挤在同一顶野战帐篷里一样,但现在,除了那三个人格(而且似乎都比上回要活跃一些)之外,在这顶"野战帐篷"里还挤着一个我非常熟悉的人……而且那家伙正竭尽全力和我唱反调。

简单点说,他似乎想把那把刀子继续往前推一点儿,而我(当然,还有艾琳、简和爱尔卡)都很不希望这种事发生。

现在,握在"我"手中的弯刀已经完全刺穿了对面"那个我"护住上半截躯干的轻型防弹衣,并且扎进了我胸部的表皮之下,但离刺入胸腔,继而穿透最关键的那个器官倒是还有一丁点儿至关重要的路程要走。当然,艾琳的臂力其实完全有能力一举将现在的我在字面意义上扎个透心凉，但看起来，她似乎在最后一刹那及时地抢回了一些对身体的控制权，阻止了最糟糕的情况发生。而现在，有了我的协助，情况自然开始变得对我们有利了。

"喂？听得到吗？"伊斯坎德尔·罗蒙诺索夫的念头像打电话一样直接传了过来，"嗨，能听到就回个话！我知道你还有口气儿。只要你自个儿还没被杀，那传输出去的意识就应该不会有问题！"

"难道你比较希望我没气儿不成？"我很不开心地"反问"道。

"当然不是。虽然说实话，作为一名联合军的军人，你其实一直表现得够逊的，但就凭你有使用'信标'的'资质'这一点，我也不希望你太早就玩儿完。毕竟，要再找一个像你这样具备'资质'，而且还乐意与我合作的人可不容易。"

历史学家的回答倒是非常诚实……而且真的有够欠扁的，但很不幸，我现在根本没空扁他。虽然目前占据着上风，但无论我想指挥这具身体做什么事，都会遇到一股难以用语言精确形容的障碍。每一个神经信号刚刚下达，都会遇上一股阻力，就像是有个浑蛋透顶的傀儡师用丝线绑住了这具身体的各个主要关节，与我拼命较劲儿一样。

"我看你是根本找不到吧。"我吐槽他。

毕竟这家伙自己也说过，在过去那么多年里，就没什么确凿证据可以证明，有谁成功启用过"信标"。

"算了，不说这个。我猜你现在感觉不太妙吧？"历史学家的语调突然变得意外地正经——根据我的经验，这通常都不意味着什么好事，"是不是能感觉到'那个家伙'正和你待在同一个脑子里？"

"咦？没错啊,你是怎么……"我刚"说"了半句,脑子便忽然"咔嚓"一下转过弯来,"等等! 你从一开始就知道会发生这种情况,对不对?"

"没错。"历史学家看上去倒是颇为得意,而我现在也拿他没什么办法,"以前在古地球上,有句俗话叫什么来着——对了,'以彼之道,还施彼身'。既然你兄弟前几个月利用可可给咱们送了那么几份'大礼',我们要是不送点儿合适的回礼,那岂不是太没礼数了?"

嗯……这倒是没错。不过话说回来,要是能不用我当小白鼠,就更完美了。

"所以,你到底是怎么……"

"还记得上次他们用来操纵可可的那些'小道具'吗? 非常幸运的是,我在获得技术史学和科技考古学博士时的毕业设计课题正是改造和重设这类特殊的植入器。"历史学家说道,"再加上我们在日出城弄到的资料的帮助,我成功地把它变成我们的小帮手——只要艾琳戴着这东西,启动了'信标'的你就能在她被人通过'系统'强行控制时,通过强制'接入'的方式对她进行反控制。怎么样,是不是很有趣?"

咦? 艾琳一直戴着那东西? 怪不得简平时扮女仆时都要戴着格子花纹头巾,原来是为了遮掩吗? 不过话说回来,这种事有趣个鬼啦! 敢情你这浑蛋从一开始就算准了这些状况,打算让我来蹚这趟浑水的吗? 就算我再怎么无私奉献,你也不能连招呼都不提前打个,就这么坑人吧!

"那我现在该怎么干?"

"这还用说? 当然是趁这个机会干翻那个浑蛋啦。"

说得没错,但怎么做就是个问题了。现在我和"那个浑蛋"

可是待在同一个身体里的。虽然目前艾琳的三个人格都处于不同程度的清醒状态,并可以协助我一起压制住那个浑蛋,但我该怎么干翻他呢?要自己揍自己一顿吗?这样的话,倒霉的也只会是我——哦,不对,艾琳吧?

"唉,我就知道你这种科技盲没法自己弄明白该怎么办。"历史学家哼了一声,"不过别担心,我这次可是非常贴心地为你准备了全套服务。你现在只需要集中注意力感受那浑蛋的存在,然后选'是'就行了。剩下的事……到时候你自然会知道该怎么做。"

"喂!这算什么全套服务?你好歹解释清……"

我原本还打算抗议两句,但罗蒙诺索夫这家伙却自顾自地退出了通信。接着,几个虚拟弹窗就接二连三地在我的"眼前"蹦了出来。不过,除了最下头的"是"和"否"选项之外,虽然里面的字儿我都认识,但连成一片后,我可就一点儿也不懂了……

好吧,虽然还是不清不楚,但除了统统选"是"之外,我还有别的选择吗?

3

"可恶,居然被摆了一道。"在一片混沌之中,我模模糊糊地听到有人如此"说"道。

虽然在目前的状态下,我无法通过不同人的声线的差异来辨别其身份,但某种我难以用语言解释的"感觉"却使得我可以分辨出对方的身份。刚才的这个念头显然并不来自艾琳的任何一个人格,也非让我稀里糊涂就落到这一步的罗蒙诺索夫,而是出自另一个家伙的意识。那家伙正是之前给我们找了不少麻烦,而且居然大言不惭地自称为我兄弟的浑蛋。

当然,这一次,我们并没有在那个什么"聊天室"里碰面,那家伙也没有以我的虚拟形象出现在我的面前(这实在是有点可惜,否则我至少还能揍他几下),取而代之的是,我发现自己现在正身处一个光照昏暗的建筑物内,身边还围着一小群人。这些人有男有女,年纪也略有差异,唯一的共同点是,他们好像都长得和我有些神似。

这又是什么玩法?

"伊莉娅! 马尔科姆! 这是怎么回事? 为什么会出现这种

系统异常？"在与"我"（我现在到底在谁身体里啊？）四目相交之后，其中一个外貌很像是小了三岁的我的年轻男人立即尖叫了起来，声音中带着几分无法遮掩的惊恐，"阿丹他好像出问题了——"

"我就知道！对方是不是采取了反制手段？"

另一个穿着脏兮兮的工作用围裙的家伙立即从一堆仪器之间钻了过来，看起来就像是穿了一身女装的我。虽然这座建筑内部缺乏装修，大多数地方都还露着灰色的混凝土墙面，地板上也到处堆满了脏兮兮的铺盖、明显没有洗干净的餐具和各种各样的生活垃圾，但安装在各处的一大堆我完全不知道干吗用的电子设备倒是都保养得很好，大大小小的显示屏和指示灯明明灭灭，晃得"我"眼花缭乱。

"从下行信息的情况来看，的确有可能！毕竟从理论上讲——"

"马上切断！切断全部的——"

"你傻啊！这样的话阿丹他……"

"他能照顾自己的！快干！我们待会儿再'拉'他回来！"

随着一个长得像是三十出头的我的家伙噼里啪啦地在键盘上狂砸一气，阴暗的建筑、生活垃圾、电子设备，以及那些与我出奇神似的男男女女全都不见了踪影。我的知觉变成一片黑暗，其中还四处可见一段段飞驰而过的包含着影像、声音与其他信息的碎片。过了好一阵子，我才有点迟钝地意识到，那些"碎片"其实都是记忆，是来自另一个人的另一段人生记忆。

咦？等等，我记得上次在日出城的地下，这家伙似乎也强行"调阅"过我的记忆，没准儿我现在也可以对他做同样的事情。

或许是察觉到了我的想法，我那兄弟的意识开始更加猛烈地挣扎起来。每当我试图将思维伸向那些记忆时,他都会竭尽全力地将某些别的东西硬塞给我:修理某些我不明白原理的工具,咀嚼难以下咽的压缩食物,在一座已经变成废墟的小镇附近挖土,在一台不知什么时代生产的古老计算设备上计算我看不懂的公式……很显然,和上次中招时处于懵懂状态的我不同,我兄弟很清楚自己目前的处境。他似乎明白,自己现在无法将我从意识中驱逐出去,甚至无法阻止我触碰他的记忆,于是便用这些毫无价值的"垃圾信息"来尽可能阻碍我看到真正有价值的东西。

当然,要对付聪明睿智且善于随机应变的我,光靠这点花招还是不够看的。在接二连三地被塞了一大堆"垃圾"之后,我也开始集中精神,竭力思考着……等一下,我到底要看些什么呢?这些家伙目前躲藏地点的确切位置? 他们的真实身份? 还是他们的计划? 算了! 虽然前两样也确实相当重要,但我还是希望知道这些家伙到底在干些什么。

我要知道你们的计划、你们的计划、你们的计划、你们的计划、你们的计划……

我拼命集中了全部精力,反复不断地在意识中重复着这个念头——虽然看上去有点傻,但事实上,很少有人能够真正如臂使指地精确控制自己的思维。在某些时候,急于掩饰某件事反而会让人无法抑制地下意识去反复思考它——而我兄弟显然也没法完全避开这一点。

很快,我就看到了那段记忆。

由于这家伙头脑清醒,拒不配合,我看到的场景儿乎全都是模糊不清的。在一座巨大的建筑(似乎是地下室,又或者是某种密封的仓库)之内,一群同样面目模糊的人正在成堆的资料和设备之间来回走动着。其中一些人似乎正在保养手中的武器装备,或是搬运东西;另一些人则一边翻阅着摊开在充当桌子的波纹钢板上的照片和文件,一边低声讨论着。所有人的神情都颇为严肃、凝重,看上去活像是一帮正在等待裁员名单宣布的倒霉职员。

"如果这是真的,那么我们就必须更改计划中的任务优先顺序了。"其中一人嘟囔着——有趣的是,这尖细而中性化的声音居然让我产生了一些熟悉的感觉,"简直无法想象! 那些一贯无能得连稻草人都不如的官僚,竟然能把这种事情瞒这么久!"

"放轻松些,阿列克谢先生。"另一个我同样听过的声音——属于我兄弟的声音响起,"虽然事实确凿,但刚才的报告中所提到的只是一种合理的推断,你也知道,我们目前还无法确定——"

"一种推断如果能'合理',那就意味着它存在着实现的可能性,尤其是在作为其依据的前提条件确实存在的情况下!"那个中性的声音透露出一丝恼怒,"我可不是天真可爱的伊斯坎德尔! 也许他会习惯于只看那些能让他做出乐观推测的证据,但很抱歉,我无法忽视这么大的可能性! 假如那个叫苏菲娅的丫头真的如你们所估计的……"

"但那又怎么样? 阿列克谢先生。目前没有证据表明,那个在城堡里逃出封印的人格——我是说,假如那真的是一个复制版的自然人人格,而不是纯粹的拟似人格——如果那个人格拥有将军的完整记忆,毕竟,他没有完全地支配将军,甚至在最后一刻还因此而被……"就在我听得刚开始感兴趣时,一段关于清洗厕所的记忆碎片却突然被我兄弟硬插进来,干扰了我十几秒钟时间,让我没能听见下面的话,"更何况,已经过去这么多年了,尼尼微城并没有任何异常发生,这一事实也足以表明,也许情况没那么糟。"

"我不赌运气!"被称为阿列克谢的人说道——虽然我兄弟竭力不去回忆他的面貌特征,但我还是注意到,这人身材不高,而且似乎有着一头飘逸的浅色长发,看上去颇有一点儿像是我认识的那个人……这说不定还真不是巧合,"哪怕是百分之一,不,千分之一,甚至是更低的概率,我们也绝对不接受! 要知道,我们不仅仅是为和谐星的千万人类的未来负责,也是为现在有可能仍然生存于其他世界的幸存者,甚至是那些可能存在的非人类智慧种族的未来负责! 你明白吗?"

"……"

"说话啊!"

"是……是的,阿列克谢先生,我明白,但即便如此,我们又该怎么做呢? 你也知道,除了谢林家族自己人,没有人清楚尼尼微城地下的城堡的秘密——他们家族一百多年来都把那儿当作自己的私产! 从来不肯向外人透露,哪怕是联合军政府……"

"这不是问题,约翰尼斯夫妇还有一个活着的子嗣。"

"你说奥菲莉亚·谢林? 我听说那个女人不过是个脾气很差、性格很烂、没有主见的牵线傀儡,一直被谢林家族的远亲们当成招牌摆弄。这种人……"

"也许她确实是个不成器的家伙,但这不意味着她就什么都不知道——无论如何,奥菲莉亚都确实是谢林家族本家剩下的唯一直系继承人。就算再怎么无知,她能为我们提供的信息仍然将极为可观。"阿列克谢摇了摇头,"更重要的是,根据我最近得到的可靠消息,奥菲莉亚·谢林似乎与'那一派人'达成了协议,自愿接受了某个非常特殊的职务。我有理由相信,这是一个非常不错的机会。"

"但动用暴力掳走一个总司令官任命的特别监察官,这也太明目张胆了。这么做难保不会引来过多的关注,甚至导致我们的存在被曝光! 我希望你仔细考虑潜在风险!"第三个人插话道。

"我明白。"阿列克谢答道,"但各位也许没有意识到,或许还有某些人同样希望,甚至会默许她的消失呢? 兰檀半岛的局面比各位想象的要有趣得多,而我们也不难找到合作方,而只要她在形式上已经死亡……"

"我明白了。"有人恍然大悟般地说道,接着,更多围坐在附近的人也开始点头,"你的意思是,利用两大派系之间的矛盾,并且……"

嗯,不错。这下我总算听到有趣的东西了! 快点,继续说啊! 你们这些阴沟里的死耗子王八蛋到底打算干什么? 居然打算对按时给我付工资的——哦,不对,我发誓一定要保护的奥菲莉亚阁下采取什么见不得人的浑蛋行为? 赶紧说出来! 这样我就可以——

"抱歉,但偷看别人的记忆似乎是很不礼貌的行为呢。"就在我正打算竖起耳朵听个仔细时,我兄弟突然朝着我的脑子里冷不丁地塞进了一句话。接着,周围的景色又一次发生改变,变成我之前曾经见过一次的"聊天室"那空无一物的鸟样,而那厮则变成我的模样(或者他其实就长这样?)"站"在了我的面前,补上一句:"时间到。"

我去! 你也好意思说这么做是不礼貌的吗? 那上次你对我干这种破事又算是啥?

"去死吧你!"

　　我一拳砸向了他的脑门，把这个形象打成了四散飞溅的光粒——虽然这么做其实没啥用，但起码可以稍稍表现一下我正义的愤怒和与邪恶势力斗争到底的决心。

　　"很不幸，我现在可不能死。"在重新凝聚出一个虚拟形象后，我兄弟双手一摊，摆出了一个无奈的表情，"数以亿计的人与文明的未来还在等待着我去拯救，因此对于现在的我而言，就连死亡，也已经成了一种奢侈。"

4

"我呸！你算老几？数以亿计的人等着你去拯救？"

作为一个头脑正常的人，我自然对此表示了嗤之以鼻——毕竟，以前住在据点镇时，下城区的臭水沟街上也总是会有穿着破破烂烂的大斗篷，有着饥饿野兽般眼神的肮脏男人找上我的同伴，然后神秘兮兮地说他们正在开展拯救世界的大业，需要像她们那样的优秀战士提供协助什么的，而每一次，我都能凭着自己超凡的智慧看穿那些人的图谋，并避免我的同伴们惨遭毒手……这种拙劣的伎俩自然骗不了我。

不过话说回来……在这家伙的记忆里，他们似乎也是这么说的来着。

"我知道你很难相信，而且在缺乏证据的情况下，就算我试图向你解释，你大概也只会认为我在胡言乱语吧。"我兄弟无奈地说道，声音里满是哀伤——如果这是演技，那他绝对适合去当家庭伦理话剧的男主角，"算了，我不会尝试在此时此地说服你，尤其是我们刚刚还袭击了你们，但我还是希望你们能稍微放聪明点。继续和奥菲莉亚·谢林准将待在一起，会让你们落入一系列阴暗的政治纠葛的旋涡之中,而无意义的痛苦和死亡将是其唯一的终点。"

我原本倒是想摆个足够炫酷的姿势,对他斩钉截铁地来一句"我不相信!"或者别的什么,但或许是时间不够,又或许是无法在我的凛然正气面前继续厚颜无耻地扯谎下去。总之,在说完那一通乱七八糟,鬼才听得懂的话之后,这家伙的影像立即和那个"聊天室"一起消失得干干净净,剩下的只有从我的胸口传来的疼痛,而它正变得越来越清晰⋯⋯

"呜啊,痛死了!"

"别乱动,你是三岁小孩吗?"在我挣扎着醒来的瞬间,罗蒙诺索夫瞪了我一眼,没好气地说道,"还是说,你希望就这么让胸口的伤化脓感染? 我可没那个闲钱给你买抗生素。"

"你这也太吝啬了吧?"

我倒吸了一口凉气,强行让自己安静了下来。确实,历史学家眼下正在为我胸口上被刺中的地方清理上药,而破了个细长口子的防弹衣已经被脱了下来,挂在了我躺着的藤椅的扶手上;栗子、咪咪和艾琳都在附近忙活着,将那些昏迷的人从走廊内一个个抬出,安置在通风良好的露台上,与她们一起干这活儿的还有平娜、德尔塔和一大群姗姗来迟的卫兵与船员。

有意思的是,我注意到,奥菲莉亚也待在人群之中,用相当担忧的神色注视着我,而她的表现并没有逃过那群平时总是围在她周围的跟屁虫们的注意。在我醒来时,至少一打森冷的目光立即像刀子一样刺向了我——我敢打赌,要是我就在这里原地爆炸的话,恐怕会有不少人高兴得立即跳起来的。

"该死的,刚才那到底是⋯⋯"

"我借用了你兄弟留下的东西,外加你的'资质',对他们进行了一次逆向渗透与控制尝试。虽然由于对方比我预期中更快地采取了反制措施,因此这次行动不是很成功,但至少也算是达成了部分目的。"历史学家解释道,"现在,至少我们已经不必再对接下来该怎么办这个问题而感到一头雾水了。"

哦?是吗?但为什么我还是一头雾水啊?我兄弟和他的那些同伙到底是什么人?他们到底有什么目的,我现在还是搞不清楚。唯一能确定的只有两点:首先,这事似乎和兰檀地区的政治纠葛有关,而他们得到了某个派别的协助;其次,他们的目的之一,似乎正是掳走奥菲莉亚。对我而言,这可不是什么好消息。

"总之,今天的事请作为一次'原因不明'的暗杀事件记录在案,并且尽可能低调地处理。如果可以,随便把它归咎于地方上的邪教小团伙或者无政府主义者都行。我会在合适的时候向你做出进一步的解释,不过今天应该暂时不会有别的意外发生了。"

在思考了片刻之后,历史学家对奥菲莉亚说道,同时瞥了一眼那些被并排放在地板上的袭击者——就像上次我们在奥菲莉亚的临时宅邸里遇到的那名傀儡一样,在被制服并意识到自己已经无法逃脱后,这些浑蛋立即悄无声息地断了气儿,从而逃过了遭受审讯的下场。

"是吗?那就好。"

奥菲莉亚用欣喜的目光看着恢复神智的我,然后略显疲惫地点了点头,但紧接着,就在她准备找个地方坐下来时,一道橘红色的火光与随之而来的轰隆声突然扫过了这处露天平台。

"咦?"

万幸的是,爆炸并没有发生在"华美号"或者它的任何一艘护卫舰艇上。从腾起火球的方位判断，被炸毁的地方似乎位于灰石城的中心部位，离遍布金属精炼厂且理论上更容易因为事故而爆炸起火的工业区有不远的距离。事实上，就在昨天上午，奥菲莉亚还对我介绍过那座垮了一小半，现在正在熊熊燃烧着的建筑物，那似乎是城里的大会堂来着……

　　如果没有被这场袭击拖住，现在我们应该正在那里面和当地的头头们会面才对。而我有一种相当强烈的预感，这似乎并不是单纯的巧合。

第九章

疯点子和特殊生意

1

八天之后。

"那个,你确定这东西能喝吗?"在这家名叫"过去的味道",塞满了吵吵嚷嚷、乱七八糟且不断制造着从有害气体到噪声在内的各种污染的粗俗顾客的酒馆角落里,奥菲莉亚举着手中的廉价玻璃杯,翻来覆去地盯着装在里面的浅黄色液体看了好几遍,"我刚才问这里的老板要经营许可证,结果他居然说不知道有这东西! 食品安全检验证和其他经营证件也都根本没有啊! 按照食品安全法的相关……"

"你尽管放心好了,'奥黛丽'女士。我可以保证,这酒对我们身体健康有害的可能性微乎其微。"

伊斯坎德尔·罗蒙诺索夫眼疾手快地抓住了她的手，让目前化名为"奥黛丽"的奥菲莉亚没法从斗篷内侧的兜里掏出奇奇怪怪的东西来。虽然以前压根儿没有先例，但就算是头脑没我们这么聪明伶俐的人也不难猜到，在新尼尼微城边缘最无法无天的"黑巷"的无证肮脏小酒馆里掏出一本法律文件，会给其他人造成多大的误会与不安。

"是吗？你刚才用了什么检测手段吗？"

"没有。"历史学家诚实地答道，同时下意识地扶了扶遮住上半张脸的狐狸面具——不知为何，我觉得自己似乎闻到了一股让人感觉有些促狭的酸梅气味，"我是凭价格推测出这点的。要知道，这是这里最便宜的酒……"

"那不是应该更不安全吗？"

"恰恰相反，正是因为便宜得过头，所以才安全——像那种一角钱一杯的，为了确保有配得上价钱的口感，里面多少会掺大量的粮食或者水果自酿酒，因此含有有害的杂醇的可能性是存在的，七分钱的酒里则可能混入了许多工业甲醇。"拥有充足的街头酒馆阅历的我替历史学家解释道，"甚至五分钱一杯的酒，也不一定安全，但这种只卖三分钱一杯的，无论是往里掺自酿酒还是工业甲醇，都太不划算了。因此我可以断定，它的绝大多数成分应该是煮沸过的烟波江河水，外加无害的廉价食用色素，实际含酒精量低得几乎可以忽略不计。正因为如此，才不会让人中毒。"

"嗯……"

听了我这番话，奥菲莉亚的表情变得更加复杂了。当然，这倒是一点儿也不出乎我的意料。毕竟，作为在阿卡迪亚岛——或者更准确地说，是联合军政府的首都新阿卡迪亚城里成长的世家子弟,她平时绝对没机会知道这样的知识。

"那怎么成?这是欺诈啊!按照联合军政府刑法典……让我看看是哪条来着……"奥菲莉亚又习惯性地要去掏她的宝贝,当然,我仍然在第一时间按住了她。她到底是多喜欢这么干啊?

"很抱歉,长官,但根据刑法典第三条第一款,你如果要向本地有关部门举发这些人的违法行为,就必须亲自前往司法机关并提供身份证件——换句话说,虽然我们现在都带着假的身份证,但这仍然有可能导致你的身份暴露,并使得我们前功尽弃。"我凑到她耳边,就像交头接耳的寻常情侣那样小声说道——虽然她塞给我的那堆玩意儿我基本没看,但其中几条"有用"的,我却背得一字不落,"虽然可能性不是太大,但你应该不希望在这种时候出岔子吧?"

"啊……"

"这一切都是为了你的安全,以及更大的利益。"罗蒙诺索夫也劝说道,"你难道想让作为'诱饵',代替你留下的奥黛丽小姐白白冒这些险吗?"

"当然不。"

奥菲莉亚终于摇了摇头,放弃了不合时宜地履行职责的尝试。无论如何,我们现在都绝对不能暴露身份。哪怕只是出一个小小的疏失,我们的这次大胆行动都很可能会由原计划中的"出奇制胜"变成"自投罗网"。

毕竟,现在可没有一整支内河舰队,外加数以百计的卫兵与随从随时为我们提供保护,而众所周知,像新尼尼微城这样治安不算好的大城市——尤其是位于这种大城市边缘的肮脏街区,几乎就是一座遍布毒蛇的蛇坑,哪怕是在最不起眼的角落里,都可能潜藏着危险。而最重要的是,我们是主动跳进这个蛇坑的。

2

　　我记得有人曾经说过，天才和疯子只有一线之隔，而高明的策略与疯狂的蠢举之间的差异也同样如此。在我看来，伊斯坎德尔·罗蒙诺索夫和平娜共同制订的那套计划就是这种说法的最佳证据——在那一天的袭击事件与随后发生在奥菲莉亚预定前往的灰石城大会堂里的造成了十多人伤亡的爆炸之后，他们两人共同向奥菲莉亚提出了一个惊人的建议。

　　"经过慎重的思考和分析，为了确保你的安全，也为了挫败敌人的图谋，我们已经制订了一套应对计划。"在一星期前，也就是那档子破事发生后的第二天，历史学家在"华美号"的长官室里向我们所有人与奥菲莉亚的亲信公布了那个方案，"虽然这套计划听上去或许有点疯狂，但我保证，它确实是在目前的情况下对我们最有利的策略。"

　　"有点疯狂？这可不行，绝对不行！"栗子连连摇头，"如果这会让阿德遇到危险……"

　　"昨天的事已经证明，如果不采取措施，我们一样会遇到危险！别忘了，我们的对手无耻、奸诈、狡猾且完全没有荣誉可言，并非常乐意采取一切下三烂的招式对付我们。更何况,我们甚至连日出城都已经进去过了,相比之下,这点冒险算不了什么。"平娜用她一贯的富有说服力的语气说道。

在袭击发生时,她和德尔塔都直接中了招,在催眠气体的作用下一直睡到了整个事件结束为止。很显然,这一事实肯定让她觉得深受侮辱。

"具体来说,我们打算让奥菲莉亚阁下离开舰队。"罗蒙诺索夫补充道,"当然,此事必须对外绝对保密。至于到时候的化名……就用我们第一次见面时她用过的'奥黛丽'这个名字好啦。身份证件什么的,通过某些渠道,应该也不难准备齐全。"

"开什么玩笑?"第一个回答我的并不是奥菲莉亚,而是她的老跟班特纳军士,"小姐——啊,不对,长官怎么能随便离开旗舰? 你是质疑我们保护她的能力吗?"

拜托,你也好意思这么说? 之前中招被撂倒的人里也有你吧? 那时候是谁在保护奥菲莉亚? ——我原本大可以这么呛回去的,但基于一贯的礼貌和与人为善的信条,我还是在最后一刻把到了嘴边的这番话又咽了回去。

"是的,我想……我确实不能这么做。"奥菲莉亚也接着说道,"就理论上讲,我目前正在执行任务。在执行非战斗任务期间擅自离开岗位,在理论上可能构成……让我瞧瞧……对了,渎职罪。"她迅速翻出笔记本瞥了一眼,然后继续道,"我想这不太好吧,毕竟谢林家族的声誉……"

"阁下,过去在古地球上的东亚地区,曾经流传着这么一句俗话。"历史学家带着一脸"我就知道会这样"的表情打断了奥菲莉亚的发言,"当一个将军在某次集会上意识到,他的人身安全正遭到'盟友'阵营内的某些人威胁时,他选择了不合礼节地立即从会场中逃离——而这样的做法之后被解释为'大行不顾细谨,大礼不辞小让'。换言之,为了更大的利益和正义,在程序层面上进行权变与通融是可以接受的。"

"但奥菲莉亚阁下可是总司令官和最高统帅部正式任命过的特别监察官,目前事实上等于是联合军政府派往兰檀的首席代表!你们有没有想过,她的失踪意味着——"

奥菲莉亚的侍从长奥黛丽说道。她的脸颊有些发红,似乎对这种提议相当愤慨——虽然她平时看上去只不过是个普通的服务人员,但根据我的观察,这位侍从长和奥菲莉亚之间的关系要比表面上的更亲密一些。

"不必担心这点,小姐。"历史学家胸有成竹地说道,他身边的空气中也散发出了一股自信满满的玫瑰香味,"奥菲莉亚阁下不会'离开'——至少对那些不知情的人而言,她仍然会在这里。"

"嗯?"

奥黛丽显然完全不明白对方的意思。不过,当罗蒙诺索夫从大衣的胸袋里掏出一只小罐子和一个只有成人手掌大小的方形匣子,并将装在前者中的银灰色粉末倒进后者之后,她似乎意识到了什么。

"这、这是什么戏法?你该不会要……"

"没错,我相信你应该很适合扮演'奥菲莉亚准将'这个角色。"

在取出个人终端,用触摸屏输入一系列指令之后,历史学家微笑着等待了几秒钟,然后打开了匣子——此时,原先的银灰色粉末已经变成一种略带黏性的棕灰色糊状物,看上去很像是大伙儿平时用来骂人的那种不可名状的常见物。

更重要的是,这东西甚至还像有生命般不停地蠕动着,实在是颇有几分惊悚。

"有了这东西,要做到这点并不难。"

"这……你该不会要我把这种恶心的东西涂在脸上吧?"

"没错。当然,如果你不愿意,我也可以请阿德南中校帮忙。"

"那个……呜……算了,我自己来。"

奥菲莉亚的侍从长先是用求救的目光望向自己的长官,在发现对方并没有反对之意后,只好咬着牙从匣子里抠出一团不停蠕动的褐色物质,涂在了自己脸上。

唉,虽然痛失一次享受……啊,不对,助人为乐的机会让我有点惆怅,但历史学家的道具效果的确是实打实的——在把那团蠕动个不停的软泥涂在脸上后不久,奥黛丽的面部特征就产生了变化。软泥开始变形、聚集,并逐渐改变了她面部的轮廓。她的额头变得更宽了一些,鼻梁也显得更高了,一部分物质聚集在了她的下巴上,让她的下颌显得稍微尖了一点,而双眼边缘的细微形状,甚至是奥菲莉亚脸上的雀斑也都被惟妙惟肖地模仿了出来。虽说和正主儿相比,这个"奥菲莉亚"仍然存在着一点儿差距,但除非是每天都能接触她的人,否则几乎不可能注意到这点不同。

"怎么样?这种东西我在阿卡迪亚的自家宅子里藏了一大桶。"历史学家眯缝着眼睛,得意地打量着自己的"作品","它们是我以前在十一军团辖区的一座黄金时代的地堡里找到的——当然,在那个时代,这不是什么不得了的东西。虽然这种纳米机器人集群可以模拟和改变人的面部特征,但毕竟没法骗过更加正规的检测,也无法和真正的整容相媲美,因此只是被当作一种玩具。"他抓了抓自己的银色长发,"不过,你和奥菲莉亚阁下的身高、体型与面貌本来就差不多,只要给你染个发,再配上一台迷你变声器,蒙混一段时间,应该足够了。"

"而在这段时间里,奥菲莉亚会伪装成你。"平娜接着说道,"就官方层面而言,在灰石城意外事件的慰问活动结束后,'奥黛丽'和她的'随从'会得到一项暂时任务,乘坐一艘运输船沿途为舰队采购临时的必需品——当然,驾驶那艘船的工作会由我和阿德南中校的部下负责。考虑到特别监察官的大部分工作其实是类似于亲善大使的象征性会见与发言,我们认为,你因为工作原因而露出马脚的可能性也不大。除此之外,由于阿德南中校的人并不是什么高官显贵,而只是奥菲莉亚阁下临时招募的人员,因此他们的离开也不会引起太多的注意。"

是吗?可只要一想起这些天里那些像苍蝇般围着我"嗡嗡"直叫的家伙,我就总觉得有些担心……当然,考虑到那些马屁精接近我的真正目的,就算我突然被打发走,他们多半也只会认为我已经在奥菲莉亚跟前"失宠",然后立马去寻找别的钻营门路吧。

"可这么做的理由呢?是担心再次发生针对我的袭击吗?"奥菲莉亚问道,"没错,我知道现在确实有人在策划针对我的阴谋,但在昨天的事之后,兰檀人已经向我保证,会尽一切努力避免类似事件的发生。他们会额外派出一支护航舰队和来自不同城镇的护卫部队加强安保工作。等我们从灰石城启程时,护卫力量会增加两倍,所有潜在的安全漏洞都会被彻底堵死……"

"而这正是你必须离开舰队的理由。"历史学家打了个响指,他的无人机伙计之一随即飞到了我们之间会议桌上方,用装在机身下方的多功能投影仪投射出了一幅一人来高的兰檀地图,

"奥菲莉亚阁下，我相信你应该知道，什么样的位置最适合进行暗杀活动。"

3

当初在军官速成班里混时,我学得最差的东西全都和图有关——无论是作图、绘制素描,还是阅读地图,全都不是我的长项。对我而言,光是要把一张图上的文字和各种圈圈点点与现实中的地标逐一对应起来就已经够麻烦的了,而兰檀的地图更是属于这所有麻烦中最麻烦的那一档。毕竟,这鸟地方的各派势力也实在是多得太见鬼了!

作为和谐星的唯一重要大陆上面积最大的半岛,位于罗迪尼亚大陆西南角的兰檀总面积倒也不小,超过了六十万平方千米,其中绝大部分土地都是海拔不足百米的湿地,这些湿地河汊纵横,遍布芦苇与红树林。如同人体内毛细血管般众多的河流从半岛两侧的"V"字形矮山中流出,并在半岛中部形成了统称为兰檀河的大河;而在经过半岛的首府尼尼微城后,更名为烟波江的这条大河会继续向北,最终穿过原联邦首都日出城的废墟,注入大陆中央的那座巨型咸水湖。除了一些矿业城镇,绝大多数兰檀城市都坐落在那些宽阔且平缓的河流和农业区附近,离大型金属矿场较近的那些发展成了以金属冶炼和机械制造为主业的工业城市，而另一些则逐步形成了繁荣的商港。

在四十五年前的大战后，联合军第九军团连同本地的政府机关被汹涌而来的傀儡大军一网打尽，而素有独立传统的兰檀各城镇则趁机巩固了自己的地位，并在一番合纵连横之后形成了一个松散的同盟。从名义上讲，设在目前的首府，也是奥菲莉亚此行主要目的地——新尼尼微城的同盟议会是这里的最高权力机构，并对最高统帅部直接负责，可这个"最高权力机构"在新尼尼微城之外的影响力却纯粹只是象征性的。绝大部分本地事务都由各个自治城镇自行决定，甚至连与联合军政府之间的商业协议和进出口规章也需要由它们逐一谈判敲定。在这幅地图上，多达三位数的自治城镇将这座大致呈倒三角形的半岛分割得活像是一件补丁摞补丁的巨大百衲衣，其中大多数都由河流和运河划定边境线，但也有不少地方存在着灰色的"争议地带"。而毫不意外地，大多数这类处于几不管状态下的地方都已经成了那些罪犯——啊，不对，"冒险家"们的天堂。

"奥菲莉亚阁下，虽然你本人不是在兰檀出生的，但我相信，作为曾经统治此地一个半世纪的谢林家族的后裔，你应该对这里的情况有最起码的了解吧？"在盯着这幅由立体影像构成的地图看了几秒后，历史学家问道。

"那是当然的！我很了解兰檀！那个……就我所知……"奥菲莉亚几乎不假思索地回答道，同时用足以让正牌魔术师都汗颜的速度，不知从哪儿"变"出了一本《和谐星地理学纲要：兰檀地区》，开始手忙脚乱地翻阅起来，"嗯，等等，让我看看……"

"唉，算了，我指的并不是这方面的情况——"历史学家摇了摇头——很显然，和我一样，他连吐槽奥菲莉亚的劲儿也提不起来了，"而是政治层面的情况。你知道兰檀互相对立的主要政治派别吗？”

"这个我倒是听冯先生和那些与我见面的本地代表提起过。"奥菲莉亚侧着脑袋想了想，"我知道其中一个叫复仇派，还有一个叫……叫什么来着？好像是……懦夫派？"

"为了我们的人身安全着想，一旦离开舰队，我建议你千万不要在公开场合使用那个词语。"听了这话，历史学家的脑门上渗出了细小的汗珠，他身边的空气中也隐约冒出了一点儿酸醋的味道，"'懦夫派'或者'叛徒派'是一种侮辱性的说法，本地人一般称呼他们为'和平派'。如果当面如此称呼，会非常失礼，甚至有可能酿成不必要的冲突。"

"哦……"奥菲莉亚居然罕见地脸红了起来，并且羞涩地对起了手指——看来，对她而言，在公开场合做出失礼行为似乎是一件挺糟糕的事情。

"不过，没错，这里的两派人确实斗争得很激烈，而且最近有愈演愈烈之势。至于这种局面的形成，则与兰檀的历史有关。"

历史学家像是变戏法般地掏出了一根短棒，指了指我们面前的兰檀地图的上部——那里是位于烟波江下游，现在已经变成无人区的一处平原地区，一连串大大小小的灰色圆圈像是枯萎的葡萄般密密麻麻地聚集在那一带，如果我没记错，在正规地图上，这种图标一般指的是废墟，尤其是在傀儡战争爆发后被抛弃的古代城镇的废墟。

"众所周知，虽然兰檀是个不错的地方，但在大战之前，这里并不怎么吸引人居住。由于过度炎热潮湿，有害昆虫和寄生虫繁多，还有各种各样的风土病，过去的人更习惯于把这里留作自然保护区。当时在雨信隘口以南，只存在着旧尼尼微城、几座矿业城市，以及沿海的商港，兰檀半岛的人口甚至不到现在的四分之一。相反,有超过一千五百万人居住在兰檀北方的烟波江流域。那里是当时和谐星上人口密度第二高的地方,仅次于日出城附近的首都城市圈。"

"而它们都在大战中被摧毁了……"我自言自语道。

"确实,随着傀儡军团对这些区域的扫荡,这些城市,连同它们的大多数人口都变成灰烬与尘埃;但是,仍然有上百万人与其他难民一道南下,逃往兰檀,这些人建立了位于半岛北方的诸多城市。"历史学家移动着手中的棍子,"天复城、血痕镇、新德拉兰镇、怒焰镇、七恨镇……还有曾经和你们合作过的血誓会,它坐落在兰檀的据点——新莒城。他们无法忘记自己失去的一切,因此一直希望能够有朝一日复仇。这些势力的统称便是'复仇派',也是曾经的谢林家族的主要支持者。除此之外,狂热地要求与傀儡奋战到底的阿尔-安东旅在这些人中也有着大量支持者。"

"而其他人就是所谓的'和平派'咯?"奥菲莉亚问道。

"对。也有很多兰檀人认为,既然除去四十五年前的战争,傀儡在两百年里都几乎未曾侵扰过这片土地,那么无论过去曾经发生过什么,都已经不重要了。他们认为,那些失去的东西更应该被视为某种沉没成本,没有必要继续为这种虚无缥缈的事情抛头颅、洒热血。"历史学家点了点头,"他们不想打仗,也不希望为联合军政府提供资源,在别的地方打仗。因为在他们看来,与其试图与傀儡对抗,还不如就这么保持独立,过好自己的日子。"

"原来是这样吗? 但我好像没怎么见过持这种观点的人呀。"奥菲莉亚说道。

"因为会愿意与你见面的人,绝大多数都只能是'复仇派',

作为谢林家族的嫡系后裔，你在他们眼中有着非常特殊的意义——这可比那个纯粹只是空泛头衔的'特别监察官'重要多了。"平娜解释道，"事实上，联合军政府之所以每隔一段时间就派出特别监察官前往各个军团辖区巡视，为的正是重申他们对各地的统帅权与负有的义务。在四十五年前的大战之后，'复仇派'因为损失惨重，已经在兰檀陷入了劣势。对他们而言，联合军政府的支持非常关键，而你自愿出任特别监察官，更是对本地的两派势力都造成了强烈的刺激。"

"咦？我有那么重要吗？我这辈子——"

"也许你这辈子什么都没干，但这并不重要。"历史学家轻轻地叹了口气，"要知道，人类的理性水平从来都没有达到过哪怕是及格的水准。无论现代智人这个可悲的物种如何自诩为万物之灵、智慧之主，但他们的社会，本质上不过是靠着非常拙劣的'故事'这种东西，通过进行集体想象所产生的一种共同体。为了强化这种想象，他们会下意识地寻找图腾与偶像。"他眯着眼睛想了一会儿，"举个例子吧，你们对鲶鱼都很熟悉吧？"

"鲶鱼？鲶鱼很好哦。"因为一直插不上话，索性在一旁与可可玩起拍手游戏的咪咪突然插话道，"用大蒜和茴香炖熟了特别好吃。"

"好吧。"历史学家耸了耸肩，"正如各位所知，在兰檀，鲶鱼只是一种随便就能在河里大量捕获的食用鱼，所有人都认为，吃它是天经地义的，但很少有人知道，和谐星的鲶鱼是从地球上的一个叫埃及的地方引进的。在那里，曾经有很长一段时间，人们并不食用鲶鱼，因为他们相信，鲶鱼曾经吃下过一个叫奥西里斯的神灵的……那东西，而出于对奥西里斯的儿子——永恒的神王荷鲁斯的尊敬，古代埃及人将这种常见的鱼类奉为神圣动物。虽然从生物学层面上讲,尼罗河里的鲶鱼和烟波江里的没什么两样,但当地人的共同想象却切切实实地赋予了它们某种'神性'。"

这又是啥跟啥啊?神王荷鲁斯是什么玩意儿?奥西里斯的"那东西"又是个啥?不过大概的意思我还是能理解的。

"你的意思是说,现在的奥菲莉亚就像是埃及的鲶鱼——"

"哇啊!不准把那种丑东西和我相提并论!"

奥菲莉亚一把揪住了我的脸,用力来回拉扯着。

喂!最先打这个比方的又不是我!你要撒气也得找对主儿啊!而且每次吃饭的时候,一定要点鲶鱼料理的,好像就是你自己吧?

"好了,两位,看来我举了个不太恰当的例子。"历史学家一脸黑线地把我俩拉开,"咳咳,总之,奥菲莉亚现在可说是至关重要。她的存在已经让一部分和平派相信,联合军政府这次派出特别监察官,为的并不仅仅是例行宣示之前在兰檀只存在于名义上的统帅权,而是打算更进一步,最近发生的一些事更是加强了他们的焦虑。"

"你指的是大量联合军陆续抵达兰檀沿海港口的事吗?"一直沉默不语的特纳军士问道。

"正是。"历史学家指了指地图的下半部分,"在之前的一个月里,联合军第一、第二、第五、第十八军团,以及安东旅的多支部队陆续被运送到了兰檀南方的沿海港口。从名义上讲,这些部队将前往位于大陆南方的第十一军团辖区,抵御近年来不断增多的傀儡袭击,但迄今为止,只有少数部队按时离开,绝大多数部队仍然留在当地'进行补给'与'等待中转'。眼下,滞留在兰檀境内的联合军作战部队已经超过三万三千人,包括四个机械化步兵旅、两个轻型装甲旅、两个工程营、一支内河舰队、一个船舶工兵营和一个前线航空兵大队，外加数个营的安东旅'志愿兵'，而且这些数字还在增加。这一状况不可能不让'和平派'产生一种感觉：也许'复仇派'要和联合军政府联手做某件大事，而显而易见地，作为'复仇派'的重要精神象征，如果你在这种时候'意外死亡'，最起码也能让他们的计划受到一定程度的阻碍，甚至可能会让'复仇派'出现意料之外的内部矛盾和混乱。"

"这……岂不是说……"奥菲莉亚咽下了一口唾沫。

"没错，那些计划用于加强你的安保措施的护卫部队来自不同城镇，其中自然也有'和平派'的人。一旦他们加入护送队伍，你遇到'事故'的可能性反而有可能进一步增加。"历史学家答道，"另外，还有一股势力，也就是昨天在'华美号'上袭击我们的那些人物，也在打你的主意。只不过，他们的目标应该是把你掳走——就我所知，这些人事实上也和试图谋害你的'和平派'有所联系，并协助了后者的计划，但'和平派'大概并不清楚他们的这些朋友的真正打算。"

"那这些人的目的又是什么？为什么他们想掳走我？"

"事实上，我们在之前就已经与这些人发生过冲突，而且正是为了对付他们才来到了兰檀的。虽然对于这些人的最终目的，我目前已经有了一些线索，但暂时还无法给出确切的答案。"历史学家耐心地答道，"总之，你只要知道他们是些能够控制傀儡为自己战斗，还有很多厉害的古代玩意儿的危险家伙就行了。为了避免你再度遭到这两帮家伙暗算，最好的做法就是秘密离开舰队，直接前往我们的目的地——新尼尼微城。除此之外，我这么做还有一个目的，一个与你密切相关的目的。"

"嗯？"

　　"如果我没记错，你之所以同意作为特别监察官来到兰檀，其实并不是打算支持'复仇派'或者替联合军政府表明对这里的统帅权，而是为了进入旧尼尼微城的废墟找你妹妹，并且找到你父母死亡事件的幕后真相吧？"历史学家微笑道，"那么，说到底，你打算怎么进去呢？"

4

"所以说,只要见到那些人,我们就有办法进入废墟了吗?"在硬着头皮尝了一口那种三分钱一杯的"酒"后,奥菲莉亚就再也没尝过它,而是转而用手指蘸着那玩意儿,在油腻的桌面上画起了圈圈,"我们已经在这地方等待快一整天了,但直到现在连半个人影都还没见到!说实话,现在我有点想以监察官的身份,就地逮捕几个……"

"嘘……嘘……"

趁着周围那些喧闹的酒客还没把注意力转移到我们身上,我连忙伸出食指,对着悍然做出危险发言的奥菲莉亚做了个"噤声"的手势。哪怕在平时,在这种地方说这样的话也绝对是自找麻烦;现在又刚好是兰檀的圣血节,是那些戴着奇怪面具或者罩着丝袜的醉醺醺怪大叔(当然,不包括我)到处乱跑,找地方发泄过剩精力的日子,更是容易惹来无妄之灾的时候。

"奥黛丽小姐,如果你喝醉了,我可以提供地方让你休息……尽管这里好像没有床或者躺椅什么的,但我的膝盖也不是不能……"

"啪！啪！"

不知到底是脑子里搭错了哪根线，之前还在漫不经心地胡说八道的奥菲莉亚闻言一下子来了精神，跳起来左右开弓地给了我两记耳光。万幸的是，大多数酒客的注意力似乎都被楼梯口附近的两个用板凳互殴的男人吸引过去了，因此也没什么人注意到她毫无道理且残暴至极的脱线行为。

"呜……你干吗总是欺负我……"

"因为罗蒙诺索夫先生对我非常重要，其他和我们一起行动的人也全都比你有用一些——除了平娜手下的那个什么德尔塔，所以从理论上讲，欺负你成本最低、也最合适。"奥菲莉亚理直气壮地说道，"另外，我现在等得很不耐烦！你向我保证过，能帮上我们忙的人在两个小时内就会来的！但现在已经过了……"

"那也不能怨我啊，实际负责找人的可是平娜和德尔塔。"我双手一摊，"虽然就我所知，平娜在退役后担任治安官员的经验让她很擅长处理这种见不得光的地下事务，但她和我们一样，在新尼尼微城也只待了两天，有些人生地不熟也是难免的。"

"我也这么认为。"罗蒙诺索夫一边轻抚正抱着处于关机状态的玩具熊爪爪，因为过度无聊而睡着了的可可的后背，一边点了点头，"况且，根据日程安排，如果不发生任何意外，'华美号'要到四天之后才会抵达这里，而之后的庆典会持续整整半个月——毕竟，现在可是三年一度的圣血节大祭典。换句话说，假如一切顺利，奥黛丽他们的工作也不出现疏漏，在你不得不离开这里之前，我们还有非常充足的时间进入旧尼尼微城进行调查。就算今天不行，等到明天也没差……"

"不，我想不必了。"一个陌生男人声音突然插了进来——他身上带着一种油滑感,让人很容易产生一拳揍过去的冲动,"很抱歉来晚了,但今天我恰好还有不少生意需要洽谈,而其他客户约定的时间都比你们更早。因此,我只能优先选择不失信于他们。"

"我能理解你的做法。"

我点了点头,同时用我那一贯客观公正的眼光冷静地打量着这个与平娜和德尔塔一起走入这家其貌不扬的肮脏小酒馆的男人——这家伙身材很瘦,光秃秃的脑袋安在细瘦的脖子上,很容易让人联想起硕大的火柴头,而他棕色的皮肤则颇有些像是街边餐馆免费供应的那种兑得太稀的廉价代用咖啡。在见到这家伙的瞬间,我那在与三教九流无数次打交道的过程中积累起来的丰富经验便告诉我,他就是我要找的那个家伙。

"你是……"

"你们可以称呼我为约瑟夫。"

男人摘下了秃头上的宽檐帽子,对我们鞠了一躬,同时以一个看似不经意的动作撩开了披在身上的灰色大衣——我很清楚,这是为了向我们表明,他身上没有携带任何武器。我之前曾经听罗蒙诺索夫提起过,在古地球时代,"握手"这个动作似乎也是为了表达这种含义来着。

"这几位应该就是我的顾客了?"

他的后半句话不是对我们,而是对身后的平娜问的。

"没错。"平娜答道。

自从来到这座城里后,她就换上了一套非常宽松,有着束口长袖的厚袍子,以此掩盖自己显眼的金属义肢与为防万一而贴身藏着的那些大包小包;而她的老跟班德尔塔则因为嫌麻烦而总是只穿着件防弹背心,在外面罩上一件从街边地摊买来的二手短衫,细瘦的四肢暴露在绽了线的裤管和袖管之外,看上去倒是很适合藏到在这一带到处都是的成群闲散无赖里面。

"这位是奥黛丽女士,那边那位是她的妹妹凯瑟琳。"这位前据点镇的治安官兼义勇军联络官指了指奥菲莉亚和仍然睡得非常香甜的可可,熟练地报出了她们的假名,"这位是阿德先生,他们的贴身仆人。"

"那么,那位小姐呢?"约瑟夫指了指罗蒙诺索夫,"她是……"

哦,这下好了。我本来已经做好了会在几秒钟后闻到一股类似水煮大蒜的味道(当历史学家因为恼火而憋红脸时,在他身边通常都能闻到这种味儿)的准备,但没想到居然啥都没发生。看来,和容易冲动的奥菲莉亚(这家伙现在正用一只胳膊捂着脸,非常不得体地偷笑着)跟现在暂时待在别处的咪咪与栗子不同,罗蒙诺索夫至少还算善于控制自己的情绪。

"这位是……伊梅莉亚女士。"平娜说道,"她是我们家主人的远亲。"

有那么几秒钟,罗蒙诺索夫的脸涨得像是炖熟的虾一样通红——幸好从旁人看来,这更像是年轻女子常有的羞涩表情,而不是一个中年男人(据称)的怒火。在预先制订的计划中,我们本来就计划让他伪装成女孩子,这样一来不但看上去更加自然,也能更有效地掩饰我们的真实身份。

"虽然你们的保镖在找到我时,已经向我解释了你们的需求,但出于这行生意的一般程序,我还是要向你们当面确认一次。"在用油滑的语调向我们逐个问好之后,这家伙递出了一张纸条,上面密密麻麻地列着几十个带选择框的选项。

咦?什么是"第一类常规药物"? 为啥"说服经营对手进行

搬迁"居然是和"店面安全保护"放一块儿的？为什么"失踪儿童寻回"居然分了六类，而且标价还差了十倍？还有，这浑蛋到底经营了多少"业务"啊？虽然我倒是很愿意相信平娜在处理这类事务时的经验，但她该不会真的不小心找来了个骗子吧？

"不必担心，阿德先生。"就像所有骗子(虽然我还不能确定他是不是)一样，这个火柴脑袋也很长于察言观色之道，并敏锐地注意到了我在表情上的细微变化，"如果我是骗子，可就不会列出这么多'特殊生意'的事项了，毕竟一个人能做的事非常有限，就算是一个团队也一样。"

"有意思，那你到底是干啥的？"我耸了耸肩。

在不远处，之前用桌椅互殴的那两人已经趴在了一边，脑门被揍得肿起老高，但他们引发的冲突却已经波及更大的范围。现在，起码有十来个醉鬼正互相揍成一团，并各自组成了不下二三十个随时变化的阵营——当然，根据我的经验，"仅仅"发展到这等规模的事态，应该还不至于叫警卫队来。

"我啊，是个导游。"

火柴脑袋从裤兜里掏出一本皱巴巴的小本子——这家伙居然会有正规导游证？啊，不对，应该说，在这个世界上，居然还有除了阿卡迪亚岛之外的地方会发放导游证这种东西吗？

"还是在民政部门备过案的呢。新尼尼微城周围方圆一百里的地方我都熟，也知道很多别人不太容易找着的人，所以有时候，我也帮着做做这种寻人的业务，算是替有需求的好公民排忧解难吧。"

"那么，你能替我们找到可以办这种事的人吗？"在给纸条上的选项打完勾后，奥菲莉亚问道。

"这个嘛……事实上，我想我正好知道有人是专门做这行

的。"约瑟夫瞥了一眼纸条,然后立马把它揉成一团,吞了下去
——大约是为了表明自己在保护客户隐私方面的诚意,"事不宜
迟,我们现在就出发吧。"

5

　　一分钟后，当我们跟着约瑟夫走出"过去的味道"时（这时，那场"大混操"已经发展到了三十个人以上，终于开始有些着急的店员们正忙着给警卫队打电话），我故意落在了后面，并且拉了拉与我一样落在后面的平娜的左手。

　　"喂，你确定这家伙可靠吗?"

　　"不，他当然不可靠，这不是明摆着的嘛。"平娜一边在我耳边低语，一边笑了笑，"但我的经验告诉我，在这种时候，不可靠的家伙也能派上用场。"

第十章

导游与特殊的说服方式

1

　　按照约瑟夫的说法，他是个经过资格认证考试（虽然我从没听说过那玩意儿）的"专业"导游，而协助寻人的生意，不过是他因为"熟悉这一带"而偶尔为之的次要业务。一开始，我还有些不信，但很快，我就意识到，至少健谈方面，这家伙确实有点像那么一回事。

　　"下个路口往右拐，然后就这么沿着沿河公路往南走。"在"走为上号"的副驾驶座上，约瑟夫一边为负责开车的平娜指路，一边不停地翻弄着手里的怀表——看上去，他的时间安排似乎有些紧，"喂！你这是干什么？拐弯的时候悠着点儿！女士！你这可不是在赛道上超车！"

"很抱歉,但实在没办法,我的这边胳膊有些不灵活。"险些让这辆半履带式装甲车一头撞上电线杆的平娜耐心地解释道,"其他人要么不会开,要么就压根儿靠不住,所以我只能自己来啦。"

"是吗?我本来还以为应该让那两个男人来开车呢。"

约瑟夫颇为鄙视地瞥了坐在车厢里的我和德尔塔一眼。好吧,我知道德尔塔那家伙确实非常值得鄙视,但为什么连我也算在内啊?我之所以不会开这玩意儿,完全是因为栗子和艾琳都很擅长驾驶,比起学这个,我完全有理由把宝贵的时间花在别的方面,以便更好地为全人类谋求福祉,而她们现在恰好都不在这里,这可不能怪我吧?

"总之,各位能找到我,实在是一件非常幸运的事。"随着"走为上号"驶上平直的沿河公路,在街道间穿行时的惊险场面终于暂时告一段落,而约瑟夫也终于摆弄够了他的怀表,把这东西收了起来,"毕竟,虽然在新尼尼微城这样的大城市里,各种各样的'特殊需求'只要有钱都能得到满足,但各位的需求却相对有点不好处理。"

"因为我们要去的是旧尼尼微城的遗址吗?"

"没错!在兰檀,你们绝对找不到比那儿还要戒备森严的地方。"约瑟夫晃动着他火柴棍般的脑袋,朝着位于我们右手边,遍布着芦苇丛的河面指了指,"喏,自打马尔科姆做出那番愚行之后,新阿斯旺湖上随时都有一打以上的巡逻艇和炮艇到处晃悠,那些官老爷的说法是,这是为了防止好奇心过剩的平民百姓随便跑进旧尼尼微城,从而惹祸上身。"

"马尔科姆的愚行?"我有点弄不明白。

"喏,这是咱们兰檀人,当然,主要是从南边来做生意的'和平派'对四十五年前那件事情的说法，你们这些外地人好像管那叫'鲜血黎明'来着。"约瑟夫说道，"当时，那家伙主动派出部队北上，说是要收复雨信隘口以北的土地，结果却彻底惹毛了傀儡，被一个傀儡军团一路端着屁股撵回了家。之后，'嘣'——"我们的"导游"眉飞色舞地挥舞着双手，比画了一个"爆炸"的手势，"虽然我那时候也才四岁，但一辈子也忘不了那事儿啊！整个城市都被那些傀儡变成屠宰场，所有地方都在起火、在爆炸、在燃烧！而这一切都只是因为那个家伙听信了安东旅的那些疯子的逸言，以为他能打赢傀儡，夺回那些丢了一百多年，现在早就没人要的烂地方！打得赢个鬼啊！"

好吧，看来咱们的这位"导游"是个"和平派"。仅此一点，也足以看出我们小心隐藏真实身份的必要性了。

"不过，最让我忘不了的事情其实还是最后那一下子。我还记得，那时候整个旧尼尼微城都完蛋啦，每个人都在拼命地逃，只剩下实在逃不掉的家伙还在城里拼命。我老妈——愿她的灵魂安息，她当时背着我跳上了最后一艘还没被摧毁的渡轮，但船刚一开，就有两架'地狱翼'追了过来。"约瑟夫继续说道，同时透过"走为上号"驾驶室的车窗注视着远处的水面。

虽然太阳早已落下，但大气的散射效应仍然在天边保留了一抹余晖，将这片在地图上的轮廓看上去活像是动物胃袋的狭长湖泊照得分外绚烂。巡逻炮艇的航行灯和探照灯明明灭灭，打在橘色水面和影影绰绰的芦苇丛间，竟然让我产生了一种诗情画意的错觉。由于地势平缓且有大量地下径流和小型支流注入，烟波江在这里形成了一片狭长的湖泊，曾经的兰檀首府便坐落在湖的西岸，而在它陷入死寂之后，幸存者将位于湖东的原卫星城变成了他们新的家园。

"那可真糟糕。"我评论道。

作为傀儡大军军火库里最招人恨的东西之一,"地狱翼"的名号相当响亮。虽然基路伯这样的超重型坦克(当然,我们那辆总是浑身毛病的"走为上二号"除外)也很吓人,但至少你在面对它的离子炮时还有逃跑一途;而这种单人飞翼式攻击机却灵活得骇人,可以从各个你无法想象的角度把毁灭性的火力劈头盖脸地糊在你脸上。救主领袖在上!我之前可是亲身体会过一把用它揍人的快感的!

"然后呢?"我又问道。

"然后,你也知道的,我们那时候根本没有法子可想。船上全都是老弱妇孺,虽然也有当兵的逃出来,但最好使的武器也就是几杆步枪。"约瑟夫双手一摊,用力摇晃起了他的火柴棒脑袋,"那时候,很多人早就吓疯了;还有不少人干脆直接跳到了湖里;有人在哭着求那个什么安东保佑他们的灵魂;还有人准备自杀……唉,那时候我还小得很,不知道飞来的到底是什么。后来想想才知道,我那时候离死怕是就差头发丝儿那么一点儿的距离了。结果,就在我们马上要完蛋的时候——随着'砰'的一声,尼尼微城里突然腾起了一道绿色的光柱子,跟烟花似的,然后那两架'地狱翼'摇晃了一下,居然撞在了一块儿,就这么掉进湖里面,没啦。"

"在来到这座城市之后,我已经不止一次听说过类似的传闻了。"罗蒙诺索夫评论道,"尼尼微城陷落的最后时刻,很多人都看到了这种'绿光',然后傀儡军团就停止了战斗——航空兵不是迫降就是坠毁,地面部队则不再动弹……"

"这些可都是真的,小姐。"并不真的清楚罗蒙诺索夫性别的火柴棒脑袋"嘿嘿"地笑了笑,"在战争结束,咱们也在湖的这边安顿好之后,那些管事的家伙也不是没派过人去那边打探情况,但多数时候都是有去无回。于是,他们索性派兵把整个旧尼尼微城废墟都给封锁了起来——大家都说,他们这么做其实是害怕有人冒冒失失闯进去,结果把那些好不容易'睡着'的傀儡又给弄醒。毕竟除了复仇派、安东旅和血誓会的那些疯子之外,有点脑子的人都知道,咱们现在可没法抵挡他们。你应该明白的吧? 小姐。"

"我可以理解这种担忧。"或许是因为心态调整了过来,历史学家没有再对对方的一口一个"小姐"表示任何不满,"那么,这种封锁的强度又如何呢?"

"这个嘛……快停下!"我们的"导游"刚要答话,却突然对平娜喊道。

当然,在他开口之前,平娜就已经降低车速,并把"走为上二号"还算稳当地停在了一处由一辆装甲运兵车、一辆军用卡车和一排简易木栅栏构成的检查站前。在那里,一群穿着本地安全部队制服。头盔上用白色油彩写着大大的"MP"字样的人正在挨个检查过往车辆上的行人。在被拦下后,平娜立即驾轻就熟地拍了拍离她最近的那个人的肩膀,并作势要和对方握手……但在两人双手相握一秒钟后,对方却面露难色,把她的手推了开来。

有意思。作为在"这方面"的经验仅次于平娜的人,我很清楚她在这种场合握手时往往会"不小心"在指缝间夹带一两枚银质硬币。当然了,这种做法和违法乱纪、行贿腐败什么的可没有半毛钱关系,只是纯粹地希望能给执勤的公职人员一点物质奖励,并通过这种"激励"让他们稍微提高一下效率,免除某些不必要的繁文缛节而已。

通常而言，这招应该都很管用才对。

“救主领袖的蛋蛋啊。”我们的“导游”小声嘀咕了一句，然后对平娜摇了摇头，“别这样，现在可不行。”

没人问“这样”是怎样，也没人询问为什么不行，除了奥菲莉亚带着一脸出乎意料的困惑表情外，所有人都心领神会地在卫兵的要求下站了起来，摘下了身上的装饰物并出示了身份证件，并回答了几个与武器和爆炸物有关的问题。万幸的是，在进城之前，我们就提前拆掉了“走为上号”的固定机枪，除了几把工具刀和手杖之外，我们也没有携带可以被当成武器的东西，因此，在一番检查之后，士兵们很快便放行了我们。

“刚才那是怎么回事？”

“移动检查站，这几天才冒出来的——当然，这也是你们这单生意不好干的原因之一。”约瑟夫撇了撇嘴，“听说了吗？前一阵子联合军政府派出了一个什么特别监察官，来这里进行‘例行视察’，据说那家伙还是谢林家族的人！这家伙一来，新尼尼微城可就要不安生了。城里人现在分成三类：一半的人对这档子事完全不在乎；四分之一的人认为这是件大好事；剩下四分之一的人却恨不得那家伙在来的路上就沉到河底下去。因为害怕出岔子，城市警备队只好临时抽调人马在主要的道路上四处巡查，而且他们现在完全不接受任何‘通融’。当然，这玩意儿在去旧尼尼微城市区的路上更多。我猜，那些当官的大概不希望在贵客莅临时，有被吵醒的傀儡跑出来打扰他们。”

“也就是说，目前从陆路难以进入废墟？”罗蒙诺索夫问道。

“就算没有检查站，这么做也是在玩儿命啊。”约瑟夫继续摇头晃脑，“在平时，城区附近也存在着专门设立的巡逻部队，每隔五百米就有哨站，而且最重要的是，他们还在废墟边缘没有道路

210

的地方布设了雷区！有人说，埋在那儿的地雷恐怕有几十万颗
——也许更多。总之，就算能避过守卫部队，要安全地从陆路进
去也完全得看运气；相对而言，从湖上过去会有保障一些。起码
在水面上不方便建造检查站，而且新阿斯旺湖也太浅，没法布设
水雷。"

"你的意思是，有人曾经成功地这么做过？"

"这不是当然的嘛！否则咱们干吗跑到这里来？"约瑟夫反
问道，"好啦，前面那条路往左拐，看到那棵树之后再继续往左
……咦？求、求求你稍微慢一点儿！我可不想在这种地方出车
祸啊！"

2

按照约瑟夫的说法，我们来到的这个地方叫作"白鱼村"，虽然它看上去并不像个村子。在那次改变了兰檀的战争爆发前，这里曾经是一座为了解决旧尼尼微城用地面积紧张而在湖畔建造的小型卫星城。只不过，当它还处在规划建设阶段时，入侵这里的傀儡军团就从物理层面上解决掉了它的规划者们；而随后，新尼尼微城的建造工作又调用了这里的全部建筑材料和设备。于是这里便只剩下了大片大片荒草丛生的地基、修到一半的毛坯房，以及一堆哪儿都去不了的断头路。

当然了，虽然有点寒碜，也没有任何公共服务可用，但造好（至少外观上是这样）的房子毕竟是稀缺资源，天然地对各色人等有着强烈的吸引力。当"走为上号"驶入这座烂尾楼之"村"时，我注意到，多数完工度较高的楼房里都能看到灯光，而芦苇秆和木柴燃烧的味道更是弥漫在兰檀特有的湿漉漉的晚风之中。一些渔夫和农民在村外三三两两地行走着，他们穿着由宽斗篷和缠腰布组成的兰檀传统服装，远处的土路上还行驶着几辆载着货物的拖车，但在高层建筑林立的"村"内，却意外地没有什么行人。

"各位,这边请。"

在平娜将"走为上号"停在村子边缘的一处没有(而且估计以后也不会)竣工的露天停车场中后,我们的"导游"便驾轻就熟地带着我们穿过了空荡荡的街道,在缺乏照明的巷道中前进。我注意到,虽然没多少人出没,但那些惨白色的混凝土墙壁上仍然能看到一些新鲜的涂鸦。这些涂鸦大多是被光环笼罩着的血滴图案,其中一些还在血滴中写着"永志不忘"这几个字儿,和新尼尼微城市区的大街小巷里随处可见的广告牌和招贴画上的图案一模一样。当然,这并不奇怪。这几天是兰檀的圣血节——用来纪念发生在四十五年前的那场战役的日子。虽然在那些来自半岛南方,没有被那场战争波及的"和平派"眼中,这段日子不过是个可以名正言顺地戴着面具和夸张饰品招摇过市,纵酒狂欢的节日而已;但对本地人而言,这几天的含义可就沉重得多了——虽然并非每个人都红着眼睛渴望复仇,但哪怕在这种不起眼的偏僻角落中,应该也有不少人会在这段日子里悼念他们死去的亲友吧。

"啊,咱们到了,就是这里。"

在一通七绕八绕之后,几乎已经失去方向感的我们终于在约瑟夫的带领下来到了一座三层楼房前。从建筑形制来看,这座竣工度颇高的建筑原本多半被计划作为这座卫星城的地方政府办公地点。只不过,它现在的住户显然不是拿工资的公职人员。在约瑟夫向门口的一个披着斗篷,挂着一支拐棍的男人打了个招呼后,后者立即点了点头。

"黄老板在三楼等你们。"那家伙面无表情地说道,仿佛对世界上的一切都已经厌烦了,"跟我来。"

虽然这家伙的服务态度很成问题,但至少,我们没被放鸽子。在位于这栋建筑顶楼,到处堆满了大大小小的箱子与柜子的房间里,我们见到了那个坐在一张宽阔的方桌后,神情和蔼的高瘦男人。与我们的那位散发着一股令人讨厌的油滑味道的"导游",或者现在布满新尼尼微城街头,浑身酒精和劣质烧烤气味的粗鲁家伙们不同,这个被称为"黄老板"的中年男人乍看之下便能让人产生一种安心的感觉。他留着斑白的长长胡须与头发,穿着一件非常朴实的浅色衬衫,面前的桌面上摆放着一个笔记本、一套朴素而实用的陶瓷茶具,以及一只不断喷吐着白色蒸汽的电热水壶,看上去像是个温和无害的小公务员,或者传说中地球时代的一种叫作"道士"的宗教人士,而不是个经营地下生意的人。

"欢迎诸位光临寒舍。"在见到我们后,黄老板立即站了起来,非常殷勤地为我们搬来了几张椅子——好吧,那其实只是些用来装货的空柳条箱,但在此时此地,纠结这点小细节本来就没什么必要,"啊,约瑟夫先生,你也来了?既然你特意把这些尊敬的女士和先生带到这里,那么他们肯定遇到了什么自己不方便解决的困难吧?"

"没错。"我们的"导游"替我们答道,"这位奥黛丽女士和她的妹妹凯瑟琳女士,以及她们的随从们因为某些私人事务,需要去旧尼尼微城一趟,而且他们还要求在不被发现的情况下运入和运出至少八十吨重的大宗货物。"在说出"八十吨"这个词时,约瑟夫摇了摇他的光脑袋,似乎难以掩饰对这种明显有些过分的要求感到的惊异,"就我所知,在整个新尼尼微城一带,只有老板你有可能做到这种事。"

"这……也许吧。"黄老板端起热水壶,将沸腾的开水和一撮茶叶一同倒进茶壶，"但恕在下直言，难啊。要知道，在下不过是个略有些手段与资源的普通人，可不是什么手眼通天的大人物，若只是送这几位女士与先生通过封锁，倒是有些把握，但八十吨货……能不能少一点儿？"

"我倒是希望能少一点。"我苦笑道。

作为一名合格的联合军战士，我非常清楚《联合军战术指南》里对于轻装前进、快速机动的重视，而且也亲自实践过许多次（通常是在逃离战况不利的战场时）。但目前的情况显然不一样：考虑到那座鬼城的每个角落都可能潜伏着想要我们命的浑蛋，而且几乎不可能找到补给品，因此，我们必须携带尽可能多的物资，并且时刻确保和潜在的敌人之间隔着一层可靠的装甲板。而这也意味着，我们必须设法把那两位功勋卓著的老伙计（虽然它们并不是很适合在城市里行动）弄进城去，无论代价如何。

"那就麻烦了……非常麻烦。"

"做不到吗？"如我所料，第一个忍不住开口询问的果然是奥菲莉亚。

"也不是一定不行。毕竟，在下过去也曾经因为机缘巧合，外加一点儿微不足道的聪明才智，侥幸做到过几件看似不可能之事。"黄老板用他留得很长的指甲拨弄着茶杯的杯沿，若有所思地将褐色的茶水倒入了杯中，"当然，因为那个什么监察官要来，这几天在新尼尼微城做生意可是越发困难了，但这也未尝不是一种机会。毕竟俗话说，祸兮福所倚……算了，在继续讨论之前，能容许在下向各位提几个问题吗？"

"但说无妨。"我耸了耸肩。

"虽然在下这行有个传统，通常不会过问求助客户的身份，但各位的要求实在太过史无前例,因此在下不得不先确认几点。"黄老板抿了一口清茶,用略带歉疚的语气说道,"请问,各位和血誓会、安东旅,以及'复仇派'的人有无关系?"

"我向救主领袖发誓,没有。"对方话音刚落,奥菲莉亚已经举起了右手,"我们纯粹是为了私人事务而来,绝对与兰檀本地的任何政治纠葛毫无关系。"

"那在下就放心了。"黄老板似乎松了口气,朝着正略有些不安地抱着爪爪,怯生生地站在奥菲莉亚身后的可可瞥了一眼,"当然,在下原本也不认为与如此美丽可爱的小姐同行的各位,会和那些好战嗜血的家伙有什么关系。那么,那八十吨货物是……"

"一些机械设备而已,到时候你自然会知道。"我说道,"至于体积,大约相当于一只中等大小的内河货船用集装箱。我们可以按照每吨一百元的价格支付运费,但前提是必须绝对保密。"

"这样吗?"黄老板捋着花白的胡须,一脸犯难的样子,"若是其他人提出这种要求,在下纵然能做到,多半也会回绝——因为这无论怎么看,都太可疑了,但各位既然和如此可爱的女孩子们在一起,想来应当有某些难言之隐,所以在下的良心要求在下必须想点儿办法。"他站起身来,在沿着墙壁放置的几排书柜前踱着步子,最后似乎像是下定了什么决心,又转回了我们面前,为我们每人倒上了一杯茶,"总之,在下应该还是有办法达成这种要求的。现在就请各位先在这里品品茶水,休息片刻,给在下一些时间去查阅资料,联系一些熟人……"

"等等。"就在黄老板打算离开时,平娜突然叫住了他,"我还有一个不太得体的小小请求。"

"什么事?"

"请问,你能喝一口这杯茶吗?"平娜微笑着说道。

3

在我的经验中,一些人在他们的小动作被戳破时会气急败坏地否认,另一些人则会选择装聋作哑,但我现在遇到的这货却显得特别从容。在平娜举起茶杯后,他只是耸了耸肩。

"你是怎么发现的?"

平娜伸手拿过了黄老板的茶壶,让我们看了看壶嘴——与普通的壶不同,这只壶的壶嘴内居然被一道细细的陶瓷隔层分成了两部分,而在壶身的左右两侧,也各藏着一个只比铅笔芯粗一点儿的小洞。

"以前,一个与我短期合作过的血誓会干部曾经和我提过这种事情。没想到,现在还真有人会用这种来自古代东方的小玩具啊——利用大气压力,只要堵住其中一个气孔,就能做到只让另一半壶里的水流出来。你刚才故意当着我们的面先喝一口茶,也是为了打消我们的戒心吧?"

"你懂得真是不少。"黄老板微微一笑,"但恕在下直言,你既然如此聪明与细心,想必不难明白,在此时此刻,指出这一点其实并无益处。"

"为什么？"

"因为在下其实并不打算伤害各位。在这只壶里，在下只加入了最低限度的安眠药，甚至不会让各位在醒来时因为药物作用感到头疼。毕竟，在下不喜欢让人遭受不必要的痛苦。"

看来这家伙还是个不错的伙计……才怪！居然打算用这种诱拐小孩儿的浑蛋手段来对付我们？拜托，小看人起码也要有个限度啊！

"但很抱歉，我昨晚已经睡够了。"平娜哼了一声，"而且我也没什么需要治疗的失眠症，所以免费的安眠药什么的，还是谢谢了。"

"那个……长官……"她的跟班德尔塔倒是没有这种自信——这家伙总是能像耗子嗅到剩菜的味道一样嗅出接近的危险气息，而现在，他显然感受到了这种危险，"我觉得我们还是快点儿……"

"恕在下冒昧，但无论各位愿意与否，在下恐怕都不得不挽留各位一小段时间了。"

黄老板后退了两步，然后敲了敲身边的一只柜子。接着，几只堆在屋里的柜子与板条箱突然从里面打开了，七八个戴着兼具防护作用的金属面具，手持霰弹枪和大口径左轮手枪的人一个接一个地从那里面钻了出来，就像是表演马戏一样……老实说，这些家伙居然能藏在这么憋屈的地方，还一直不弄出任何动静，倒也有点令我吃惊。

"你这是干什么？"仍然有些处于状况外的奥菲莉亚问道，"我们可是你的客户哦！是出钱拜托你帮忙的人！你这么做是违……"看来，她原本大概是想说"违法"这个词的，但却突然想起来我们这么做从一开始就是非法行为，不受法律保护，于是条件反射地改了口,"这么做是不讲信用的! 如果传出去……"

"那也没办法。毕竟在下深知,所谓信用,本质上不过是用来换取未来潜在收益的一份债券罢了。"黄先生微笑着双手一摊,"但如果某种行动可能带来的利益远远超出了预期的潜在收益,那么为此稍稍牺牲信用也是没法的事。根据在下的推断,奥黛丽女士和凯瑟琳小姐显然和奥菲莉亚·谢林大人有着相当密切的关系,并且正在执行某项秘密任务。虽然在下并不知道诸位到底要干什么,但按照常识推论,这项任务显然非常重要,而且那位大人大概不会希望它被曝光,因此才会选择让各位隐秘行事。"他对奥菲莉亚说道,"你觉得,为了避免最糟糕的情况发生,谢林家族的当家会愿意付给在下多少钱呢?"

靠! 这家伙的消息也有点太灵通了吧! 不过话说回来,既然他坚信自己面对的是"奥黛丽",那么,起码我们最关键的那部分伪装还是相当有效的。

"也许一毛也没有哦?"奥菲莉亚露出了一个充满攻击性的愤怒笑容,活像只被冒犯了的猫,"你也许应该考虑一下,性格刚烈的奥菲莉亚·谢林女士宁愿让最糟糕的情况发生,也要收拾那些试图勒索她的小蟊贼的可能性。"

"啊,这点在下也考虑过了,结论是——与可能的收益相比,这种风险仍然值得一冒。更何况,如果谢林家族不想付钱,有一些不喜欢谢林家族的人或许会很乐意参与竞标,而在下的收入仍然会远远高出各位所承诺支付的佣金。"他朝着那些部下打了个手势,"各位,请把奥黛丽女士和其他几位小姐妥善地'保护'起来。至于那两个不重要的男人,如果抵抗,杀掉也无所谓。"

我不重要? 喂,再怎么说我也好歹是个拿到了正式委任状的军官吧！这话很欠扁的，你知不知道？

当那些举着霰弹枪的人朝着我们围上来时，平娜仍旧保持着平静，并没有做出准备抵抗的姿势。毕竟，我们身上都没有携带武器，而罗蒙诺索夫的那对伙计前两天就出了点儿故障，现在还留在被我们当成临时住处的拖船上维修。况且，平娜右臂的金属义肢顶多只能勉强扶一扶方向盘，或者用来"教育"德尔塔那家伙，要操纵各种制式武器也很不方便。

"我说，虽然你是个聪明的人，但还是犯下了几个小小的错误——虽然犯错并非不可饶恕，但对于经营地下生意的人而言，有时候，一次失误就足以致命。你最主要的失误，就是错估了目标的抵抗能力。"平娜说道。

"哦，勇气可嘉，勇气可嘉。"黄老板拍了拍手，"但虚张声势对在下没用。"

"没错，所以我要做点儿更有用的。"

当黄老板的部下之一放低手中的枪械，转而掏出打算用来捆绑我们的绳索时，平娜以迅雷不及掩耳之势朝他探出了自己的右臂，接着，在一阵剧烈的抽搐中，那个男人瘫软着倒了下去。在那家伙身后，另外两个黄老板的人虽然一直用手中的霰弹枪指着我们，却迟迟没有采取任何动作——这也许是害怕伤到自己人，但更可能是因为他们被禁止伤害奥菲莉亚和可可。在制服了第一个对手之后，平娜用她那只"原装版"的左臂揪住了仍在颤抖着的那家伙的脖子，把他推向了另一个家伙，并趁着对方注意力分散的刹那，一个箭步接近对手，用右侧的义肢戳在了第二个家伙的双腿之间。

"噫——"

直到这时，这家伙才算是开了枪。他用因剧烈疼痛而痉挛的手指猛地勾住了扳机,把那支敞膛式双管猎枪里的霰弹朝着自己的脚下打了出去。十多发滚烫的铅弹在因为年深日久而变得松脆的水泥地板上炸出了一个不大不小的坑,然后裹挟着碎裂的水泥和大量辣眼的灰尘四散横飞,让周围陷入了短暂的混乱。

"虽然单从表面来看,我们不过是几个瘦弱或者有身体缺陷的女人,外加两个不太靠得住的没用男人,而且没有携带任何制式武器,但真正够聪明的家伙并不会因此就粗心大意。"在趁乱又解决掉一个家伙后,平娜说道,"你们的错误在于——认为只要靠恐吓就能让我们放弃抵抗,因此使用了这种并不合适的武器配置。"

虽然我必须对她的某些观点保留意见,但整体而言,平娜说得没错。虽然大口径霰弹枪既容易在地下作坊里制造,又方便保养使用,还有着可观的近距离杀伤力,所以经常受到常在阴暗小巷里群殴的帮派分子的青睐,但在这种场合下,它却会变成累赘。由于误伤的可能性太高,要想不伤到他们眼中的"重要目标",这东西就根本派不上用场。那些穿透力强大,很可能带来意外"惊喜"的大口径左轮手枪也是同理。要是这些家伙带着的是用于拘捕目标的警械,对我们而言,现在的状况恐怕会颇为棘手。但万幸的是,他们大概以为用大口径枪械可以更有效地唬住我们,让我们束手就擒吧,没想到反倒是他们在打斗中束手束脚,这才给了我们机会。

"先把首要目标控制住!"

见情况正朝着弄巧成拙的方向发展,黄老板连忙向其他喽啰下了命令。两个瘦得像是竹竿一样,看上去似乎是兄弟或者表兄弟的黑皮肤男人立即朝奥菲莉亚和可可冲了上去……然后在下一个瞬间就双双朝着相反的方向飞了出去,在一阵噼里啪啦的声响中交叠着撞进一只空箱子。

"喊……就这样?"

用一记手刀和一记飞踢行云流水地放倒这两个家伙的那人啐了口唾沫,似乎对于对方的不堪一击颇为鄙夷。而那家伙居然是……伊斯坎德尔·罗蒙诺索夫!

救主领袖啊! 夭寿啦! 这家伙啥时候也有这本事啦?

4

"哇啊啊……"

"噫！饶、饶了我们吧……"

"呜……噩梦……我肯定是在做噩梦……呜呜呜……"

自伊斯坎德尔·罗蒙诺索夫突然开始出手揍人之后仅仅过了十几秒钟，黄老板那边的人（包括把我们带到这里来的约瑟夫）已经全都趴在地板上了，各种东西也七零八落地被扔了一地，看上去活像是某种猎奇的行为艺术。其中幸运点儿的人已经提前晕了过去，而比较不幸的那些却还保持着清醒……在看到他们以怪异的角度被扭得脱臼的腕关节和肘关节后，恻隐之心大发的我立即用捡来的霰弹枪枪托给了他们每人脑袋一下，让他们暂时脱离了苦难。

有时候，我这人仁慈起来，真是连自己都感到钦佩。

不过话说回来，直到黄老板的人试图对我们下手之前，今晚发生的事情都还不算出乎我们的意料。早在我们还没抵达新尼尼微城时，罗蒙诺索夫和平娜就已经表明，协助奥菲莉亚潜入旧尼尼微城废墟的计划会在准备阶段遇到一些麻烦，其中最大的变数就来自我们可能的"合伙人"。毕竟，我们原本就人生地不熟，而要一次偷运这么多人，加上包括"走为上二号"在内的装备与补给，所要支付的高昂费用很可能会让不少家伙动起更"稳妥"的歪脑筋。因此，我们从一开始就是抱着可能被坑害的打算来到这里的。只不过在我的预料中，在危急时刻解围的也许会是罗蒙诺索夫的某件新玩具，又或许会是他们安排好的一支增援部队，但他居然自个儿跳出来揍人，而且还揍得这么爽快，这么富有观赏性与艺术性，这也太……

"你你你……你到底是什么人？为什么在下最厉害的……"眼见情况瞬间逆转，黄老板一边发着抖，一边问道。

说实话，就算是刚才中了平娜那招的那两个可怜家伙，也没有抖得像他现在这样厉害。

罗蒙诺索夫没有回答这个问题，只是随意地拽了拽在刚才的搏斗中被弄乱的女式外衣……然后猛地侧过了头，随着一道火光在黄老板的手指之间亮起，有什么东西尖叫着飞过了历史学家的脑袋一秒钟前所处的位置，并且……

咦？那头银发居然是假发？

随着一道血痕沿着太阳穴附近的擦伤流下，"罗蒙诺索夫"的齐腰银发因为躲闪时过度用力而"啪"的一声掉在了地上，露出了一头盘起来的暗棕色短发。我这才注意到，这个"罗蒙诺索夫"的耳朵上戴着无线耳机，而在后颈部位和下颌的一侧则装有一只小型变声器。在银色假发的掩护下，这两件原本就有着难以分辨的肉色涂装的小设备一直天衣无缝地隐藏着。

"这就不好啦。我本来还想着解决完这事之后，再给阿德一个惊喜呢。"

咦？这声音好像是……咪咪的！

好吧,这下一切都说得通了。敢情罗蒙诺索夫那浑蛋压根儿就没和我们一起来,而是用这套玩意儿遥控着咪咪扮成他!当然,由于两人高度类似的娇小体格和纤细身材,在那堆古代黑科技的加持之下,咪咪扮得确实算是天衣无缝。

黄老板突然怪叫一声,像被逼到角落里的耗子般跳了起来,用藏在拳头中的那东西再次向对方射击,但早有防备的咪咪轻松地躲过了这次徒劳的攻击。就我所知,她的动态视力和反应速度都比普通人——哪怕是像我这样训练有素的普通人强出一大截。只要确认过对方武器的位置和射击前的动作,对她而言,要在射击前先行判断弹道并做出躲避动作,根本是轻而易举。

"我都说过啦,这样不好。"

在对方的第二击也落空后,咪咪没有再给那家伙任何机会。仅仅一刹那后,她就已经抓住了黄老板的胳膊,像扭断一截塑料泡沫般扭断了对方的关节。藏在这浑球儿手里的那件暗器也随之落到了她的手中——那是一支伪装成打火机模样的双管迷你手枪。

"啧,居然用这种懦夫才用的玩意儿,真没出息。"

随着一团软蜡般的物质开始从咪咪脸上滑落,露出她的真实面貌,正版罗蒙诺索夫的声音也随之从她戴着的耳机里传了出来——看来,那家伙总算决定放弃伪装了。

"你这家伙!什么时候让咪咪扮成你的?"我有些不高兴地问道,"我怎么不知道?"

虽然事实证明,他这一手确实挺有用,但我可不喜欢被人瞒着的感觉——尤其是被自己人。

"拜托,以前在地球上可是有句'要骗过敌人,首先得骗过自己人'的老话。虽然我倒是愿意相信你们,但谁知道会不会有人不小心露馅？毕竟，奥菲莉亚阁下显然不太擅长演戏。"历史学家答道，"和你们不同，我曾经来兰檀进行过好几次田野调查，也和一些做特殊生意的人打过交道。虽然这位黄先生和他的伙伴们不在其中，但以他的信息搜集能力，大概不至于对我一无所知——换言之，一旦那位'导游'先生告诉他，'我'和你们在一起，他就会进一步确信你们确实'很有价值'，从而决定对你们下手；除此之外，在与你们接触时，他也不会对一个手无缚鸡之力的历史学家过度防备，并且很可能因此疏忽大意……而这会大幅度增加我们成功控制住他的概率。哦，对了，我给平娜的义肢里安装的定制版电击器还算好用吧？"

救主领袖在上！这家伙的计划，难道从一开始就是以我们会被当成'猎物'为前提而制订的吗？

"好用是好用啦！但话说回来，你自己为什么不来？"

"抱歉，直到刚才为止，我都在争分夺秒地为穆吉和贺尼进行一项重要的装备升级。你也知道，没有这两位伙计的话，我可是一点儿战斗能力都没有的哦。"罗蒙诺索夫理直气壮地答道，"还有，虽然我也想让艾琳和栗子分别代替奥菲莉亚和可可，扮演'奥黛丽姐妹'的角色，但她俩现在还有更重要的任务，而作为'首要目标'的两位大小姐又是引诱这些家伙动手所必不可少的，所以我只能让她们稍微冒一点儿风险了。"

"这倒也是。"我点了点头。

"你们这些蠢货！居然以为像这样耍弄了我们，还能全身而退？"

虽然腕关节脱臼，一张老鼠脸已经因为疼痛而变得毫无血色、遍布汗珠，但那个试图坑害我们的家伙居然还咬字清晰地对我们吼叫。说实话，这毅力倒是令人佩服。

"你们知道这是谁的地盘吗?"

"阿德、阿德! 不好啦!"之前一直抱着爪爪,怯生生地躲在其他人身后的可可跑到房间唯一的窗口处看了一眼,随即指着窗外对我喊道,"外面来了好多人!"

"真的啊。"

我也朝窗外看了一眼,接着,离窗口最近的德尔塔也凑了过来——然后差点儿被直接吓得瘫倒在地上。此时此刻,上百个——也许两三百个舞枪弄棒的人影正从那些散发着柴火和木炭燃烧气味的烂尾楼里蜂拥而出,把我们所在的建筑围了个水泄不通,看起来活像是一大群被蜜糖引来的蚂蚁。当然,这也不算特别出人意料——毕竟这地方是那些家伙的地盘,是他们的主场。要是这帮浑球儿连这点人数优势也拿不出来,那反倒不正常了。

"喂,你们别以为靠挟持在下作为人质就能安全逃脱。在下虽然被弟兄们尊称一声'老板',但其实不过是诸多管事的人之一,并非无可替代。"见我们陷入了困境,黄老板一下子找回了点儿自信,"所以,在下建议你们——"

"你的建议还是自己留着吧。"罗蒙诺索夫的声音继续从咪咪已经调成扬声器模式的耳机里传出来,"好啦! 既然观众全都入场了,那么也是时候开始播放我们的免费电影了。"

"免费电影?"

"Hello,亲爱的各位来宾,大家听得到吗?"这一次,历史学家的声音不再来自咪咪的耳机,而是直接在飘着暗色碎云的夜空中响起,"欢迎各位今晚赏脸齐聚一堂,我是一个普通的历史学家,也是你们现在正在'招待'的那些客人的朋友。为了感谢各位对我朋友们的热情款待,我有一些有趣的东西,希望能与诸位分享一下。"

当他被扬声器放大的声音在风中回荡时,一道足有四五层楼高的二维光幕从一块薄云中垂了下来,仿佛电影院里的巨型银屏,直接横在了那些蜂拥而来的家伙们的面前,让这些人在惊讶和疑惑中停下脚步。

在之前,罗蒙诺索夫也曾经不止一次使用过他的那对无人机的投影功能,但就我所知,他的伙计们原先可没有这么夸张的本事。难道这就是他所谓的"装备升级"?

就在我琢磨这些的同时,一幅图像已经出现在了这道巨型光幕之中。这是一台飘浮在太空中的机械设备,看上去有些像是蒲公英之类的植物的种子。它的主体部分由数个直径逐级缩减的圆柱体接合而成,而在顶端则张着一圈硕大的太阳能电池板。如果我没记错,这似乎就是传说中的……对了,好像是叫"人造卫星"来着。

"啊,正如各位所见,这是一枚黄金时代遗留下来的武器级军用卫星,就悬浮在和谐星上空的同步轨道内。它的主武器是一门离子炮——别担心,以天基武器的标准而言,它的威力不大,就算是以最大射击出力,打在地面上的杀伤效果也不会超过两三吨TNT的当量。不过,这件武器的好处在于,它能将一切防御能力不如黄金时代军用级地堡的地面目标全部且实时地轰杀至渣。配合以高效率调整过的发动机变轨机动,和谐星的大部分地表,在理论上都可以进入它的杀伤范围。"历史学家以堪比专业解说员的流畅语调解说道,也不管他的"观众"能不能听懂,"至于实际效果嘛……"

画面短暂地变成一片雪花,接着便出现了一幅白鱼村的航拍图像。在几次放大之后,图像的清晰度甚至高到了足以分辨出在地面上的人群。接着，一个夸张的红色十字瞄准环出现在画面上，开始左右移动，寻找目标。

"各位，想看看烟火表演吗？"

"他在虚张声势！"

不知是谁自信满满地大声立下了这个 flag——喂，这样很不好的哦！在我看过的那些绘本故事里，绝大多数这么说的人……

"虚张声势，呵！"历史学家笑了一声，"你真的这么认为？"

接着，瞄准环套住了离人群相对较远，完工度也比较低，看上去大概没什么人住的一栋房子。

咦？不会吧？这家伙是哪年、哪月，连天基武器这种梦幻装备都搞到手了？到手了为什么不告诉我？

不，等一下……这种东西应该不是那么容易到手的才对，尤其是透过这扇窗口，我能在远方的新阿斯旺湖上看到一艘有些熟悉的内河运输船的影子。刚才，船甲板上似乎亮起了一道我更加熟悉的银白色闪光，有什么东西正沿着相当陡峭的弹道飞向空中——自然，那些被眼前的"电影"吸引了全部注意力的人完全没有发现这件事。

又过了几秒钟，那座遭到"瞄准"的烂尾楼彻底消失在一道从天而降的白光之中。低沉的"嗡嗡"声、因空气急剧膨胀而互相碰撞产生的轰鸣、没有被完全电离或者气化的建材垮塌的闷响……除却这些声音，这次毁灭基本上是安静的，也没有导致什么伤亡。只是，当强光消失之后，看到那儿只剩下一堆红热且看不出模样的废墟时，我明白，一切都已经结束了。

5

十分钟后,黄老板跟白鱼村里的其他"老板"们与我们开始了一场严肃的正式谈判,而在开诚布公地讨论之后,这些浑身发抖、汗流浃背,怎么看都不像是还敢耍我们的家伙很快便得出了一个令人信服的结论。

他们根本没法一次把这么多人和装备偷偷运进旧尼尼微城。

好吧,我就知道会这样。

第十一章

特别大奖和夺冠种子队！

1

又过了四天。

在我的"老家"据点镇跟其他位于和谐星北温带的地方,现在这个季节应该被称为秋季。按照罗蒙诺索夫的说法,在选择候补殖民星球时,黄金时代的人类总是会刻意挑选那些与他们的发源地,也就是那个名叫"地球"的遥远行星类似的对象。因此,和谐星也有轴偏角,有着区别明显的气候带,在大多数地方也有着春夏秋冬的区别。不过,在兰檀这种低纬度地区,所谓的季节只有两个:湿热得让人简直要发疯的雨季;稍微凉爽一点,但还是很湿热的旱季。

而目前则正是季节转换的时候,换句话说,就是这里一年中天气最烦人的时候。

就在今天日出之后,这一带的天气已经变了三次:先是一阵随着清晨的凉风突然落下的阵雨;然后是一通"噼里啪啦"的冰雹;接着,当云雾散去后,暴烈的骄阳又把这里烤成了一个实实在在的大蒸笼。虽然我们的这艘新快艇上也加装了帆布遮阳棚,可以让我们像传说中的吸血鬼那样暂时逃离阳光的残酷鞭笞,但这种仿佛置身于蒸汽浴室的感觉仍然令人浑身无力,相当难受。有选择的话,我肯定会先缩回某个有良好的制冷设备的地方先睡上一觉,等到日落西山再出来消遣——啊,不对,应该是志愿维护城镇的夜间治安才对;但不幸的是,现在的我没有选择,只能继续待在这艘船上,对脑子里的计划和手边的装备进行一次又一次的最后检查。

毕竟,本年度"圣血行军"的揭幕已经进入倒计时了。

而我们的这次行动,或者更准确地说,奥菲莉亚半辈子的夙愿,也已经进入了至关重要的阶段。

2

"圣血行军"——

如果光看这个名字,那些不明内情的人大概会想当然地认为,这应该是某种神圣庄严且充满悲壮气氛的隆重仪式。事实上,在我们身边,在近一百艘形态各异、装饰繁复的参赛快艇上,准备参加这场"行军"的家伙们的打扮却一点也看不出悲壮或者肃穆的感觉,反倒让人觉得一百个不搭。其中一些比较正经的伙计身上穿着缠腰布和实用的轻型防弹衣;也有些人穿着改装成战术背心,挂着物品携行袋的救生衣……但某些人的装束可就扯乎了:穿着涂有绿色或者棕褐色迷彩泳装,戴着宽檐草帽或者软木遮阳盔的男男女女倒也罢了;还有不少人居然戴着面具,披着除了增加空气阻力之外鸟用没有的华丽披风;还有某些特别不靠谱的家伙甚至直接穿上了薄纱般的超短裙和内衣裤,或者戴上了模仿动物耳朵与尾巴的饰物,让人不知道该说啥好。

但无论如何,这确实是在兰檀的圣血节高潮时段,由新尼尼微城的自治政府出面组织的"圣血行军",是一场(至少在名义上是这样)为了纪念市民们当年从那场惨烈的战争中逃出生天而举行的严肃竞技活动，而不是什么吊儿郎当的变态大游行。事实上，任何稍微了解兰檀的人都知道，在这片土地上生活的人有着把各式各样严肃的事情变成狂欢节的特殊天赋。虽然有的人（比如正坐在快艇的后部，脸色铁青的奥菲莉亚和平娜）会对这种天赋表示不满，但在这里待久了之后，我倒是觉得这还挺有趣的。

"诸位父老乡亲！诸位从兰檀、从和谐星各地远道而来的朋友们！很快，三年一度的'圣血行军'活动即将正式拉开帷幕！"在岸边临时搭起的观礼台上，主持人正通过大喇叭高声宣读台词——大概是由于喇叭本身的质量问题，混在其中的杂音吵得我的脑壳仁有点疼，"众所周知，在四十二……啊，不对，四十五年前，我们英勇的领袖与指挥官——马尔科姆·谢林将军为了夺回我们的故土，曾经与大敌进行了一场史诗般的伟大战斗，却最终不幸地功亏一篑。在万恶的敌人入侵我们的家园时，我们的前辈不得不暂时撤离，并在那之后秉持着百折不回的坚定决心与意志建立新的……"

我打了个呵欠，又揉了揉快要淌下眼泪的双眼——说实话，在这种闷热潮湿的天气里等待，本来就已经足够让人头晕眼花了，再接受这种官样文章的催眠，更是近乎一种酷刑。在我右后方两码外的第二艘快艇上，我的同伴们也大多显得很不耐烦，只有德尔塔那家伙仍然端端正正地坐在自己的位置上，看上去似乎听得津津有味。看来也只有这种蠢蛋，才接受得了那些毫无营养的无聊套话……不对，这家伙明明是睡着啦！当一串口水随着呼噜声从他的嘴角滴到正在检查武器的平娜身上后，我们才注意到了这点。

"起来、起来、起来——啦！"在举起经过罗蒙诺索夫改造的金属右臂，为这家伙施以名为电击的温柔提醒后，平娜也顺带用力揉了揉自己的太阳穴，看来，就连她也无法完全抵御睡魔的侵袭，"咦？这家伙到底还要废话多久啊？"

"让我瞧瞧……大概还有十二分钟吧。"我说道，"准备工作都已经确认完成了吗？"

"没问题！"

"准备就绪！"

虽然一个个都显得有些倦怠，但大多数人还是给出了肯定的回答。

每个人身上都已经装备了比赛所允许携带的一长一短两支枪械，穿上了在前胸后背都装有强化防弹插板的战术背心，急救包、风镜、多功能刀具和电击杖也都别在了短裤的腰带上……奥菲莉亚和咪咪则不一样：前者嫌背心和短裤这样的搭配太过暴露，有失体面，硬是套了一件看上去就热得慌的衬衫与帆布长裤；而后者则不知从哪儿搞来了一套适合身体活动（而且也能很好地展示身材）的绿色连身泳衣，除了两件格斗装备和风镜之外，啥都没带。年纪太小，还不会游泳的可可则没有携带武器，而是在战术背心外穿了一件救生衣——当然，无论从哪个角度而言，我都不希望这玩意儿真的派上用场。

当然，正如这里即将举行的不是一次变态游行一样，我们的这身行头也不是为了上战场。根据我所掌握的情况，被称为"圣血行军"的障碍快艇大赛并不是单纯的竞速赛，而是一种更加复杂的活动。参赛者们会从新尼尼微城的一条运河的河道（也就是我们现在待的地方），一路向北行驶。在穿过一系列人为或天然设置的障碍后，来自兰檀各个城市的参赛者会沿着运河的一条天然支流驶入，随后进入一座位于城市西北，被称为"桌山"的

巨大平顶山中，并在这座平顶山内部的地下水道中展开狩猎
——没错，是狩猎。

"以防万一，我必须重申一遍，一旦进入桌山的'地下迷宫'，
所有人都必须戴好通信设备，时刻听从我的指挥。"就在主持人
继续用那种令人生厌的语调大谈这次大赛的渊源与过去历年的
比赛历史时，罗蒙诺索夫对所有人说道，"虽然在大赛的每个环
节中都可能遇到危险，但只有桌山这个部分是最麻烦的。"

"因为在那里可以使用武器吗？"奥菲莉亚问道，"我在比赛
章程上看到了一条，说在那里要进行什么狩猎。"

"没错，但更重要的是狩猎的对象。"历史学家答道，"那可是
异兽啊。"

"噫！"

或许是事先不太清楚这部分情况，在听到"异兽"这个词儿
时，奥菲莉亚露出了紧张的神色——但除了她之外，我们队伍中
的所有人，包括没用的德尔塔和年纪最小的可可都保持了镇
静。毕竟，在之前的旅途中，被我们在各种场合以各种方式干翻
的异兽就算没有一千头，好歹也有七八百头，实在没有太大必要
大惊小怪。但即便如此，它们的危险性仍然不容忽视。

"六年前，我曾经来过一次兰檀，进行学院委派的实地调研
活动。当时我调查的主要对象就是桌山——或者更准确地说，
是桌山内部被称为'地下迷宫'的古代设施。"历史学家说道，"几
乎所有证据都表明，差不多占据了这座山全部内部空间的地下
设施是黄金时代的遗物，其规模甚至比我们在日出城见到的那
处城堡还要大得多。"

"嗯？真的？"奥菲莉亚问道。

"严格来说，我刚才说的还只是已经被勘探过的部分。桌山

内的隧道、洞窟和地下建筑群极为复杂，其中很多部分都处于封闭状态，或者位于水下。目前，被完全探明的只有最上层的一部分。在'鲜血黎明'战役中，这些表层隧道曾经被越过新阿斯旺湖出逃的尼尼微城市民当成临时避难所，挽救了上万人的生命。因此，'圣血行军'才会刻意把那里选为竞赛地点。"历史学家继续解释道，"不过，在战役结束后不久，大量水栖或者两栖型的异兽就开始因为不明原因，从深层隧道和被河水淹没的地下建筑中出现，并不断进入一部分表层隧道，让那里变得不太安全了。因此，除了像这样的特殊时段之外，桌山一直处于本地安保部队的封锁监视之下，很少有人被允许进入……而这也是我当初不得不略微求助于那些地下势力的缘故。"

"所以我们到时候得和那些异兽战斗，对吧？"坐在对面那艘快艇上的咪咪充满期待地问道，开心得活像是听说有机会去游乐园的小朋友。

"从理论上讲，进入桌山隧道群后，所有参赛者都可以用随身携带的武器尽情猎杀异兽。毕竟，'圣血行军'不是单纯的竞速赛，而是以积分制排名。虽然越早冲出隧道，抵达新阿斯旺湖上的终点，就能得到越好的时间分数；但干掉异兽——尤其是非常危险的异兽所能获得的分数同样很高。据说，这种比赛的老手都很善于在二者之间取舍。但别搞错了，我们可不是为了拿冠军才来参加比赛的。"历史学家说道，"记住，我们唯一的目的仅仅是大赛的'特别大奖'本身，而不是名次或者胜利！要是让别的什么家伙领到了这份大奖，那可就糟糕透顶了。"

"那本来就是我们的东西嘛。"分别负责操纵两艘快艇的栗子和艾琳用同样的语气异口同声地说道。

仿佛是为了强调这一点似的，就在此时此刻，一直在进行着赛前解说的那家伙的声音突然高昂了起来。

"由于代表联合军政府最高统帅部和议会的特别监察官阁下,谢林家族最后的一位嫡系后裔——奥菲莉亚·谢林准将和她率领的代表团将在今日造访本城,并在新阿斯旺湖上亲自观看大赛的最后部分,因此,本年度的'圣血行军'优胜者奖励将大幅提高,前五名的奖金将会比往年翻一番!但最引人注目的,仍然是在赛前就被传得沸沸扬扬的那件'神秘的特别大奖'。这件奖品到底是什么呢?在大赛还有一分钟就会正式开始的当下,让我们一探究竟吧——"

此时此刻,在新尼尼微城与那些能接收到这座城市的电视台信号的地方,那份"特别大奖"的庐山真面目应该正出现在成千上万的屏幕上吧。我估计,大概会有不少人对此感到兴奋吧;但对于早已知道了那是什么的我而言,这样的公开展示只会让人感到一阵不适。说句不太恰当的比喻,这就像是自己穿过的内衣裤被人挂出去公开展示一样。

除了这种不适感之外,艾琳和栗子投向我的哀怨目光更是让我脊背上凉意直生。拜托!最后形式上拍板决定这么做的,确实是我没错,但这既不是我的点子,而我那时也根本没得选啊。况且至少从理论上讲,只有这么做,我们才有机会帮助奥菲莉亚成功闯入尼尼微城的废墟……虽然说到底,就连我自己也对这套计划的成功率完全没底就是了。

"现在,我们将开始最后的倒计时!十、九、八、七、六、五、四……"

就在我下意识地试图躲避我的同伴们的目光时,完成了特别大奖展示,并成功地在观众席上引发了一阵欢呼和惊叫的赛事主持人开始了最关键的例行工作,而一阵阵发动机启动的轰鸣也随着浓烈的柴油味道在河道上湿热的空气中扩散开来。坐在我前面的罗蒙诺索夫对我们露出了一个镇定的笑容,似乎是想在这个当儿给我们更多的信息,但不幸的是,他身上发出的紧张的酸柠檬味道让这种做法大打折扣。

"三、二、一！冲！冲！冲！"

事到如今,就算心里再怎么没底,我们也只能硬着头皮上了。

3

伴随着赛事主持人那恨不得先撕破自己喉咙,再扯开观众耳膜的喊声,已经提前完成发动准备的近百艘快艇立即开始飞速地旋转推进器的螺旋桨,像一大群飞出发射管的火箭弹般呼啸着冲出了起点,并利用尚无任何障碍的前几百米直道竭力加速,抢占优势位置……本应该是这样来着,但事实上,并不是所有的快艇都成功出发了。除了一艘白色涂装的快艇就这么留在出发位置上,压根儿动都没动之外;还有四艘统一涂成鲜艳的橙色,似乎来自同一支队伍的快艇也是刚刚起步几秒钟,便突然停了下来,完全动弹不得。

虽然我并不太在乎别人的情况,但这到底是闹哪样啊?一两艘还好说,一下子这么几艘都出问题,这机械故障率也太高了吧?难道他们请的机械师都这么不靠谱的吗?

"那大概不是机械故障。"罗蒙诺索夫似乎猜出了我在想些什么,在朝着骤然止步的快艇瞥了一眼后,他若有所思地摇了摇头,"我想,那多半是……糟了,栗子,左满舵,快!"

"喵!艾琳姐!往右往右!"在另一艘快艇上,蹲在船头的咪咪甚至比历史学家更早地发现了问题，并对负责掌舵的艾琳高声示警。

与我们一同做出应急机动的，还有五六艘与我们距离非常之近的快艇——它们或往左或往右；甚至还有一时间判断自己来不及机动，便一边转向一边强行减速的。随之导致的混乱至少两次险些让这艘快艇与其他船只发生"亲密接触"。万幸的是，栗子驾驶快艇的技术一点也不比她驾驶那两辆"走为上号"的本事差（当然，比某人更是好得多，我这里就不点名了）。而这艘由黄老板那帮人替我们采购的快艇虽然是翻新的旧货，但起码性能还算可靠，这几次迫近的危机都在她的一连串有惊无险的灵巧机动之中，于最后一刻成功回避。

不过话说回来，刚才的栗子做出的显然是紧急规避动作，但我们到底是在躲什么？

当我们小队的两艘快艇都恢复直航时，我注意到，在这条与烟波江相连的运河浑浊的黄褐色水面上，似乎漂浮着好几大团松松软软，像是水草团般的东西，而从色泽和质地来看，它们更像是被捆扎在一起的尼龙或者塑胶绳索。

咦？等等，之前河面上好像压根儿没这种东西吧？是哪个缺心眼的二货随便乱扔的垃圾啊？市政局的人呢？就没有人来罚他的款吗？

"我们在这里重申一遍规则！虽然使用随身携带的杀伤性武器攻击其他人是严格禁止的，并且它们被指定只得用于对付异兽，但是在比赛中以其他手段干扰别的选手仍然是可以的！"主持人那刺耳而略显浮夸的声音（说实话，要是换我去主持，恐怕都能说得更婉转动听些）通过无线电广播，从我佩戴的耳机里传了出来，"赛事主办方之所以允许这么做，是为了增加娱乐……啊,不对,为了纪念我们的先辈在那灾难性的日子里为了挣扎求生而遭受的磨难与在艰苦奋斗中所展现出的令人钦佩的智慧,而且这同样也是本赛事的重要看点!"

好吧,感谢救主领袖。我还能说啥?

"往左!继续规避动作!那里还有一团!"蹲踞在船头的历史学家发出指示,"我之前搜集情报时也听人提到过这招,算是'圣血行军'的诸多常见把戏之一。虽然被这些尼龙绳缠住螺旋桨算不得什么大麻烦,通常几分钟就能搞定,但这样可以打乱对方的计划和部署,同时扰乱中招者的心态——当然,要是中招者因为船只失控撞在一起,那效果就更显著了。"

虽然从理论上讲,他大可以让自己的两位伙计飞在我们前方保驾护航,清扫这些令人厌烦的障碍,但为了不引起不必要的注意,现在我们只能暂时让穆吉与贺尼去坐一阵子冷板凳了。

"可是那个啥,交通法的……是第三条的第几款来着……"奥菲莉亚嘟哝道。

"我们在参赛前都签了协议书——你要是仔细读过,就会发现里面包括了'伤亡责任自负'这一条。"历史学家耸了耸肩,"所以任何交通法规在目前都不适用。况且,我没弄错的话,这其实还是比较和平的手段呢。"

我去!这种赤裸裸地严重危害交通安全的下三烂手段居然还算是"比较和平"的?那也就是说,还有比较不和平的手段咯?这算是哪门子脱线的破比赛啊?也太扯了吧!要不是如果不能拿回"特殊奖品",我肯定会被艾琳直接打个半死,然后再被哭哭啼啼的栗子烦到死,信不信我现在就干脆选择退赛哦!

万幸的是,前面的快艇扔下的这些垃圾数量其实相当有限。在一通左躲右闪之后,只有一艘涂装花哨得像是孔雀的双人小艇抛了锚，别的快艇全都有惊无险地避了过去。但很快，随着我们在运河上拐过第一道弯，新的有趣事情也随之而来。一连串外面套着缓冲用的橡胶轮胎，直插运河河底的木制立柱出现在河面上，一些河道较窄的位置甚至还冒出了显然是故意扔在那儿挡道的驳船——很显然，这些玩意儿就是主持人之前所说的"障碍"了。虽说与躲避其他参赛者的暗算相比，要避开这些障碍的难度其实并不算高，但不同的快艇驾驶者间的技术差异也随之展现出来。那些真正经验丰富、技术高超的家伙可以在保持高速的情况下以最小的动作避过障碍，甚至还能趁机抢到更好的位置；而水平比较抱歉，或者压根儿就是穿着奇装异服来搞笑的家伙们则不得不减速慢行，以免招致意外。几分钟后，当我们的快艇冲过一块立在岸边，标有"3 000米"字样的标识牌时，原本相互紧咬在一起的参赛快艇已经逐渐变成三四个差距明显的分组。而我们的两艘快艇则稳稳当当地待在第三分组的中间位置，既不太靠前，也不过分殿后，更是一点都不惹人注意。

当然，我们目前的位置其实并不能代表我们的实际水准——就我所知，无论是栗子还是艾琳，只要认真使出全力，都可以在驾驶交通工具这一领域通过技术和反应能力压倒百分之九十九点九以上的普通人。只不过，当我们驶过第一排障碍物后，罗蒙诺索夫立即示意我们稍微减速，逐渐和那些排名不太靠前的家伙合流。

"提高警惕，千万注意控制速度！如果在这个阶段表现得太显眼，我们难保不会成为众矢之的！"历史学家提醒我们，"别忘了，我们可不是来赢比赛的。况且，桌山地下迷宫里的部分才是重头戏，就算在这一段稍微落后一些，那也不是什么大问题。"

咦？是吗？但看上去不像啊。

　　虽然罗蒙诺索夫信誓旦旦地表示,在这一段落后"不是大问题",但很显然,和我们一起参赛的伙计们可不这么认为——尤其是在第一分组和第二分组的那些家伙。早在刚刚进入障碍区时,这些人就已经从快艇里拿出了各色装备,开始兴致勃勃地挑选目标,准备开干。我注意到,虽然比赛没有规定每艘船能够搭载的人数,但除了个别快艇里只有两人,极少数载了六七人甚至更多人之外,大多数快艇的乘员都被固定为四人:一个人负责控制快艇;一个人发号施令;另外两个人则作为"武器操作员",在辅助控制船只的同时积极主动地寻找机会给别人制造麻烦。

　　尽管一开始丢下来的那些尼龙和塑料的"水草"颇为阴险且令人厌恶,但诚如历史学家所说,这的确只是一种相对"和平"的招数。由于禁止使用杀伤性武器,那些急于互相攻击的家伙转而拿出了别的道具:有人拿出了自制的水炮架在船头,朝着任何看不顺眼的人一通狂喷;有些人用硕大的弹弓发射特殊的水气球,从中招者的痛苦表情与这些玩意儿破裂后充溢在迎面而来的风中的气味来看(我很确定那不是罗蒙诺索夫身上的味道),里头多半装满了挨上一发就很不妙的刺激性物质;还有一些人在互扔稀奇古怪的垃圾(真没公德心),以此骚扰对手,或者用外面包着塑料泡沫与海绵的长杆工具互相戳刺敲打;而对自己的技术最有自信的那些人则干脆通过各种特殊的机动动作阻碍对方的前进与转向,甚至故意进行刮擦与碰撞来给目标制造麻烦。

　　"救主领袖在上! 看来还是我们更聪明些! 照目前这情况,没准儿还没到终点,那些脑子不灵光的傻瓜就一个都不剩啦。"

　　当前头那些家伙各显神通,越打越激烈时,待在对面快艇上的德尔塔居然从不知什么地方掏出了一根卷烟,一边用防水火柴点烟，一边颇为自得地自言自语，仿佛这点子是他自个儿想出来的。

"但咪咪还是觉得有点遗憾啊。"一直撑着船沿，趴在德尔塔前面，因为暂时没事可干而觉得有些无聊的咪咪嘟哝道，"明明大家都玩得这么开心……"

"我们可不是来和这些没脑子的家伙玩儿的，是来办正事的！说到底，当初罗蒙诺索夫博士就不该让你们这些靠不住的家伙来帮助他执行如此重要的任务！平娜上尉完全可以——呜哇！"

"安静啦，你个呆瓜！"举着金属义肢的平娜威胁性地在他面前点亮了位于手掌中央的电击器——当然，要是她就这么直接戳上去的话，那可就更好了，"还有，执行任务时不准吸烟！"她一把夺过自己跟班嘴里的卷烟，扔进了运河，"给我时刻保持警惕！"

"不至于吧！长官，我的意思是，现在应该并没有人盯着我们。我想……"德尔塔嘀咕道，但他甚至还没来得及把话说完，一个圆滚滚、硬邦邦，看上去颇有分量的东西就已经砸到了他的脸上，让他在一头栽进船舱的同时闭上了嘴。

真是老天有眼。

4

"是敌人的袭击!"

在那个又圆又硬的东西完成撂倒德尔塔的历史性重任之后,咪咪立即反应了过来,将还在空中弹跳的这玩意儿一把抓起,然后沿着它来的方向抛了回去。对我们使出这种阴招的是一艘橙色涂装的三人快艇,似乎是在起步阶段就中招,不得不停下来排除故障的那些快艇中的一艘。它的乘员多半是因为撞上了这种意料之外的"开门红"而感到很不痛快,于是才打算在我们身上稍稍发泄一番吧。可惜的是,他们今天找错目标了。

当那枚圆溜溜的玩意儿被眼疾手快的咪咪"原样奉还"后,那艘快艇上的家伙们慌了神——除了负责操舵的那家伙之外,另外两人居然毫无协调性地同时朝那玩意儿扑了过去,然后以我以前只在搞笑影片里见过的蹩脚姿势迎头撞在了一块儿,而在这些呆瓜来得及采取任何补救措施之前,那只圆球已经"嘭"的一声炸了开来,大量刺激性褐色烟雾顿时将那艘快艇笼罩个严严实实。很快,这艘活像是个移动发烟筒的快艇便偏离了航道,结结实实地撞上一艘障碍驳船,而那三个家伙则在惯性作用下翻滚着撞出艇外，以一种极其令人愉快的方式退了场。

但愿他们的游泳技术足够好。

"还有！五点钟方向！"

当我仍然兴致勃勃地关注着那艘快艇上那几个自作自受的家伙们时，罗蒙诺索夫已经发出了进一步的警告——在我们右后方不远处，另一艘有着同样涂装的快艇已经不怀好意地凑了上来，逐渐逼近到离我们不到十米的地方。只不过，这艘快艇的乘员们的穿着打扮比之前那艘要夸张不少，尤其是站在船头的那个深色皮肤的女人，居然只穿着一套三点式泳装，披着比孔雀的尾巴还夸张的彩色披风，还在朝我们大刺刺地挥手！

"啊，嗨……"

更过分的是，德尔塔那家伙居然也朝着对方挥起了手，同时用实在不怎么高雅的目光紧盯着对方身上惹火的泳装……

这白痴难道就不知道"严肃"这个词儿是怎么写的吗？但话说回来，虽然一直这么傻乎乎地挥手，怎么看都让人觉得很奇怪，但对面那家伙似乎也不像是有什么敌意的样子……不、不对，那家伙根本不是在挥手！在又过了几秒钟后，我意识到了这一点。因为刚才还在傻乎乎地挥手的德尔塔突然被什么东西兜头套了个正着，开始像一只掉进蜘蛛网的虫子般拼命挣扎起来。

见鬼，是套索！

虽然我平时的大脑反应速度一贯相当迅捷，但今天却不知道是哪个开关搭错了线，居然直到这个时候，才弄明白那种怪异的大幅度"挥手"的真面目——虽然不算多见，使用起来也很需要技巧，但套索这种简单的武器确实在许多场合下都能发挥出出人意料的效果，尤其是像这种用透明材料制成，难以闪避的套索。虽然从对方船上将一两个人拉下水未必会直接干扰对方的航行,但仍然很有效果,毕竟没有哪支队伍能抛弃落水的队友于不顾,而停船援助落水者势必会浪费相当多的时间。虽说要是按照我的个人意见,把德尔塔这家伙就这么扔在这里似乎也不是什么不能接受的做法,但我很清楚,其他人——尤其是平娜大概不会同意这一点。

值得庆幸的是,这种麻烦的情况并没有真的发生。毕竟,我们还有一张王牌也待在那艘快艇上。

"喂!你们这么做也太过分了吧?"

当胸口被透明绳索套住的德尔塔眼看就要栽进水里时,离他最近的艾琳立即伸手抓住了他。虽然只用一只手揪着德尔塔的肩膀,但作为一个货真价实的傀儡,艾琳的臂力仍然毫无悬念地压倒了对面快艇上的对手——虽然另一个穿着沙滩裤的壮汉立即对扔出套索的比基尼女郎施以援手,但在短暂的较量之后,这两个家伙毫无悬念地一同栽下了水。

现在要面对麻烦的换成他们了。

"真是见了鬼了!"当我们的两艘快艇再度拉近距离时,对面船上的平娜对我大声抱怨道,"不是说好,保持不引人注目就不会有麻烦吗?为什么这些家伙接二连三地都盯着我们来啊?"

好问题,我正好也想这么问!

按理说,现在我们的真实身份压根儿就没人知道,对那些参赛的人而言(如果他们真的会逐个留意其他参赛者的登记资料的话),我们不过是几个出于个人兴趣临时购置了竞赛用装备,以个人身份参加"圣血行军"的小角色,既不是什么夺冠热门,也不是什么知名人士。如果说刚才的这一切都纯粹只是因为运气不好,这也未免太……

"那里!还有那里!来了!"

在绕过一处码头后，又有两艘快艇开始居心叵测地朝我们接近，而这个数字很快变成三艘，接着又一口气增长到了五艘，最后居然膨胀到了八艘——天地良心！我们这些老实人到底是招谁惹谁了？为什么所有人都活见鬼地冲着我们来啊？

"各位！就是现在！'圣血行军'第一阶段的高潮部分已经拉开帷幕！"就在其中一艘快艇开始不知死活地凑近我们，准备用船舷撞击我们，妨碍我们前进的同时，主持人的声音又一次通过广播频道传来了，"众所周知，在比赛中——尤其是前半部分的障碍赛竞速阶段，选手之间是可以互相妨碍的。虽然在大多数情况下，这种妨碍行为的目的仅仅是对他人造成一定干扰，从而让自己能在下一阶段赢得先机，但对于某些人而言，这却并不适用！"

啊？

"没错！对那些获胜呼声极高的种子选手而言，这可是最大的危机！为了尽可能地在字面意义上削减自己的竞争对手，提高胜率，许多队伍会提前搜集关于种子队和种子选手的情报。通常而言，排名前十的种子选手在这一阶段会遭到最为密集的攻击，而前五名更是会成为围攻的焦点——根据往年的记录，在一号到五号种子队中，有差不多三分之一的选手在这一阶段因为船只受损严重而不得不退赛，或者受到严重影响而无望获胜，还有至少十人曾因此严重受伤。那么，就让我们看看今年即将接受严酷考验的到底会是谁！首先，是来自灰石城的066号艇，由钟隆先生率领的'坚韧'小队；然后则是来自高桥堡的091和092号艇，他们……"

"嘁，这根本是瞎扯淡嘛！"虽然这浑球儿的话听上去像是认真的，但在抓住一根从不远处的快艇上朝我捅过来的套杆，并在奥菲莉亚和罗蒙诺索夫的协助下将它用力推回去之后,我还是忍不住大声地吐槽道,"我们哪里像是什么夺冠有望的种子选手啊?反而应该说在所有参赛的人里,只有我们对夺冠最没有兴趣,这样才对吧!为什么这么多人都冲着我们来啊?"

当然,那个只顾扯淡的主持人自然是听不着我说了些啥的,而一窝蜂朝我们凑过来的那些家伙也许听到了,但显然并不在乎。很快,各种各样装有刺激性液体的水气球、可以绊住发动机螺旋桨的杂物、充满恶作剧意味的烂水果和过期蔬菜之类的都开始骤雨般朝着我们砸过来,而不怀好意地接近我们的快艇数量现在已经超出了一打,而且还在继续增加——很显然,单纯的"误会"可没法解释这种局面。难道……

"最后,我们要隆重介绍103号和104号艇!操纵这两艘看上去很不起眼的快艇的是本次大赛意料之外的头号种子队伍!虽然之前从未参加过本赛事,但这支九人队伍的选手们在这几天里已经成了圈内的话题人物——他们有着近年来极为罕见的优秀驾驶员兼机械师、神秘的格斗少女与据说有着天才头脑的优秀队长!因此,那些有志夺冠的队伍,全都已经将这支新人小队视为必须尽一切力量优先对付的头号目标!"

主持人继续夸张地大吼着,让我的烦闷更添了一层——既然有种子选手,那就去对付他们啊!为什么非要缠着……咦?等一下……103号和104号?那不是我们的这两艘二手快艇的编号吗?这也就是说,我们是头号种子队伍?这到底是哪门子国际——啊,不对,星际玩笑啊?

5

在沉默片刻之后，我将目光转向了正在紧张地操纵快艇的栗子。

"拜托，告诉我，你们前几天是不是干了什么？"

"那个……咦？"在迟钝地与我对视一眼后，栗子终于像是意识到了什么，露出了愧疚的表情，"我、我真的非常抱歉……阿德……"

真是好极了。

第十二章

B计划和航空炸弹

1

"快说！你们到底干了什么好事？"虽然乱七八糟的玩意儿正天女散花般在我的身边飞舞，而各种显然不怀好意地朝我们逼近的快艇也已经从各个方向对我们形成了包围之势，但无法抑制住满腔怒火的我一时间却无心在乎这些，而是接入了小队专用的无线电频道，厉声质问道。

"我们……我们也不知道啊。毕竟阿德你说过，只要不违法、不暴露身份，我们就可以在这几天里对这场比赛进行针对性的练习……"栗子第一个说道，"我、我们不太清楚该怎么练习，所以就干脆去找了那些懂行的人……"

"……"

我下意识地咬了咬嘴唇——没错,我之前确实说过这话。在"拜访"完白鱼村里的那帮"黑"字头的伙计后,我原本以为我们白跑了一趟,但罗蒙诺索夫却随即宣布,这是个绝佳的机会。在他公开展示的"卫星武器"的"督促"与一大笔报酬的诱惑下,那些承认自己无力达成我们要求的老板和他们的手下最终还是答应,可以在力所能及的范围内尽一切努力协助我们。自然,这些开销最后都会由谢林家族买单。

在那之后的几天里,我、平娜和德尔塔一直都与这些家伙待在一块儿,在新尼尼微城的各个角落跑进跑出,忙着完成历史学家交付的一连串任务:用假身份报名参加圣血节快艇大赛,购置快艇和比赛装备,准备和熟悉地图,以及最重要的一件事——将这次大赛的"特殊奖品"转交给黄老板,再由他认识的一个"二手货商人"(我很确信,这家伙卖的绝对不是普通二手货)以个人名义捐献给大赛组织方。虽然我倒是很乐意信任我的队员们,但我也知道,她们缺乏处理这类见不得光的"特殊事务"的经验,于是我才让她们单独行动……但万万没想到,她们居然在这短短几天里让我们变成万众瞩目的"头号种子队伍"!

拜托,就算是开玩笑,也要有个限度好不好?

"你们到底是怎么办到的?"

"那个……其实我们也没干什么啦……当时栗子姐说,我们最好去和有比赛经验的人打听打听,所以我们就去了'银色闪电'。"

咪咪在通信频道中"嘿嘿"地笑了笑,同时用一把扳手抵挡住一艘靠近的灰绿色快艇上的家伙的攻势,虽然对面那艘船上的家伙挥舞着投石索,朝着咪咪的快艇扔出一只只似乎是自制发烟罐的玩意儿,却全都被她用那把扳手打飞到一旁。我想,就算是过去地球上的棒球职业选手,大概也没法干得更好了。

"银色闪电"? 嗯……我这几天好像也听说过这个名号来着。如果我没记错,这应该是在离"过去的味道"一街之隔的另一处酒吧,而且也是那些跑来参加大赛的家伙们经常聚集的地方。

"然后呢?"

"然后我们就向那些有经验的人请教咯。不过,他们都说咪咪过于瘦小,在障碍赛阶段要是发生近距离冲突,肯定会吃大亏。所以咪咪就和他们来了大概十五六场自由搏击比赛,只是没想到这些人的身手不太行。"咪咪有些困惑地挠着头发,"不过栗子姐说,也许这只是因为他们不想太早表现出真正的实力,再加上尊敬妇女,所以才在比试的时候对咪咪放水……"

最好是那样啦! ——虽然我很想吐槽这么一句,但却发现自己压根儿说不出话来。

在回想起咪咪那套从不留情且凌厉猛烈的特殊格斗技能后,我突然有些同情起那些以貌取人的倒霉鬼来——幸好我这种聪明人不会犯下这种低级错误。

"其他人也参加了这种比赛吗?"

"没错,我当时刚一说自己是驾驶员,就有人把快艇借给我,说要在新阿斯旺湖的练习场里比障碍赛。虽然我也不想参加,但当时有不少人拿我们的比试下了赌注,而比赢了的话就能赚到十分之一的赌金,差不多有两百块钱。"在我身后操舵的栗子红着脸解释道,"我觉得这是个进行练习的好机会,而且阿德你背着那么多债务。我想,如果能快点帮你还清,也许你会高兴……"

"还有呢?"

"咦？我必须声明，这、这一点都不关我的事！我真的什么都不知道哦！都、都是爱尔卡那家伙自作主张啦！在一群人讨论怎么修理和维护快艇发动机的时候，她当时突然擅自跳出来接管了控制权，然后说自己是最厉害的机械师，有谁不服可以和她比试比试什么的……那个……反正就结果而言，是她赢了。"

艾琳用力扳动操纵杆，让她驾驶的快艇艇身朝着右舷骤然倾斜，掠过了两艘正一前一后朝我们逼近的大红色快艇。一半露出水面的螺旋桨在水面激起的白色浪花旋即形成一道水幕，将对方快艇上的家伙淋成了只落汤鸡。在视野受限导致的一片混乱中，两艘快艇的驾驶员手忙脚乱地撞在了一块儿，然后一同熄了火，暂时退出了给我们找麻烦的行列。

我没问爱尔卡到底比试了些什么——也没必要多问。毕竟，对这家伙而言，修理和组装机器简直就像是呼吸一样自然。无论那些倒霉蛋和她比修理、组装，还是别的什么活儿，只要是和机器相关的，她就根本没理由会输。

总之，我们这个"头号种子队伍"看来还的确是实至名归，真是可喜可贺、可喜可贺啊。

要是换在别的时候，我倒是很乐意接受这种称号，但在目前的情况下，被当成夺冠的超级黑马绝对不是件好事——当多达二十艘以上的快艇将我们团团包围时，我更加认识到了这一点。虽然我们之前也接连击退了好几次袭扰，但这却只是进一步证明了我们的实力，并让更多的队伍坚信，必须先收拾掉我们，才能确保自己的获胜机会。

"罗、罗蒙诺索夫博士！"与我一样意识到大事不妙的还有奥菲莉亚，自打我们开始被包围后，她的脸色就变得相当难看，"我、我想你现、现在应该知道该怎么做，对吧？"

"这个嘛……"历史学家耸了耸肩,"我必须承认,即便是针对这种原本认为不会发生的极端状况,我也提前制订了预案——不过,我无法保证这一预案的效果。我想……"

"别想了!"当一只满是刺激性液体的水气球擦着我的脑门飞过去后,我终于高举双手,同时大声喊道,"管它什么招数,先试试再说! 要是不能拿回'那玩意儿',艾琳和栗子肯定会活撕了我的——"

"那好吧。"历史学家咬了咬嘴唇,似乎下定了什么颇为艰难的决心,"咪咪! 还记得我上次告诉你的那个'B计划'吗? 就这么干吧!"

"咪咪明白了! 不过,你要记得说好的蛋糕哟!"

我们队里的头号突击队员欢快地回答道,同时朝着艾琳比画了一个手势,后者立即将快艇靠上了我们的船舷,让平娜、可可和德尔塔转移到我们这里。接着,随着两艘快艇再度分离,她突然从快艇里取出了一支小口径手枪,朝着位于艇身后侧的燃料箱开了一枪。

"咦? 你这是干什么?"

2

在我所读过的许多故事中,被枪弹击中的燃料箱都会立即爆炸成一团火球(无论打中它们的是什么口径、哪种型号的子弹),同时瞬间将周围的人统统吞噬;但根据我的经验,事实并非如此。枪械射击点燃并诱爆燃料的情况确实是存在的,但那通常是枪口焰引燃了已经开始汽化的挥发性燃料的结果。单纯的金属弹头并不会导致火灾,特别是当燃料箱里仍然装着大半燃料,没多少空气的时候。朝燃料箱开枪的直接结果,在大多数时候仅仅是让燃料从里面流出来罢了。

总之,根据我的判断,咪咪刚才所做出的惊人之举其实也没什么错……才怪呢!话说她到底在想啥?这场大赛中,每艘参赛快艇所载的燃料本来就没多少宽裕,像这么干的话,等于是主动放弃了这艘快艇。当然,单艘快艇也不是塞不下我们这九个人,不过这也意味着我们的速度会受到非常严重的拖累。

"有重大突发事件发生了!诸位请注意,航拍显示,在赛前给大量参赛者留下深刻心理阴影,被认为是夺冠大热门的队伍似乎在围攻下出了状况!"在大赛广播频道上,主持人用一种我只能将其称为幸灾乐祸的语气大声嚷嚷着，"刚才，104号艇上的三名乘员——包括一个非常可爱的小萝莉——在两艘快艇短暂靠近时转移到了103号艇上，这看来似乎不是什么明智之举！毕竟，由于所有快艇的发动机功率都受到明文限制，艇上的人员太少固然无法应付激烈的比赛，但太多的话则会严重拖累速度……等一下，快看那是什么！104号艇在离开103号后，后方航迹上出现了明显的油迹！是在之前的冲撞中油箱出现了意外破损吗？就算现在只留下了两名乘员，但以这种燃油泄漏的速度来看，104号艇除非立即靠岸维修，否则将只能退出比赛，幸运的是，至少还没有发生火灾——咦？发生啦！真的起火啦！"

与此同时，一架双座水上飞机也在我们后方百余米外降低了高度，大概是打算好好抓拍几个镜头，好把我们这些不知天高地厚的外来人的洋相昭告天下。

"救主领袖的蛋蛋啊！"

当一道橘红色的火舌突然在咪咪的快艇后方蹿起时，我甚至下意识地揉了揉自己的眼睛，以免看错——再怎么说，这也太扯了吧！这难道是她自己点的火不成？为什么做这种危险的事啊？

"艾琳，现在开始第二步骤——隔绝！"

罗蒙诺索夫倒是一点儿也不急，我甚至还能在他身边嗅到一丝镇静的冰薄荷味儿，而他的表现也让我更加确信了一点：这把火肯定不是什么意外。

"明白！"艾琳在通信频道中答道。

"各位请注意！正在持续制造火灾的104号艇有了新动作！它刚才突然加速从103号艇后侧穿过，并且向正后方逼近它们的一组快艇迅速接近——天哪！看看在水面上燃起的火焰！

看看这骇人的烟雾！这、这根本是在用火焰设置障碍！六艘快艇都选择了改变航向，这意味着它们将无法继续之前的紧逼跟踪战术……"

多亏了那家伙的解说（虽然我还是不喜欢这种调调），完全被火焰和烟雾遮住视线的我也大致能够了解所谓的B计划是什么玩意儿了。艾琳和咪咪刚才成功地使用被点燃的油迹在水面上制造出了一堵暂时性的火焰"围墙"，从而一举阻止了那些浑蛋的"碰瓷"企图。当然，由于漏出的燃油量有限，只要对方愿意加速硬闯，以快艇的速度，完全可以在极短时间内突破这道薄薄的"围墙"，而不会让乘员遭受严重烧伤，但在此时此刻，人类躲避危险的本能与出乎预料的状况造成的惊讶显然占据了上风，让他们下意识地选择了四散规避。

在成功解决掉了我们后面的一帮子"尾巴"后，艾琳迅速掉转船头，又以同样的方式在左右两侧进行了机动，成功地将另外十多艘由两翼逼来的快艇也逼到了一旁。唯一美中不足的是，随着浮油的流动，很快，岸边的不少芦苇丛也被殃及，好在之前这一带刚刚下了几场透雨，而这一带的运河河岸也都经过了混凝土强化，因此这点火势倒还不至于引起大规模火灾。

"女士们先生们！就104号艇行为的合规性问题，组委会刚才进行了紧急讨论！"主持继续在广播频道中喋喋不休，"他们的意见是，虽然没有先例，但这么做应该不算犯规！没错，应该不算犯规！因为104号艇的燃油泄漏很可能是之前遭受其他参赛船只冲撞的结果，而根据过去的惯例，利用意外造成的临时态势争取优势，只要目的不是直接危害其他人的生命安全，都是可以接受的！因此点燃油迹的行为不算不妥！啊！不愧是头号种子队伍！如此优秀的随机应变能力……"

要是可以,我倒还是挺想听听他的这些话的。可惜的是,情况的变化很快让我不得不将注意力重新放回比赛上来。虽说艾琳和咪咪之前的行动有效地逼退了好几拨对手,但不幸的是,她们没法对那些堵在我们正前方,而且显然同样不怀好意的家伙使用这招。更糟的是,随着两艘涂成迷彩绿色的快艇一左一右地占领我们正前方的位置,我似乎看到有什么东西正在它们之间缓缓升出水面——那些家伙居然拉起了一张近百米长的渔网!

不得不说,这一招实在是损到了极点——虽然我们的快艇并不是兰檀河里的鲶鱼,但渔网对于我们仍然可以产生较大的影响。一旦螺旋桨在触网时被这东西缠住甚至损坏,没一两个小时根本没法重新上路;而就这么被堵在后面,则意味着我们迟早还是会陷入在数量上占据优势的对手的围攻之中;更糟糕的是,与那些经验更丰富、准备也更周全的家伙相比,我们只携带了最起码的装备,手里没有任何家伙可以迅速切断或者破坏那张该死的网。就算是在艾琳的快艇后面燃烧的火焰,恐怕一时半会儿也烧不断那些足有成人大拇指那么粗,而且还浸透了水的棕绳。

"挺不错啊,这些家伙。"罗蒙诺索夫将双臂抱在胸前,看上去倒是一点儿也不急,"艾琳,咪咪! 你们那儿还剩多少燃料?"

"油箱已经空了快三分之二啦!"艾琳在通信频道中答道,"这样下去,我们恐怕连桌山都到不了。"

"和我之前估计的差不多。好吧,准备开始行动的最后阶段!"历史学家点了点头,"还有,咪咪,记得控制住力道。"

"最后阶段? 啥?"我问道,但历史学家只是指了指那两艘联手拉起大网的快艇,然后做了个挥拳的手势。

接着,艾琳和咪咪的快艇便以最高速度直接撞向了那对"拦路虎"之一。

虽然在之前的赛程中,快艇之间相互碰撞推挤也时有发生,但她俩的这种充满野性、狂放不羁的撞法,却完全没人用过——艾琳并没有使用快艇的侧面刮擦或者推挤对手,而是在接近与对方平行时突然全力加速,用尖锐的艇首直接冲了上去!在一阵木材和塑胶构件破碎的脆响中,那艘可怜的二手快艇的前半截完全撞变了形,而惨遭侧面冲撞的目标则破了个大洞,开始迅速进水下沉。好在那上面的家伙看来水性都还不错,应该不会有什么危险吧……

不过话说回来,难道所谓的"最后阶段"就是这种同归于尽的做法吗?虽然受损程度较轻,一时半会儿还不至于沉没,但在艇首严重变形后,艾琳她们的快艇的航行性能显然也已经大打折扣。现在顶多只能在水面上勉强"蠕动"而已。虽然这艘伤痕累累的船仍然正试图朝着另一艘拉起渔网的对方快艇驶去,但只要对手有这个意思,要躲开完全是……咦?他们居然没跑?

"是渔网的原因!"这一次,是奥菲莉亚头一个看出了门道,"看!那艘快艇被渔网给拖住了!"

这么说倒也没错。随着另一艘快艇的沉没,原本用来阻拦我们的巨大渔网,现在却成了固定住这艘快艇的锚链。正在下沉的快艇的重量将还浮着的那艘拽得朝着一侧剧烈倾斜。当然,快艇上的那群家伙显然也很清楚自己的状况。在意识到状况不对后,他们立即拔出短刀,开始奋力切割系网用的粗大绳索,试图脱身,但看来是来不及了。

当身穿连体泳衣,背着一只可爱的大背包的咪咪以足以让过去的体操运动员都汗颜的优雅前空翻动作落在那艘快艇上时,举着刀子的那家伙恰好切断了最后一根系网的绳索。骤然摆脱负重产生的反作用力让整艘快艇上的人都被猛烈地晃到了艇身的另一侧,也让咪咪就势滚进了那家伙的怀里。

"你……"

有幸和咪咪来了个热情拥抱的那家伙下意识地举起了短刀,却突然想起了在比赛中不能用杀伤性武器对付别人这条规矩——而就在他发愣的同时,咪咪已经用一记凶狠的头槌直接放倒了他。接着,当第二个对手大吼着朝咪咪扑来时,她轻而易举地躲过了冲着面门挥来的沉重直拳,同时伸手抓住了对方的胳膊,顺势攀上了那家伙的肩膀。

"呜啊——快把她弄下来!"

在被咪咪用纤细的双腿绞住脖子后,那个不幸沦为牺牲品的家伙一边徒劳地挣扎,一边朝剩余的两位同伴求救。这两个大块头男人立即绕到了他的背后,准备从身后将咪咪给揪下来。不过,就在他们准备这么做时,咪咪的背包突然自己打开了,一个一米来高的身影高举利爪,以迅雷不及掩耳之势扑向了两人。

"哎呀,好痛!"

随着这两个中招的可怜家伙捂着冒出数道爪痕的脸仰面栽倒,被咪咪骑在脖子上的那人也总算失去意识。接着,翻身跳下的咪咪顺便给还没爬起来的两人每人一下子。虽然不重,却正式宣告了这艘快艇的所有权就此易手。

"嘿,别把嘴张得那么大。"在看到我的惊讶神色后,罗蒙诺索夫只是轻轻笑了笑,"你难道不知道,按照规定,只要使用的是非致命手段,夺取别人的快艇也是可以的吗?"

3

虽然我不太清楚咪咪之前的做法到底是否符合规定,但很显然,她和艾琳那充满暴力美感的果决行动确实让我们之后的赛程轻松了不少。或许是受到了我们一举点燃大半个河面的做法的震慑,又或许是因为害怕和那些被我们干翻,甚至丢掉了快艇的家伙落得同样的下场,总之,当咪咪和艾琳夺下那艘快艇,并把被打晕撂倒的那几个家伙像丢垃圾一样扔到她们那艘已经基本没法动弹的快艇上后,那些辛辛苦苦绕过仍在河面上燃烧的火幕的快艇全都像躲避瘟神一样,选择在接下来的赛程中对我们敬而远之。

当然,对我们而言,这样自然是最好不过了。

"三点钟方向,斜上方五十五度!出现一个目标。"当我们的两艘快艇并排驶过一个近乎直角的弯道后,之前成功帮咪咪化解了来自身后的威胁的那家伙说道。

"明白!"

咪咪端起一支我们从日出城带来的激光卡宾枪,血红色的光束随即短暂地划破了隧道中浓墨般的黑暗。片刻之后,一个长着好几条肉质触须，有着类似螃蟹的甲壳躯体的丑陋玩意儿便"嗵"的一声砸进了隧道中的地下水里，并迅速消失在了黑暗的水面之下。

"很简单嘛。"在之前发出警告的那家伙宣布"威胁已解除"后，奥菲莉亚嘀咕道，"原来所谓的'狩猎'环节就是这样，和我以前在河边打鸭子差不多嘛。"

"那是因为我们的目的和其他人不一样，阁下。"正摆弄着自己那台个人终端的罗蒙诺索夫摇了摇头，"现在几条主要通道里可热闹了，你们瞧瞧现场画面吧。"

显示在历史学家个人终端屏幕上的是一段直播镜头，看起来应该是由跟随参赛者的摄影团队在某艘快艇上拍下来的。在画面中，十几艘快艇就像游猎的鲨鱼般在一处开阔、黑暗的地下水域中来回游荡，五颜六色的照明弹、照明灯具与各种各样的实弹或能量的武器射击在这些快艇周围的空间中营造出一种灯火嘉年华般的奇妙气氛。与我们所在的这条隧道中压抑的寂静氛围不同，杂乱而激烈的呼喊声、咒骂声、异兽的咆哮声、射击声和爆炸声在那片地下水域中响成了一片，就算因为不太稳定的信号传输而变得有些失真，但论起震撼效果，倒是一点儿也不差。

"这是——"

"如你所见，这才是货真价实的'狩猎'。"

历史学家耸了耸肩，指了指那比我经历的大多数真枪实弹的战斗还要激烈的场景——巨大的漂浮怪、丑陋且浑身带刺的喷酸螃蟹、挥舞着粗壮腕足的两栖克拉肯、一边尖啸一边吐出高温毒液的焰火飞鱼，以及其他蜂拥而出的畜生们简直把那片黑暗的水面搅成了一锅开水，如同扑向海岸的浪涛般锲而不舍地朝着入侵者发起一波又一波的袭击。虽然其中的大多数都会被密集的火力网绞得粉碎,但还是会有幸运儿冲到快艇附近,与船上的参赛者们短兵相接。

"要是我们在刚进入桌山时,选择那处岔道的最右边或者中间的那两条,那么现在我们也会加入这场有趣的赛事。"

我必须承认,虽然发生在那里的事看上去确实有点意思,但那只在我们作为观众时才能成立。除非有人愿意马上把我的债务还清,再附送我一笔足够让我在新阿卡迪亚吃喝玩乐半辈子的巨额财产,否则我绝不会愿意去凑这个热闹——尤其是当我目睹了位于屏幕中央快艇上的一个可怜家伙突然被一截带刺的触手卷下船去,并在眨眼间变成一片在水面上泅开的血迹之后。

"由于举办过很多届,'圣血行军'的参与者们早已积累了相当丰富的经验。只要是他们能进去的地方,桌山内部的主要通道至少都已经被挨个探索过了一遍。因此,参赛者们很清楚各条道路的长短与可能遇到的异兽的多少。"或许是由于可可也好奇地把头探了过去,罗蒙诺索夫迅速地关掉了终端,以免让她看到那些少儿不宜的场景,"由于最终的胜利者是以积分制的形式决出的,因此大多数人并不非常注重比赛的竞速部分,而是倾向于尽可能猎杀更多的异兽。毕竟,通过尽可能早地抵达终点所能得到的分数有其上限,但'狩猎'的入账记录却在年年翻新。"他敲了敲个人终端的底部,调出了一幅错综复杂的平面地图,"喏,人最多、竞争也最激烈的就是各位刚才看到的地方,那儿俗称'鲜血窟',是以异兽数量众多且凶猛而闻名的,而'剥皮胡同''刺杀者弯道'和'痛楚之隧'也因为有机会撞上高价值、也高危险的目标而闻名。当然,对于喜欢猎杀大批弱小猎物来积攒分数的人而言,'狙击手之廊'也很不错……"

"那我们现在走的这条通道呢?也有绰号吗?"奥菲莉亚问

道。

"有，参赛者管这里叫'夹尾巴小径'。"历史学家轻轻地哼了一声，也不知是对此感到不屑还是得意，"这条通道的长度相对最短，异兽的数量也最少，因此很适合那些吓破了胆，想尽快从这鸟地方溜出去的家伙——当然，在举办过这么多届大赛之后，这样的人已经没有了，任何想赢得大奖的人都绝不会选择这条路。"

"那他们可得失望了。"奥菲莉亚突然叹了口气，"不过话说回来，我们这可是明目张胆的欺诈啊。如果以后有人知道……"

"与恢复整个世界的和平跟寻找你的亲人比起来，这点轻微的违法根本算不了什么——联合军政府的法规里至少有十多条特赦条例适用于这种情况，所以你大可以放心。"历史学家解释道，"对了，只要继续顺流前进，翻过前面的这处缓坡，我们应该就能抵达出口了。"

"说起来，我们应该是在朝高处行驶，对吧？"奥菲莉亚问道，"但为什么水流的方向还和我们的航向一致？"

"这是人工重力场干涉技术的一种运用方式——在黄金时代，人们用这种技术在太空飞船和其他航天器中制造重力，或者在天体的重力场内反其道而行之，生成反重力区域。当然，现在的我们压根儿连了解这种技术的运作原理都做不到，只能在桌山这种黄金时代的遗址里见证这些奇迹。"历史学家叹了口气，"幸运的是，很早以前，科技考古学家就发现，在那些古代技术设备还能正常运转的地方，异兽这种只会盲目攻击和破坏的人造生物通常很少活动，这也是这条隧道相对安全的原因——"

"没错，但那只是'相对'而已！十一点钟方向，上方二十度！"

"好嘞！"

随着又一发激光亮起、熄灭，另一个长着翅膀的黑影盘旋着栽向朝上倒流的水中，一下子就给冲得没了影。在它消失之前，我依稀辨认出，这货似乎是只被人们称为"水栖德古拉"的小型异兽。这种蝙蝠似的小型生物翼展只有不到一尺，看上去人畜无害，但事实上却不是什么易与之辈。它们往往隐藏在潮湿的洞穴或者河岸下，突然袭击落单的目标，一旦被它们细长的针刺状喙刺中，就算是成年人类这样的大猎物也会在短时间内中毒麻痹。虽然整体而言，水栖德古拉不算是特别难对付，但细小的身形和变色伪装能力却使得它成了难以被发现的隐形刺客。

万幸的是，这套在咱们这里可吃不开，因为现在有爪爪在。

"注意，那家伙还有同伙！六点钟方向、七点钟方向，两个移动目标，上方二十六度，正在高速移动，我现在就指示方位！"在那只小怪物被干掉的仅仅几秒钟后，这只看似玩具熊的古代机器人便再度对它的临时搭档说道。

这一次，两束暗红色的弱激光从它的一只眼睛里射出，指向了两个隐匿于黑暗中、我们压根儿无法看到的目标。接着，两道威力远强于此的激光也在不到一秒钟的时间内接连射出，至于命中了什么，我同样无从知晓。但从爪爪的反应来看，想必那两个被他瞄准的家伙是凶多吉少……哦，不对，应该说，它们根本就没有半点儿机会才对。

由于上次在日出城不幸遭到了可可（她当时还在我兄弟的操纵之下）的破坏，再加上我们手头缺乏必要的维护部件，这只自称能唱会跳，能开车撑船，还会挠人的大号熊玩偶一直处于"高位截瘫"状态，只能从事它的"本职工作"——充当可可的玩具。然而，在前些天造访黄老板他们之后，我们的某些意外收获却改变了这一状况。在那帮家伙收藏的一堆用途不明的古董中，罗蒙诺索夫偶然发现了一堆可以给爪爪用的零部件，于是不但完全修复了它，甚至还给这家伙进行了一番硬件升级。现在，这家伙不但换上了出力是过去三倍以上的电动机和更好的蓄电池，而且还加装了一套多频谱光学扫描仪、激光辅助瞄准系统、运动传感器，以及一双颇为阴险的可伸缩钛合金爪子。

总之，这家伙现在已经变成货真价实的"战斗人员"——而最为重要的是，它看上去居然还是那么该死的人畜无害。虽然这副样子非常有利于麻痹潜在的对手，但对惯于开诚布公，不喜欢表里不一的我而言，这实在是有些让人不太舒服。

当然，至少在此时此刻，这家伙的存在确实极有价值。虽然这条绰号很是难听的地下隧道据说"相对安全"，但隔三岔五也会冒出来一两个要命的主儿，只是在爪爪的闪亮新装备面前，它们试图借着黑暗掩护发起奇袭的打算全都只能落得个自掘坟墓的下场。只要爪爪指出方位，在前方那艘"借"来的快艇上为我们护航的咪咪就能凭着她的一流技术挨个将对手"点名"。少数聪明到试图进行复杂机动规避的家伙，也会因为被玩具熊的辅助瞄准系统锁定而无所遁形。

靠着他们二人的合作（好吧，其中一个不是人），我们基本上"无惊无险"地顺着明显违反物理学规律的水流一路往上，最终驶出了这条压根儿没有别人走的隧道。很快，一道令人兴奋的白光便出现在了远方。

"好了，各位，请做好执行计划最后阶段的准备。"历史学家在我们的加密通信频段中说道，"我们绝不能在节骨眼上出差错。"

咦？话说，为什么每次听到这种话，我都会有种不太好的预感呢？

4

　　"各位观众！他们来了！头号夺冠种子队伍刚刚创下了一项记录——他们只用了二十七分钟就离开了桌山的地下隧道！"当我们重新沐浴在阳光之下，将那座方方正正的石头山抛在身后时，广播频道中立即传来了主持人那并不悦耳的声音，"这是怎么回事？过去从未有队伍——至少是能够完成比赛的队伍能在这么短的时间内就离开桌山！因为众所周知，在那儿的古代人工地下河里狩猎异兽是'圣血行军'的关键环节！如果不能获得足够多的猎杀成绩，就算最先抵达终点，也肯定不可能夺冠！但这些人居然……"

　　好了，谢谢，滚蛋吧。我耸了耸肩，关掉了这个频道。毕竟，我们还真不是来拿什么冠军的。

　　按照赛前发给我们的《比赛须知手册》（那玩意儿居然额外收了我们一块五毛钱，而且不包含在报名费里，简直是没天理！）的介绍，"圣血行军"的整个赛程总共有二十四千米长。参赛者们从穿过新尼尼微城北部边缘的一条古代运河，沿着运河一侧的支流进入目前仍然没人知道当年建造目的的桌山地下隧道，开始"狩猎"环节。在时限最多为四个小时的血腥猎杀中，他们会一边与异兽厮杀，一边在山体内复杂的地下河网中寻路前进，从山体西北侧的出口进入新阿斯旺湖，最后跨过半个湖面，抵达位于湖中心的终点。

在平日里，为了防止有人穿过湖面，前往位于西岸的旧尼尼微城废墟送死，本地安保部队的警戒船和巡逻艇会在湖上来回巡视，让任何从水上偷渡的尝试都变得困难重重，但今天，这些碍事的家伙却大多没了踪影。这一切都是因为一艘目前正停泊在湖面上的船只的关系——作为特别监察官座舰的"华美号"已经在昨天夜里抵达了。

刚从山里头出来不久，我们便看到了那艘通体雪白、线条优雅、漂亮光鲜，写作"军舰"、读作"豪华游轮"的大船。一溜负责护卫的浅吃水内河炮舰跟本地政府的巡逻艇与炮艇在这大家伙的身后一字排开，看上去就像是跟在鸭妈妈身后的小鸭。根据新尼尼微城市政部门发布的公告，为了彰显联合军政府与兰檀人民的同气连枝、心心相印（话说什么样的呆瓜才会真信这个？），远道而来的特使——特别监察官奥菲莉亚·谢林阁下会与现任的新尼尼微城市政长官在"华美号"上共同观看"圣血行军"的最后部分，并为优胜者颁奖。当然，货真价实的奥菲莉亚现在就和我待在同一条船上，而"华美号"上的那位则是顶替了她名字与面貌的贴身侍从奥黛丽，不过这并不重要。因为我们今天压根儿就不打算到"华美号"上去接受什么颁奖，而是要去另一艘船。

与高大挺拔，据说经常被那些无聊的官方公报比喻成"白天鹅"的"华美号"不同，那艘船低矮、破旧，活像是条漂在水面上的死鱼——毕竟，它原本就只是一艘为建筑工地运送砂石的低档驳船,而且早就已经过了报废期限,才会被废物利用,作为大赛的水上终点站。在这艘驳船原本用来装沙子的开放式货舱内,一个我非常熟悉的庞然大物正静静地待在那儿。虽然挂满了很不搭调的彩旗,甚至还装饰了一大堆超级难看的塑料花,但在看到它的一瞬间,在我身后掌舵的艾琳却差点就要哭出来了——毕竟,那可是她,当然,还有我们其他人最为珍视的"走为上二号"啊。

在三天前,通过黄老板和其他几个"老板"的多次转手,"走为上二号"被以天知道什么名义转交给了大赛的组委会。虽然大多数在战场上缴获或者捡到的傀儡武器装备都会被联合军政府没收或者强行收购,不过基路伯坦克这样的重型装备属于例外。它的"终焉"式离子炮与能源系统过于复杂,无法被逆向仿制或者拆卸下来转为他用。迄今为止,除了运气好到爆的我们,没人能够启动哪怕一辆被完整缴获的基路伯。虽说理论上倒也有把这东西拆了当废金属回收的法子,但鉴于其极度稀缺,大多数完整落入人类手中的基路伯都会成为用于彰显勇武,作为表明人类必胜信念的纪念品,被各种地方政府或者军事团体高价收购,然后装点在广场、陵园或者纪念碑之类的地方。自然,用一辆这玩意儿作为"圣血行军"的奖品也没什么不妥。

当然,更重要的是,没有任何人有本事检查一辆基路伯的武器系统和微型冷聚变反应堆还能不能运转。按照罗蒙诺索夫的说法,以和谐星上现在的技术水平来看,要做到这点就像让一只猴子学会击发步枪一样毫无可能(别问我猴子是什么东西,我可不知道)。

总之,我们的整个计划正是基于这点而制订的。当其他人还在桌山那迷宫般的地下河里和各种各样的畜生大打出手时,根本不打算夺冠的我们会直接抄相对最安全的近路,直取停在新阿斯旺湖中央,载着"走为上二号"的那艘驳船。按照赛程安排,所有完成赛程的快艇都要先靠上这艘驳船,在工作人员那里登记比赛用时与用于证明自己狩猎成果的异兽残骸,然后再将这一切换算成最终分数。不过,我们不会有最终分数,那些现在正在暗无天日的桌山深处大打出手的伙计们也不会有,因为我们会直接劫持那艘船。

尽管在退休报废时,这艘普通到极点的驳船的往复式蒸汽发动机就已经被拆掉了,燃料舱也早已空空如也,但接手它的组委会工作人员并没有注意到,一组电动机已经被悄悄装进了目前贴着封条,锈迹斑斑的轮机舱内,船上也只有两三个没有武装的普通工作人员。一旦制住这些人(当然,心地善良的我们会尽可能采取温和而不会伤害任何人的手段),艾琳——哦,不对,爱尔卡会用特制的设备将"走为上二号"的反应堆与船上的电动机连接起来,让这艘船在瞬间"复活",用足以让剑鱼羞愧的速度载着我们的全套装备开始狂飙。届时,被调去负责拱卫"华美号"的那些警备船只肯定、注定以及必定来不及赶到,更没法阻挡我们一路朝着湖的对面狂飙,只能目送我们一骑绝尘。无论怎么看,这计划都简直堪称完美,充满了狂野的后现代主义风格……

"总之,夺船时千万要避免伤害任何人,快艇上的装备如果来不及搬上船,抛弃也无所谓。"就在我在心中回顾这个完美计划的每个细节的当儿,罗蒙诺索夫也在加密通信频道中紧锣密鼓地对我那些偶尔有些拎不清的队员们进行最后的提醒,"我们把'走为上号'也作为比赛副奖运上船了,它的车厢里有我们在旧尼尼微城活动所需的一切物资,保守估计可以使用两个星期以上。不要管其他人,他们根本来不及妨碍我们。"

"但那个呢？"一直躲在一旁沉默不语的可可突然拽了拽我的战术背心，朝天空中指了指。

"那个啊，那是飞机——当然，是我们的飞机。我昨天看本地自治政府公报上说，地方上的安保部队会在特别监察官的代表团抵达时举办小型阅兵式，以示尊敬，这些飞机大概也是来阅兵的吧？"

我朝着空中瞥了一眼，然后微笑着拍了拍她的肩膀。我很清楚，对从小生活在四处都是傀儡大军厮杀的大陆深处的可可而言，任何飞行器必然都是危险且充满敌意的。

"不、不是啦！那个……那个……"让我有些惊讶的是，在我这番客观、诚恳而亲切的安抚之后，可可居然更慌张了，"那些东西……在那下面……"

"啥？你别担……咦？"

在又一次将目光转向那些飞机时，我突然愣住了。一股令我后背发麻的寒意就像是电流般地涌过了我的脊柱——为什么这些飞机的机翼下面全都挂着航空炸弹啊？

第十三章

防空大作战和大赛的结束

1

　　对像我这种有着丰富的前线玩命经验的人而言,"联合军航空部队"这个词儿就算不能和圣诞老人画上等号,但起码也不会有太大的差别。毕竟,虽然从理论上讲,所有联合军地面与水面部队在作战时都可以呼叫空中掩护,但一百次呼叫中,通常有九十次会落得个泥牛入海的结果;而在剩下的十次里,差不多有九次最后来的是敌方的飞机,而吃到炸弹的则是我们。

　　当然,空军的那帮鸟人有一整套逻辑严密且义正词严的说法为这种状况辩护:

　　众所周知,傀儡们的技术优势实在太大,而空军的人力物力都捉襟见肘,因此只能"量力而为"。而作为这种"量力而为"的伟大成果，在一百次来自前线部队的空中支援请求中，大概会有那么一两次有人侥幸撞上大运。而在这种时候，跑来为我们这些可怜的家伙提供心理安慰的通常就是A-31"蜉蝣"攻击机。相比于更"正规"的军用飞机，这种有着宽大的轻质铝合金三角翼和小型悬吊式机身的飞行器其实更接近于动力滑翔机，无论是火力还是航程都相当有限。但是，由于还算不错的长距离滑翔性能和低可探测性，这玩意儿能够在关闭发动机的状态下悄无声息地袭击目标，然后在被各种长枪短炮揍个稀烂之前溜之大吉。简单的结构也保证了它们能在被拆解后运到前线的各种犄角旮旯里藏好，直到需要时再迅速组装起飞。总之，空军的怂货们确实有理由喜欢这东西。

除了隔三岔五用来刷刷存在感，以此表明空军平时领取大笔军饷、双倍前线津贴，还能在节日得到度假沙滩门票七折优惠的合理性之外，他们也把不少这玩意儿出售给了地方上的安保部队，用于巡逻、搜救和安保工作。三个一组构成箭头形编队，正从新阿斯旺湖的东北方飞来的九架"蜉蝣"就是其中的一部分。大约是为了检阅时好看，它们宽阔的机翼都涂上了五颜六色、庸俗扎眼、严重违背我的美学标准的图案，每个编队的长机都拖曳着一幅大红色的"欢迎最高统帅部代表莅临"横幅。事实上，要不是整整齐齐地挂在它们机翼翼根处的那对一百千克航空炸弹，我绝对会在看它们一眼之后立即移开视线。

"我说，这是违法的吧？"奥菲莉亚又一次下意识地想从身上摸出她的小本本——当然，啥都没摸着。不过，在侧着脑袋冥思苦想几秒钟后，她还是从记忆里搜出了自己想的东西，"按照……对了，《联合军军事安全规范》第10条C款，在有重要人物出席的阅兵式上，武器不得带实弹，以免危及安全……"

"没错,但谁能搞明白兰檀人的脑子里的弯弯绕呢?"罗蒙诺索夫同样狐疑地挠了挠满头银发,耸了耸肩,"不过,我不觉得这算是多大的事情。新尼尼微城的地方部队绝大多数是由北方城镇的志愿者充任的,其中大多数都是最死硬的'复仇派',他们不可能对最高统帅部的代表有敌意。也许那些'炸弹'只是用来展示的模型什么的吧?"

"最好是有那种展示啦。"

我摇了摇头,但却没什么理由去反驳历史学家的说法。毕竟,虽然在一路上打算对我们——哦,不,是打算对奥菲莉亚不利的人着实不少,但惦记着要她命的应该是"和平派"。无论是公开资料、本地民间电台的广播,还是那些与我们合作的"老板"们透露的消息都表明,前来迎接最高统帅部代表的全是"复仇派"的人,其中甚至不乏狂热的安东旅和血誓会成员。虽然我的那些兄弟们也基于某些原因试图绑走奥菲莉亚,可他们并不想伤害她,更不可能用航空炸弹危害她的安全。

总之,也许让受检阅的飞机带实弹的确是兰檀人的某种特殊风俗吧——我在心里琢磨着。毕竟,这地方的人都有些怪怪的……

就在我转着这个念头时,三个三角形编队中领头的那个已经抵达了"华美号"的附近。接着,其中领队的那架长机突然抛掉了又长又碍事的横幅,猛然压低了机首,像一只扑向地面上猎物的猛禽般直挺挺地朝着正下方的"华美号"俯冲而去。这个漂亮的动作立即在湖面上的船队和聚在岸边看热闹的人群中引发了一阵欢呼——很显然,所有人都觉得,这不过是阅兵活动中的一次预先安排的表演。

事实上,我当时也这么觉得……咦? 虽说我是个头脑冷静、善于思考的人，但只要是人，偶尔也会犯下一两个错误，对吧？

总之，直到那架"蜉蝣"在离"华美号"漂亮雪白的大烟囱只有不到二十米远时突然高速拉起的那一瞬间为止，我都没有怀疑这档子事有可能不仅仅只是一场表演，但是，在接下来的一瞬间，当我发现两个细小的水滴状黑点仍然沿着那架攻击机先前的航向下落时，一切都变得明了了——可惜的是，大多数人的欢呼仍然持续了一阵子，直到航空炸弹爆炸形成的巨大火球冉冉升起，他们才像被切掉电源的点唱机一样瞬间安静了下来。而震耳欲聋的爆炸又过了三四秒，才传到我们的耳中。

还没等爆炸的巨响对我们展开洗礼，另一种更加凄厉也更令人惶恐的声音就已经提前灌进了我的耳朵。刚才还一脸紧张地斜倚着快艇的船舷，等待着计划进入最后一步的奥菲莉亚已经触了电一般地跳起来，开始撕心裂肺地号叫了起来。

"啊啊——"

"喂！别激动啊！"

"啊——"奥菲莉亚完全没把我的劝告听进去，而是继续号啕着。

当然，我完全可以理解她现在的表现——除了在场的这些人之外，她的大多数随从和熟人仍然留在"华美号"上，而现在，这些人多半都已经凶多吉少了。

"凯瑟琳……奥黛丽……特纳军士……大家……呜呜，不要啊——"

"这该死的到底是怎么一回事？那些天杀的是犯了失心疯吗？"同样冷静不下来的还有罗蒙诺索夫——说实话，他像这样浑身发抖、气喘吁吁，接近完全失控的次数委实不多，而他身上散发出的那股令人不快的酸醋味也让我意识到，他现在真的非常震惊,"为什么?这根本不可能……"

　　还没等脸颊涨得通红的历史学家把话说完,这种"不可能"的事情再一次发生了。那个三机编队中的另外两架"蜉蝣"也开始加速俯冲,将挂载着的炸弹投向了已经开始爆炸起火的"华美号"。在整个过程中,"华美号"的高平两用炮和近程防空导弹完全没有时间开火,周围的护卫舰艇也丝毫来不及做出反应。所有见到这一幕的人都只能声嘶力竭地尖叫——或者说是惨叫着,同时眼睁睁地看着那几百千克危险爆炸物砸上那艘载满了尊贵客人的船。

　　"天哪……各位观众,我不知道这是怎么回事,但肯定不是演习或者表演……肯定不是……太、太可怕了,救主领袖……救主领袖怜悯我们……"

　　在公共无线电频道里,先前还口若悬河滔滔不绝的那家伙一下子老实了许多,只是喃喃重复着这两句话,活像是一台坏掉了的录音机。不知为什么,我觉得他的语气中似乎还混杂着一点儿下意识的喜悦——毕竟,在来了这么一出特别烟火秀之后,这档子节目的收视率数据肯定会变得超级漂亮……

　　当然,我们现在可没空在乎这个。

　　毕竟,按照惯例,只要有麻烦,通常都少不了我们的份儿。

2

"快看！剩下的那些飞机！"

就在可怜的"华美号"在毫无预兆的轰炸中腾起烈焰的同时，另外两个"蜉蝣"三机编队也开始了各自的袭击行动。其中一个编队分头散开，朝着离"华美号"最近的护卫炮舰投弹，显然是试图阻止任何可能的救援行动，而殿后的那个编队则开始加速爬升高度，似乎是……

"可恶、可恶、可恶……这些天杀的还想继续轰炸！"紧咬着薄薄的嘴唇，浑身发抖的历史学家用发颤的声音嘀咕道，"他们亲妈生他们的时候，就没给他们留点儿人性吗？"

"既然这是一次刺杀行动，那恐怕他们的目标就是尽可能多地杀死船上的人。"随着一艘护卫炮舰被贯穿甲板的高爆弹炸飞舰首，一连串冷汗从平娜的额头上淌了下来，"恕我直言，刚才的攻击其实并不致命，但接下来的……"

我点了点头——作为战斗经验与我相去无几的资深前线军官，平娜的观察判断能力虽然及不上我，但也绝对可靠。最初砸下去的那串炸弹命中的位置主要集中于两处——"华美号"舰桥前端的操舵室和位于舰尾的轮机舱，显然是以破坏这艘船的机动能力与内部能源为主要目标。我没猜错的话，在举行典礼时，大多数重要人物（自然，也包括了装扮成奥菲莉亚的那位奥黛丽小姐）都应该聚在船体中部的豪华大厅内。由于隔着数层甲板和隔间，像"蜉蝣"这样的轻型飞行器携带的炸弹很难一举将其击毁，但如果能率先破坏船上的能源，完全瘫痪乃至损坏其管制和消防系统，只需要再放上一把火，内部满是各种易燃家具和华丽装饰的"华美号"就肯定会变成一只特大号烤箱。

在我能想象到的所有最糟糕的死法中，这种结局绝对可以排进前三名。

"各位，第三个编队的攻击机挂载的航空炸弹是红绿两色涂装。"接下来，艾琳在通信频道中的发言也证明了我的不祥预感——拜傀儡们的超强视力和色觉所赐，即便隔着这么远，她仍然能分辨出如此重要的细节，"这种涂装是……是燃烧弹！"

"不要啊——呜呜、呜啊——"

在听到这个词之后，奥菲莉亚的凄厉哀号终于变成崩溃的号啕大哭。她一边抽泣着，一边眼泪汪汪地看着我们每一个人，似乎是想求助。但话说回来，我们现在委实是爱莫能助。毕竟，就算再怎么粗陋，"蜉蝣"好歹也是一款货真价实的攻击机，没有点大家伙，要把它们干下来根本不现实。就算是罗蒙诺索夫，遇到这种状况也……

咦？他看起来好像还真有办法！

"阿德南中校，现在换你掌舵！栗子，马上过来！"在思考片刻之后，历史学家一边打开自己的背包，开始翻找什么东西，一边对我和正在操舵的栗子说道。

"啊？我？好的。"

虽然栗子似乎不太清楚历史学家到底要她做什么,但还是和我交换了操舵的位置,凑到了对方身边。接着,历史学家取出了一只能遮住大半张脸,造型看上去颇有些熟悉的头盔……话说,之前在对他的伙计们进行精细操纵时,他似乎用的就是这玩意儿。

"这……这是要干啥?"

"没空废话了!戴上它,动作快!"见栗子还有些搞不清楚状况,历史学家索性把这玩意儿直接扣到了对方脑门上,"马上你就知道该怎么做了!"

"可是我到底……噫!"

栗子一开始还有些不知所措,但在被硬戴上头盔后没几秒,她就完全安静下来,并且开始下意识地做起了类似于推拉操纵杆和扣动扳机的动作……我没记错的话,这动作应该是在操纵……

随着一串亮蓝色曳光弹留下的闪亮弹道划过正被"华美号"冒出的浓烟染黑的天空,一架即将开始俯冲轰炸的"蜉蝣"攻击机挂载着的燃烧弹被提前引爆,随之腾起的炽烈火球将这架轻型飞行器连同它的驾驶员当空变成一团华丽的礼花,被烧烤到红热状态的机体碎片随着四散的可燃物纷纷扬扬地到处飘落。

另外两架攻击机的驾驶员肯定注意到了编队长机的遭遇,但他们并没有表现出丝毫的惊慌失措,而是继续按部就班地在轰炸航线上前进,就仿佛刚才那事情压根儿没发生似的。就我所知,空军那些特别喜欢"因故返航"的货色通常可没这种胆子。难道……

我深吸了一口气,随即从挂在腰带上的携行袋里抽出了事先放在那儿的"信标",激活了它,但接下来,我的发现却与先前的预料大相径庭——除了待在五米外另一艘快艇上的艾琳之外，整个新阿斯旺湖上都没有一星半点儿傀儡存在的反应。换言之，那些攻击机的驾驶员并不是被我兄弟或者别的什么人控制并纳为己用的傀儡士兵，而是一群货真价实的自然人。

那他们做这种事，到底是为了什么？

还没等我理出个头绪来，第二架攻击机也在迎面而来的弹幕中化成了纷飞的碎片，而那个编队中唯一幸存的攻击机终于被迫放弃了之前的航线——但它并未放弃攻击，而是迅速降低了高度，似乎打算贴着水面，直接对"华美号"实施自杀式撞击。

当然，与之前的俯冲投弹相比，这种攻击的效果会差上很多。毕竟，只要被命中的不是甲板以上的部位，燃烧弹中的可燃物就难以通过船上的通道、升降机和通风系统灌进船体内部诱发全面火灾，更没法做到切实地把"华美号"里的幸存者一锅端的地步。冲撞引发的爆炸最多只能波及几个水线以上的舱室，造成相对有限的损害；但相对的，由于接近水面，而且能得到"华美号"高大船体的掩护，这架攻击机也很难被突然冒出来的防空火力击落。尽管事出突然，但它的驾驶员还是注意到，这凌厉的防空火力来自一千米外的那艘充作"圣血行军"大赛终点的报废驳船，而"华美号"正好位于他与驳船之间。

我必须承认，这家伙的点子确实不错，充满了冷酷无情的实用主义美学，但不幸（当然，仅仅对他而言）的是，我的队员们的能力同样也很不错。在那架攻击机开始改变战术后，被厚重的头盔遮住半张脸的栗子只是冷哼了一声。接着，一串炮弹直接射向了挡在攻击机与驳船之间的"华美号"那薄弱的烟囱根部，精确地在那家伙的航线上截住了它。

毕竟，那个可怜的恶棍到死也不可能想到，对他进行瞄准射击的那个人其实并不在驳船上,更不在"走为上二号"里。

"不过话说回来,你是怎么做到的?"当看到幸存者们出现在起火倾斜的"华美号"甲板上,开始抱住各种漂浮物跳水逃生后,我总算稍微松了口气,"我记得基路伯超重型坦克的武器系统应该没有外部遥控功能才对。难道是……"

"没错,我把穆吉和贺尼留在里面了。毕竟我可不能随随便便把这么重要的资产撇着不管,要是有个三长两短,艾琳说不定会把我给活撕了。"历史学家挠了挠他的银色长发,用半开玩笑的语气答道,周身散发出充满复仇快意的烈酒香味,"另外,你也知道,我的伙计不方便在公开场合跟着我满街跑,所以把它们寄放在那儿也不错。"

好吧,和我想的一样。自打用来自联邦科学院废墟的零部件来了一番"鸟枪换炮"后,历史学家的那两位无人机伙计不但有了更快的速度、更好的续航能力和战斗力,而且还被"附赠"了一对伸缩式机械臂。虽然看上去有些滑稽,但至少,这让栗子有了在这里操作"走为上二号"遥控炮塔中的双联三十毫米机关炮的机会,而她也干得相当不错。

当试图朝着"华美号"火上浇油的那帮恶棍被栗子统统收拾掉后,原本正忙着袭击护卫舰艇的另一个三机编队立即转变了目标,朝着"走为上二号"所在的驳船扑了过去,不过他们的下场也不比那些同伙们更好。在猛烈而精准的机关炮火力下,这个编队的长机甚至还没来得及将机首对准"走为上二号",就已经被撕成了碎片;而它的僚机则立即一左一右地朝两侧闪了开去——就算是这些悍不畏死的家伙,也不至于蠢到主动往炮口上撞的地步。

"啊呀呀呀呀呀……你们休想跑掉!一个都别想跑!"栗子

嘀咕着,同时仍然下意识地用空手比画着操纵遥控炮塔射击的动作,"居然对大家做出这种事情,休想不付出代价! 我要把你们一个一个捏死! 像臭虫一样捏死! 捏死、捏死、捏死!"

说实话,栗子还是头一次这么让我感到惧怕。不过,至少她现在是说到做到。

位于"走为上二号"主炮塔顶部的遥控机关炮塔仍在转动着,由闪亮的曳光弹勾勒出的弹道正在以肉眼可见的速度接近两架攻击机之一。虽然以这样的弹药消耗速度,我不认为遥控炮塔里的三百发炮弹还能支撑多久(幸好它们都由谢林家族买单,用不着我们付钱),但只要不出问题,没准儿栗子真的能解决掉这些家伙……唯一的问题是,每到关键时刻,我们这里总是会出点儿什么问题,而这次也不例外。

当载着"走为上二号"的驳船突然拦腰爆炸时,我终于意识到,我们的对手并不只是那些该死的攻击机。对驳船发出决定性一击的,是装在一艘浅水炮舰前甲板上的大口径加农炮。当这艘本该执行安保任务,却擅自离队的小型军舰开火之后,又有几艘本地安全部队的炮艇和武装巡逻船也掉转了武器,开始向停泊在周围的友军猛烈射击。原本充满兰檀式欢快气息的现场,顿时淹没在了横飞的枪林弹雨和四处腾起的水柱之中。

不过话说回来,不知为什么,这似乎反而让这一切变得更像是兰檀了。

3

　　或许是受到的打击过于强烈的缘故，在目睹她们宝贝的坦克、我最喜欢的半履带装甲车与我们的全部行李辎重都随着那艘中弹的驳船一同沉没时，无论是栗子还是艾琳都没有发出半点儿声音。她俩只是呆若木鸡地圆瞪着眼睛，目光迷离，仿佛在竭力试图说服自己，这不过是一场白日梦而已。

　　但很不幸，这一切都是事实——而且事实还在变得越来越糟糕。

　　要是换作平时，在目睹我们的全部家当全数沉入水中后，我没准儿也会傻愣上好一阵子，然后再花上更长的时间捶胸顿足。虽然我并不在乎钱财这种身外之物，但失去了这些宝贵的装备，意味着我们会在很长一段时间里无法像之前那样有效地为人类的未来英勇奋战。可是现在，我可没时间管这些破事。毕竟，一大群新朋友已经冲着我们来了，而这样的热情，我们可实在是有点当不起。

　　"所有人注意！立即撤退！"当几艘挂着本地安全部队旗号的巡逻艇从湖面上的混战中脱身而出，朝着我们的方向逼近时，我和平娜几乎异口同声地在通信频道中喊道。

"到安全区域靠岸!"我又补充了一句。

"那……那比赛呢?"仍然有点搞不清状况的可可傻乎乎地问道。

"恐怕比赛已经结束了。"在操纵着快艇以最高速度掉头的同时,我解释道,"坏消息是,我们没赢;但好消息是,我们也没输。考虑到我们从一开始就没打算赢,这大致上算是个好消息吧。"

"这算哪门子的好消息?"听了我安慰可可的话,刚摘下那顶头盔的栗子嘟哝了一句。

我耸了耸肩,同时以最快的速度开动了我那一贯客观冷静的天才战术大脑,开始迅速地分析起了目前的状况。

虽然眼下湖面上乱成一团,但任何眼没瞎的家伙都不难看出,背后对自己人捅刀子的浑蛋只占了护卫舰队中很小的一部分。除了开火牵制其他舰艇之外,无论是机枪、轻型火炮还是榴弹发射器,它们几乎将所有火力都对准了已经起火倾斜的"华美号",尤其是那些正试图弃船逃生的人。除此之外,几架尚未被击落的"蜉蝣"攻击机也加入了助战的行列。相较之下,我们这边的力量却完全是另一码事。虽然冲着我们来的那几艘巡逻艇算不上什么狠角色,但至少都是装有制式重武器和装甲的正规军用船只。要是和它们干上,我们的这两艘玩具似的小艇怕是凶多吉少。

"别太担心。"或许是注意到了我脸上的紧张神色,平娜拍了拍我的肩膀,"至少我们在速度上有优势,这种标准内河巡逻艇最多只能达到三十节[①]的最高速度,比我们的快艇慢一个档次,

---

① 节,航海速度单位,1小时航行1海里的速度是1节。

我们完全可以从容地……"

"恐怕未必。"刚摘下头盔的栗子摇了摇头,伸手朝着不远处的空中方向指了指。

好吧,我必须承认,她所提出的质疑确实很有道理。除了那几艘巡逻艇之外,那两架之前试图对"走为上二号"发起攻击,并且幸运地全身而退的攻击机似乎已把我们列为它们的下一个目标。虽然它们早已投完了携带的航空炸弹,但挂载的那两门二十毫米航炮仍然有着不俗的威力,足以轻易把我们炸成半生不熟的肉饼……虽然我估计,就算不要钱白送,大概也没人会想得到这种肉饼就是了。

最重要的是,这俩货的飞行速度可比我们的快艇要快得多。

好极了,现在要怎么办? 虽说平时召唤空中支援时,几乎人人都在抱怨这种低档攻击机火力不足、速度缓慢,帮不上多大的忙,但当这玩意儿落在敌人手里后,我才意识到,它其实并没有想象中的那么差。至少,在这种无遮无拦、无处可躲的平静水面上,我们的快艇在攻击机飞行员眼里就是任人宰割的猎物,我们既没有办法还击,也无法逃脱,而对方则可以像是猫头鹰抓老鼠那样好整以暇地调整航线,把我们套进机炮瞄准仪的十字准星中央,然后再凭着自己的心情宣判我们的死刑。就算我们能在被击沉之前抵达湖岸,但这地儿离城区也有不远的距离,完全没法找到合适的掩体。

等等,说到老鼠,就会让人想起老鼠洞,而说到老鼠洞的话……

"对了! 不要靠岸! 赶紧返回我们来时经过的隧道!"我脑子里灵光一闪,立即在通信频道中喊道,"没准儿现在还来得及!"

　　虽然桌山内的那些地下隧道大多颇为宽广，在理论上勉强可以容纳像"蜉蝣"这种一吨来重的小型飞行器在里面飞行，但就算真有飞行员技术够好，也足够不要命，敢于跟着我们这群"老鼠"闯进去，飞机的高速度也会在那里面成为劣势——只要稍有不慎，哪怕是最小幅度的机动也可能导致机毁人亡。虽然这么做并不意味着绝对安全，但至少，在曲折的隧道中，我们逃出生天的概率无论怎么看都比待在没遮没拦的外头要来得高一些。

　　不幸的是，按照天知道哪个充满恶趣味的神仙定下的惯例，我才高兴了没几秒钟就意识到，我们其实仍然面临着一个小小的……好吧，其实是个不太小的问题。

　　"糟了。"当我们的快艇在隧道入口处逐渐减速之后，我才骤然察觉到，"我们进不去！"

4

好吧,我知道这事情听上去挺丢脸的,但话说回来,这其实也算是人之常情——在骤然遇到意料之外的不利状况后,大多数人往往会陷入慌乱之中,而这种慌乱的典型"症状"之一便是无法进行全面的思考,而只能注意到那些对自己有利的条件。自然,我们目前的状况正是如此,由于急着寻求庇护,所有人都忘记了一件事——我们之前穿过的那条隧道可是受到诡异的重力操纵技术加持的,虽然没人搞得清楚这种技术到底是怎么一回事,但它确实每秒都在将数百吨的水从近百米之下的地方拽上十五度的斜坡,然后再排进新阿斯旺湖中。虽说这流量比不上那些大江大河,但对我们的小艇而言,这股水流所带着的动能仍然有点强过头了。

惨了!

等到我们所有人都明白过来这个本该在第一时间就想到的事实时,我简直恨不得直接一拳打穿自己的脑袋,再把我那居然在这种关键时刻不听使唤的脑子揪出来揉捏一顿!虽然俗话说"人孰无过",但出错也不能出在这种要命的关头啊!事到如今,我们就算想改变计划也已经来不及了。而要是继续待在这种地方，用不了多久，我们就铁定会成为那些天知道到底发了什么疯的家伙的活靶子！

怎么办？怎么办？怎么办？

"那么，是时候了。虽然我不知道你是怎么知道这件事的，阿德南中校，但我必须承认，这个点子确实有可行性。"

在所有人中，只有罗蒙诺索夫仍旧保持着镇静。在从之前的震惊和愤怒中恢复过来之后，他便恢复了常态，开始捣鼓起了手中的多功能个人终端。甚至在我们仓促做出这个纯属低级错误的决定时，他也没抬头看我们一眼。

"你在说啥啊？"历史学家的一席话说得我们所有人面面相觑，就差没直接在脸上冒出个大大的问号了。

"嗯……等一下，你们居然不知道吗？"显然有些不在状态的历史学家有些诧异地拨开了遮住他眼睛的银发，"我还以为……算了，这也难怪。毕竟，当年虽然我也就这件事向阿卡迪亚大学的科技考古学委员会和研究院做了报告，也曾撰写过相关论文，但这份报告的公开范围应该很有限。至少我不认为，像你这样的人会去特意查阅需要付费的科技考古学学术期刊……"

喂！这都是啥跟啥啊？为什么我根本不明白你到底在说些什么？还有，什么叫"像你这样的人"？你是对我有意见吗？而且现在我们马上就要被那些攻击机上的浑蛋东西当成靶子打了啊！谁跟你讨论你的论文和学术期刊啊？

"算了。"似乎是对我们的答复不抱什么指望，历史学家只是轻轻摇了摇头，然后取出一个小塑料包，把里面的东西迅速扔给了每个人，"一旦我成功遥控激活故障自动管理系统，关闭那些装置，你们就立即戴上这东西，并且关闭快艇的发动机。可以的话，记得按照防范冲撞的方式蜷曲身体并双手抱头，这样也许能稍微提高生存概率。"

咦？我刚才好像听到了什么很不妙的东西……

"等等，你到底要干什么？"

"让你们不被那些家伙干掉，仅此而已。"历史学家一边飞速操作着手中的个人终端，一边用理所当然的语气答道，"我之前应该告诉过你们，我以前曾经来兰檀考察过一次，而且当时的目的地就是桌山内部的黄金时代遗址。"

"这你好像倒是说过。"我点了点头。

等等，现在不是这么优哉游哉的时候吧？那两架攻击机已经凑得很近了哦！我甚至已经可以看到位于它们那涡轮螺旋桨发动机旁的机炮吊舱前亮起的橘色炮口焰了。就在离我们不太远的水面上，机关炮弹激起的雪白水柱正接二连三地冒出，照这架势，再过个几秒……

"成了！"

"啊……嗯？"

我本想问问历史学家，所谓的"成了"到底是成了个什么，但在我来得及开口之前，这个问题就已经变得毫无意义了。随着他完成了手中的活儿，先前从隧道出口气势汹汹地喷涌而出，仿佛在嘲讽物理学基本常识的强劲水流突然消失了，取而代之的则是一道方向完全相反，而力道则更加强劲的洪流。随着那完全不讲道理的古代反重力技术的作用彻底消失，整座新阿斯旺湖的湖水的质量开始在和谐星地心引力的拉拽下转化为强大的动能，而这意味着……

"大家抓紧了啊——"

　　在被狂暴的洪流裹挟着冲下去之前，我只来得及喊出了这么一句话。

第十四章

水下设施与意料之外的现实

1

在年轻时,当我还在正规军里混日子——啊,不对,艰苦奋斗的时候,曾经有人提议我去参加航空部队的飞行员选拔,而且还不止一次。只不过,这些邀请都被我委婉地拒绝了。毕竟,虽然我一直非常渴望能为全人类的未来尽可能地做出贡献,但飞行员这行实在是不适合我。

至于原因嘛,很简单,我有个根深蒂固的小毛病,那就是完全受不了失重的感觉。在志愿转调到义勇军之前的那年,我曾经因为好奇而在去新阿卡迪亚度假时愚蠢地花了五块钱,坐了一趟刚按照古代图纸修建的过山车,结果不但被迫在旅馆的床上呻吟着度过了那天剩下的时光,而且还差点儿把晚饭给吐出来。按照我认识的一个上尉医官的说法，我这种状况纯粹是天生的，与个人的勇气、胆识或者意志力毫无关系。正如许多人会因为被强光照到双眼而打喷嚏一样，我只要感觉到稍微强烈的失重，就会六神无主、心慌意乱，而且事后除了犯恶心和心悸之外什么都想不起来……就像是现在这样。

"啊啊啊啊……"

在从一摊齐腰深的积水中摸黑爬起来后，我做的第一件事就是弯下腰去，开始拼命呕吐——结果却险些被淤积在面前的呕吐物呛住。万幸的是，在胡乱摸索一阵之后，我总算解开了系在脑后的尼龙系带，扯下了那张已经充满了令人恶心的秽物的半透明面罩，然后开始大口大口地喘起气来。

"呼……咳……"

虽然仍旧对自己的状况一头雾水，但至少，在喘过气来后，我的感觉还是好多了。要是被我的那些老朋友、老同志们知道，大名鼎鼎的阿德南·阿卡迪亚·奥雷利安努斯居然被自己的呕吐物给呛死，那可绝对会成为今年义勇军里排名前十——哦，不对，最起码也是前五的黑色笑话。

不过，虽说这个面罩刚才让我吃了点令人相当尴尬的苦头，但说实话，要不是它，也许我现在早就已经挂了。说起来，罗蒙诺索夫前些天也曾经提到过这种玩意儿，它们的正式名称是"仿鳃"，一种能在短时间内从水或者其他液体中析出溶解氧的小道具，也是黄金时代那些先进到不讲理的众多遗物之一。虽说能够析出的那点氧气算不上充足，但如果你四脚朝天地栽进水里，像马桶里的那啥一样被水流卷走的话，这玩意儿的存在就非常有用了。

总之，我活下来了。但这里是什么地方？我又是怎么落到这里来的？在用身边的水流清洗那只面罩的同时，我如此想着。

如果换成某些迷信的呆瓜（比如平娜的跟班德尔塔）面临我目前的处境，或许会以为自个儿已经落到了阴曹地府，但作为一个有着健全且正确的唯物主义世界观的人，我自然不可能相信这种无稽之谈。换言之，既然我还在喘气儿，能感到浑身上下的疼痛（这感觉就像是被人用电线杆敲打过似的），而且还能吐出来东西，那就表明我现在肯定还活着，而且正待在某个地方。

但我现在到底在哪儿？

在这种时候，其他人也许会试着喊几句"喂，有人吗？"或者别的什么，但我并没有这么做——毕竟，在这种黑灯瞎火、情况不明、鬼知道到底是哪个犄角旮旯儿的地方，最正确的选择就是假设这里是充满敌意的环境并保持安静。要是哪个想要我的命的浑球儿正在这附近晃悠，我大喊大叫多半只会引来一梭子子弹，甚至是别的什么更糟糕的东西。

于是，我保持着沉默，同时开始四处摸索。

虽然在比赛开始前，我也像其他人一样随身带上了不少装备，但这些玩意儿现在已经全都不见了踪影，而且也不在我的双手所能摸索到的范围之内。除了脚上的凉鞋和短裤之外，我手头剩下的东西只有挂在皮质腰带上的一把多功能军刀、一只水壶和一只急救包而已。虽说时刻不离身的"信标"没弄丢，不过同样重要的通信器却不见了。

虽然我事先在急救包内放了一包防水火柴，但在思考了片刻之后，我还是努力压抑住了划燃它的冲动。虽说四周无边无际的黑暗着实令我非常不适，甚至产生出一种会被活埋的恐惧感，但火柴燃烧能产生的那点儿光线远远不足以让我看清周围的状况，反而会使我成为一个绝佳的射击靶子。

"唉,要是有红外夜视仪在就好了。"在把火柴塞回去之后,我自言自语了一句。

"可我们没带啊。"有人在黑暗中答道,把我吓得险些跳起来。

"咦? 是你?"

当一束手电筒光朝着我的方向射来时,我确认了来人的身份——这一切麻烦的源头,也是我目前的雇主奥菲莉亚·谢林。与我相比,这位特别监察官的情况其实更狼狈一些:她的额头肿了起来,脸色因为恐惧而变得有些苍白,在比赛开始前为了"体面"而非要穿上的衬衫和长裤自然是全都湿透了,而且……

"你、你怎么里面没……"

"因为太热了啊,要穿得体面,我只能……"意识到这点的奥菲莉亚连忙伸手捂住了胸口,苍白的脸颊就像被点燃的木炭一样红了起来,"算了,至少你没事就行。其他人呢?"

"问得好,我也不知道。"我耸了耸肩,"我只记得我们的快艇被水流卷进了隧道里,然后……好像有漩涡出现……"

"没错,我也看到了。"这是可可的声音。

与一副狼狈相的奥菲莉亚和我相比,可可看上去倒还算得上"正常"。她穿着小号泳衣,没有携带任何装备,看上去就像是刚从游泳馆戏水回来的普通女孩子,甚至在浑身湿透的情况下还显得比平时更可爱了一些……不对,现在可不是在乎这个的时候。虽然能遇到可可也很值得高兴,但可能的话,我还是希望能多见到几个可以保护自己的战斗人员。

"就在隧道里,四处都是很大很大的漩涡,而且还不止一个……"可可补充道。

"漩涡?"

"是的。在那条隧道的水面之下，有不止一处通往地下深处的入口。当这一带的重力场恢复正常，水开始向下流后，这些地方就因为水流而形成了漩涡。"奥菲莉亚点了点头，"在被水流卷进隧道之后，我们一开始还在拼命规避这些地方，但最后，两艘快艇还是都翻了。当时我还听到你大喊大叫，说要所有人尽可能聚在一起……在我们掉下船的时候，你还伸手抱住了我的……我的……"

由于大致能猜出奥菲莉亚要讲些什么，我耸了耸肩，示意她不需要继续说下去了。

"总之，我们现在肯定位于桌山深处的某座黄金时代的设施里。一般而言，和自然形成的洞穴不同，人工设施只要不受损，通常会在相对容易发现的位置找到出口，或者指示安全出口的标志。"

"是吗？"奥菲莉亚抓了抓湿漉漉的头发，似乎是在试着回忆某本鬼知道到底有没有用的规章制度或者手册的内容，"我以前确实听说过这种说法来着，而且，刚才在四处探路时，我也确实发现了似乎是安全通道的出口。"

"啥？你已经找到了？那我们干吗还要待在这种黑漆漆的阴沟里？"我既兴奋、又有些生气地问道。

"因为我实在是拿不准主意。"奥菲莉亚犯难地说道，"那里好像有些不太方便上去。"

2

　　三分钟后，在跟随拿着唯一的手电筒的奥菲莉亚在那条满是冰冷积水的地道里绕了一大圈后，我们三个人来到了一处金属扶梯下，而奥菲莉亚所谓的"出口"就在扶梯的上方。那是一扇用简单的机械锁固定住的普通气密门，上面还写着几排黄色的大字——

　　注意：本应急通道所通向之设施不对无关人等开放，任何进入者需持有设施管理委员会之正式批准，或者有效的管理员权限。违反此禁令者将视为严重违规，并有可能遭到起诉。

　　"就是这个？"
　　我把这些字从头到尾读了一遍，然后又读了第二遍。在整个过程中，我都不得不竭力忍住朝奥菲莉亚扇一耳光的强烈冲动——当然，这可不是因为给我发薪水的人是她，而纯粹是由于我这人一直与人为善，而且是个时刻注意尊重妇女的绅士，真的！

"拜托，无论你再怎么遵纪守法，也用不着在乎这种老化石啊！"在确认控制着机械锁的圆形阀门可以正常转动之后，我还是决定得体地抱怨两句——毕竟这可是我的合法权利，"就算擅闯这里真的是违规，那规定——还有能起诉咱们的家伙，也肯定已经在上千年前就变成灰了。"

"不是啦！我担心的其实是……"

奥菲莉亚刚把话说到半截，一阵刺耳的笛声就从四面八方响了起来，像是一大堆钻头一样疯狂地朝我耳朵钻了进来。虽然这噪音持续的时间不算太长，但当它最终沉寂下来时，我只觉得自己的脑袋似乎都要被扯碎了。

"是这个啦。"当耳鸣不止的我晕头转向地从地板上爬起来时，奥菲莉亚总算补充完了下半句话，"这种地方既然有警告，那么不可能没有别的防范措施。"

"呼。幸……幸好只是普通的警报而已。"

我一边揉着自己的耳朵，一边推开了已经被打开的门。之前，当我们在日出城里试图硬闯原联邦科学院的废墟时，也曾经触发了警报，并招来了一大堆安保机器人的围攻，但这次，门里却没有特别的"惊喜"等着我们。当然，以前罗蒙诺索夫曾说过，和谐星在黄金时代很可能是一座类似军事主题公园的超大型游乐设施。既然桌山下的这些遗址也是黄金时代的遗物，那么警备措施对付入侵者的手段不算太过激烈，应该也算是意料之中的事情吧。

"阿德、阿德！这是什么啊？"

在穿过那扇门后，可可惊讶地倒吸了一口气，然后拽了拽我的胳膊。

"这……也许罗蒙诺索夫会知道吧。"

我有些无奈地摇了摇头——与下面那些黑暗、潮湿且狭窄的下水道不同，位于门后的空间相当宽阔，至少和"华美号"下层甲板的那座大礼堂不相上下。在我们进来后，这里的天花板立即散发出了显然是模拟阳光的温暖人造光线，让整个空间内的气温和光照都处于恰到好处的水平。一列列既像是控制台，又像是图书馆书架的不知名设备鳞次栉比地安放在这座大厅之中，但它们光滑的银色表面上既没有开关，也没有按键或者显示屏，让人完全摸不着头脑。

不过，最让人惊讶的却是这座大厅四周的墙壁。

我以前曾经听罗蒙诺索夫说过，在古地球上，曾经存在一种叫"水族馆"的设施。在那些高档大型水族馆中，会设置模仿海底景色的巨型水族箱，并在其中修建可以直接穿过这些水箱的隧道。透过这些隧道透明的穹顶，游客们可以直接从"水底"的视角观看水箱中的一切。

我想，那应该和这里的景色差不多吧。

就在天花板上亮起灯光的同时，这座大厅四面墙壁中的两面也突然从金属灰色变为完全透明，更令我们惊讶的是，在这层透明的墙壁之外，我居然看到了新阿斯旺湖的湖底！

由于航运频繁，经常疏浚，水生植物密度也不大，因此新阿斯旺湖底部的光照意外地还算不错。虽然这里看上去起码有三四十米深，但即便没有室内透出的人造光源，要把湖底的景色看个大概也不是难事。在堆积着肥沃的黑色腐殖质的湖床上，高大的水草与藻类形成了一片郁郁葱葱的草甸，大群大群据说来自古地球尼罗河的鲶鱼、尖吻鲈和罗非鱼如同草原上的畜群般在这片"牧场"中来回穿梭。由于湖面上正在交火，不断有各种各样的人造物旋转着沉入湖底，看上去活像是正在下着一场怪异的黑雪。其中最常见的是枪弹的金属弹头、炮弹的弹片和发射药燃烧后剩下的黑色细小颗粒,偶尔也会有更大的船只残片和不断冒出鲜血的人类残肢混迹其中。在我视线能及的最远处,一艘浅水炮舰(天知道到底是哪一边的)正在倾覆翻沉,随着部分舱室被水压挤裂,一个又一个混合着鲜血与油污的大气泡正不断从残骸表面的弹孔中钻出,活像是试图从死者尸体的孔窍逃离的不安灵魂。

"噫……真是可怜。"

按照义勇军传统,我将右手手心朝下,横在胸前,做出了一个祈愿安息的姿势。这一半是给那艘船上的人的,一半则是给"走为上二号"的——后者现在连同那艘被击沉的老旧驳船一道,半埋在不远处的湖底淤泥里。在可预见的未来,大概它都不得不留在那儿了。

"不过话说回来,这些东西到底该怎么用啊?"与专注于外面景观的我不同,奥菲莉亚倒是对室内的东西更感兴趣,"是通信设备吗? 如果是,我们倒是可以试着跟外面进行联络。"

"看上去不像。"我转身走到奥菲莉亚正在研究着的一台设备附近,打量着它那光滑而空无一物的表面,"要说这些是用来储存东西的箱子或者柜子之类的倒是差不多,但到底要怎么打开……咦? 这是……"

就在说这话的同时,我突然注意到,在这个和成年人差不多高的银色立方体的另一侧表面,似乎存在着一些比较特殊的东西。那是一个浅浅的浮雕图案,从我先前站的角度不太容易看到,似乎是一只画在圆圈中央的手。

"这是什么啊……我按!"

与我几乎同时注意到这个图案的可可踮起一只脚,将小小的手按在了那个圆圈上——当然,除了一阵也许是表示"错误"或者"无效"的红光在圆圈中骤然亮起之外,什么事情都没发生……这至少确实表明了一件事,那就是它的确是个按钮。

"我试试。"在可可将手挪开之后,我不假思索地说道。

不知为何,我突然有了一种感觉:只要换我来,就一定能够让这东西动起来——事实也确实如此。

"确认管理人员接入权限。"

在我的手掌碰到那图案后不到一秒钟,就传出一句不带感情色彩的人工合成语音。接着,那个圆圈短暂地亮起了柔和的绿色光芒。当绿光褪去后,随着一阵轻微的眩晕感,我发现自己突然来到了一个完全意想不到的地方……

3

"哇啊!"

"呀啊——"

灌满了强烈恐惧意味的尖叫就像是骤然爆发的山洪,在转瞬间便以无可阻挡之势狠狠地戳进了我的耳膜,比起刚才擅闯这里时响起的警报声,其强度可说是有过之而无不及——当然,这么丢脸的声音肯定、注定以及必定不可能是我发出的。作为一名义勇军男子汉大丈夫的楷模,在理论上,我应该要能做到泰山崩于前而不变色才对,断然不能因为突然发现自己正置身于天知道有多高的空中这点小事,就像奥菲莉亚和可可那样放声尖叫……没错,就是这样!我可绝不是因为被吓得张不开嘴才没叫出来的哦!

不过话说回来,既然她俩都尖叫出声了,那岂不是表示……

"这到底是怎么一回事啊?"

"对啊!我们在哪里啊?我最怕高的地方啦!"

"冷静点!"虽然无法看到两人,但凭着之前的记忆,我还是抓住了她俩的手臂,让两人放下心来,"这只是虚拟影像而已,在黄金时代的遗物里，能够制造这种全息投影的东西非常普遍，还记得罗蒙诺索夫先生之前向你们展示过的那个吗？如果不相信，请动一动你的双脚——我们现在仍然站在之前的地方。"

"哦，也是。"奥菲莉亚说道，"可我还是没法不害怕嘛……"

对于这一点，我实在是没法怪罪她什么。毕竟，此时此刻，我自己的双腿也在轻微地颤抖。不知为何，在触碰到两人之后，我便可以看到她们了，但周围的影像却并未消失。纵然脚底传来的坚实触感能令我感到些许安心，但与真实得让人心里发毛的周边景象相比，这点"强心剂"的效果实在是非常有限。无论我现在看到的影像到底源自什么东西，我都敢肯定，它在拍摄这一切时，绝对处于和谐星轨道上方几十万米的地方。在我们脚下，那颗荒凉的行星上仅有一座沙漠化的超级大陆，就像一颗烂掉了一大块的水果似的悬浮在群星之间，昏黄暗淡的阳光有气无力地映射在它空阔的洋面上，泛着一种令人丧气的暗黄色调。在目前的高度，我只能勉强辨认出主要的山川河湖跟那些规模最为庞大的城市或废墟：比如目前联合军政府的驻地，位于大陆北方那座葱郁大岛上的新阿卡迪亚城；位于大陆中央巨型盐湖之滨，除了那一小块名为"桃源"的孤立安全区外，已然完全废弃的原首都日出城之类的。除此之外，在我的眼前，一串串说明文字和数据也在接连不断地闪过，从我粗略一瞥所看到的内容推断，它们似乎描述的是正在这颗行星上发生的冲突。

咦？这倒是有点意思……

就在这个念头从我的意识中出现的刹那，一大串数据突然从我的脑子里无中生有般地冒了出来。按照这些数据的说法，在此时此刻，有整整107场涉及傀儡的武装冲突正在和谐星上进行着：其中80场的冲突双方是分别占据了大陆中央荒漠地带南北两侧的两个傀儡军团,牵涉到的战斗人员超过了三万;而在剩下的那些中,有16场发生在大陆深处,似乎是安东旅的信徒们正在和傀儡大打出手;剩下的11场则零星地发生于由联合军各个军团占据的大陆边缘地带,全都是些参与人数不超过班排级的小冲突。在过去二十四小时内,整个行星上共录得阵亡战斗人员1 330名,还有数量数倍于此的伤员和下落不明者……

"好吧,亏这地方还叫'和谐星'呢。"看着这些数字,我下意识地嘀咕了一句。

"咦?你说什么?"

"那些数据啊,你们也看到了吧?整个行星上涉及傀儡的战斗与伤亡数据。"

"数据?你说什么?我们只看到了星球的影像而已啊!"奥菲莉亚显得非常困惑。

怪了。难道这些数据只有我一个人能看到吗?当然,从我过去的经历来看,这似乎也不算太过奇怪。罗蒙诺索夫那家伙早就不止一次地提到过,我具有某些特殊的"资质"什么的,而某些黄金时代的古董,比如所谓的"信标",也只有在我手里才能发挥出完整的功能。更何况,这些古怪的设备之前也只对我的接触做出了反应,所以能看到这些玩意儿,没准儿也是我的某种特权呢。

既然这样,那我就干脆好好测试测试这种"特权"到底能达到什么程度吧。

在稍稍集中注意力后,我从列在我脑子里的那一长串冲突事件列表中随意找出了一项,接着,正如我以前经历过许多次的那样,一个对话框直接出现在了我的意识之中——

"要进一步观察目标事件吗?"

我当然选了"是"。

"呀啊——！"

就在我的念头转动的瞬间，可可和奥菲莉亚突然抱在一起，又一次发出了凄厉的尖叫。随着星空与和谐星的景象消失，出现在我们面前的居然是一辆喷火坦克。

我认识这种玩意儿，那是傀儡军团常见的"蹂躏者"主战坦克的一个变种，两对重型火焰喷射器可以将五十米内的一切有机物在瞬间烤成灰烬，或者直接将轻型装甲目标与土木工事变成火葬场里的焚化炉。虽然明知眼前的这东西事实上正位于五百千米外的一座干河床里，但我还是以最快的速度做出了双手抱头并就地卧倒隐蔽的动作……当然，这样的举动对任何训练有素的战士而言都是再正常不过的，绝对不是因为我欠缺勇气什么的！

总之，我就这么看着虚无的"火焰"从我头顶呼啸而过，像从地狱中释放出的魔龙一般从射击口涌入一座地堡。在火焰涌入的瞬间，地堡中仍然显示着两条数据，但它们在一秒钟后就同时变成零。无疑，那是两条生命的数据——来自两个为了这种无意义的战斗诞生，并最终为此而死的傀儡战士。

这样的信号在我周围还有很多，其中也包括了那辆喷火坦克。它的护卫步兵早已与一辆步兵战车一道变成冒烟的焦炭，只有一个人还有着微弱的心跳与呼吸。在坦克内部，在它周围的黄褐色山丘中，来自几十个个体的数据在不断变化、移动着。当下意识地开始阅读详细数据和信息时，我甚至能够看到这些个体的行动计划与下一步的打算：再过六秒，一个反装甲步兵小组就会从侧面瞄准这辆失去护卫部队的坦克，为它做个了断；而一旦他们这么做，埋伏在一千三百米外的狙击手会在两秒钟内杀死其中的至少一人……总之，与过去几次类似的经验不同，现在的我是一个处于旁观视角的纯粹"观察者"，可以看到正在发生的一切，却不能操纵或者干预任何事情。

虽然没法插手这点让我很遗憾，但随着我逐渐熟悉这套系统，一切也变得有趣起来。在几次画面跳转后，我很快便找到诀窍，锁定了新阿斯旺湖附近的桌山，并找到了这座设施的全部相关信息。记录显示，这座掏空了整个山体内部，而且还延伸到新阿斯旺湖湖底的巨型设施似乎是一座未竣工的"物资调配与物流管理中枢"，属于黄金时代末期开展的和谐星改造工程的一部分。除了浩如烟海的建造规划、三维设计图、内部现状之外，这些数据中甚至还包括了整座设施的历史记录。

"居然是这样吗？这里的地下六层有专门培育水栖型异兽的自动化工厂？在四十五年前因为一次外力导致的系统错误而被意外激活？怪不得上头到处都是那些恶心东西，不过……"我一边以我的头脑能达到的最快速度浏览这些历史记录，一边将关键部分念出来，好让看不到这些详细数据记录的奥菲莉亚和可可也能知道这是怎么回事，"十多年前曾经有人误打误撞进入了上层控制室，还非法入侵并篡改了一个备用控制终端？这个控制终端的功能包括了操纵实验性人工重力场……好吧，我能猜到这是谁干的了，怪不得他会问我那个。"

"别管这些了。"正当我打算继续查阅更多相关资料时，奥菲莉亚拍了拍我的肩膀，"替我查查旧尼尼微城的情况！我要知道苏菲娅是不是还……"

"找不到。"我摇头道，"系统不能显示旧尼尼微城区内的现状。自四十五年前开始，城区内的一切信息都中断了，但有些更古老的历史记录……等一下！"

"怎么了?"

"有人在朝这边过来,已经很近了!"

4

三分钟后。

尽管我已经吩咐过，尽可能不要发出任何声音，但不知是不是心理作用的缘故，不管是我身边的奥菲莉亚还是可可，她俩急促的呼吸和心跳声听上去都响亮得让人害怕——当然，宽宏大量的我并没有计较这些，因为我自个儿的心跳现在也快得有些吓人。

毕竟，十多个荷枪实弹的家伙就站在我们面前不远的地方，而其中最近的那人很可能离我只有不到十米远。更重要的是，我们之间没有任何掩体或是障碍物，连可以用来遮挡一下的草丛或者帷幕之类的东西都没有，而那些人显然并非善类。唯一确保他们还没有用枪口瞄准我们的，只有一层虚无缥缈的立体影像。虽然这里到处都排列着这种方方正正，活像是书柜或者计算机机箱的不知名设备，但它们之间的空隙实在是太大，并不适合躲避搜索。而当我通过设施内传感器数据的异常发现有人接近时，我们已经来不及原路返回先前的下水道里了。于是，在短暂思考之后，我果断动用了自己能够启动的唯一功能，将我们所在位置先前的录影以全息影像的方式投映在我们身上,希望能够用这种临时凑合的"光学迷彩"骗过那些家伙的眼睛。

万幸的是,直到现在为止,这招数似乎还管用。

"继续搜索,刚才的警报就是从这地方传出的。之前负责空中突袭任务的分队也报告说,那两艘快艇被水流卷进了隧道两侧的地下通道——而那些通道全都通往这附近的水循环管道。"在从位于大厅另一侧的入口进来之后,这群人中领头的那家伙下令道。

多亏了这间水下大厅中的多功能投影设备和无处不在的传感器,现在的我可以将那些家伙的动态分解成多个来自不同角度的二维影像,像监控器屏幕一样排列在我们身边。

"以圣安东之名!今天无论如何也要解决这档子事!奥菲莉亚·谢林的死亡必须成为既成事实!"

毫不意外地,在听到这句话时,我感觉到站在我身旁的奥菲莉亚猛地打了个哆嗦,但我感兴趣的却并不是这个。如果我没记错,这家伙刚才提到了"圣安东",难道……

"不过话说回来,那个从首都来的女人不是已经死了吗?"在部下分成几个小队散开搜索后,一个副手模样的男人留在了那个首领身边,"为什么我们还要专门跑到这种鸟地方,去追一群参加比赛的人?"

"你觉得普通的'参加比赛的人'能让那该死的朝高处流的水突然恢复正常?或者能隔着好几里让当作奖品的基路伯坦克朝我们开炮?"那头目显然对这一问题相当不以为然,"能做到这种事的人,整个世界上恐怕都没有几个,但伊斯坎德尔·罗蒙诺索夫就是其中之一!"

"你是说……"

"那个和傀儡勾结,有着害死我们同伴的重大嫌疑的无耻异端也是奥菲莉亚·谢林的随员之一,而且我们在'华美号'上的线人报告说,他和其他几个奥菲莉亚的随员在前些日子突然从船上消失了,包括她的一个名叫奥黛丽的女仆。"那头目说道,"之后,我们的线人报告说,他们出现在了新尼尼微城。这种情况显然不寻常!更重要的是,刚才我们接到报告,在第一次攻击中,死在'华美号'上的那个'奥菲莉亚'并不是本人,而恰恰是本该在之前就离开的那名贴身女仆!"

没想到奥黛丽还是没能逃过一劫,真是不幸。

"这怎么可能?"那副手模样的家伙问道,"作为特别监察官,她再不管事,也总得天天接见访客和下属吧?居然也能被假冒这么长的时间?"

"以圣安东的名义!我怎么知道?那些人也没告诉我详情!"那头目连连摇头,"但伊斯坎德尔·罗蒙诺索夫拥有许多禁忌的古代技术,要做到这种事并非不可能。既然死去的'奥菲莉亚'其实是奥黛丽,那么与他在一起的'奥黛丽'会是谁,也就不难判断了。"

"但我们就为了这个追到这下面来?为什么不干脆把尸体给烧烂,然后说特别监察官大人已经死在了'和平派'的叛乱中?反正……"

"反正等到那些懦夫在我们摊牌时把真的奥菲莉亚·谢林当作王牌扔出来,让我们的全部大义名分都化为乌有的时候,要负首要责任的也不是你,对吗?"那头目啐了一口唾沫,"你到底知不知道,为了在阿卡迪亚争取到我们的同情者与总司令官丘尔巴诺夫的支持,我们安东旅花了多少时间和心血,进行了多少令人恶心的台面下交易?那个女孩必须死在这里,而且所有人都必须相信,她是被'和平派'给谋杀的!只有这样,我们才可能对那些在兰檀掌权的懦夫施加足够的政治压力,让他们无法继续阻挠我们夺回自己的家乡,夺回尼尼微城,向万恶的敌人复仇的计划!你明白我们已经等了多少年吗?"

好吧,居然是这么一回事!我们原本一直以为,想对奥菲莉亚不利的是那些害怕谢林家族和最高统帅部的影响力重返兰檀的"和平派"的人,但看来,真正打算动手的却是那些我们的"朋友"。

当然,这么一想,一切倒是都说得通了。一位由最高统帅亲自任命的特别监察官,还是在"复仇派"中颇有影响力的谢林家族的最后嫡系后裔的死亡,几乎必然会让原本占有政治优势的"和平派"蒙受巨大的道德压力。就算对方无法完全栽赃成功,也可以轻而易举地借此机会强迫"和平派"在重要议题上做出妥协,而考虑到在之前几个月里陆续进入兰檀的大批最高统帅部嫡系军队和安东旅武装,一切就更明显了……

"呜……呜呜……呜……"

正当我为自己遭到的愚弄而怒火冲天时,奥菲莉亚却开始放声大哭起来……好吧,我很清楚自己无法指责她。毕竟,要是那两个家伙所言属实,她自打接受任命的那一刻起,事实上就已经成了被"自己人"推上祭坛的活祭品。无论是什么人,在遭到如此彻底、如此充满恶意的背叛后,也肯定会悲不自胜、心如刀绞,我很清楚,她完全有哭泣的权利。但话说回来,你再怎么说,也不能在这种要命的时候哭啊!

"圣安东啊!那是什么声音?"正在交谈的那两个家伙被吓了一跳。

虽然这里的装置制造出的投影能遮蔽我们的身体,但可没法像之前罗蒙诺索夫在我们密谈时拿出的那些宝贝一样起到隔音作用。

于是，奥菲莉亚那混合着委屈、悲愤、哀伤、痛苦的号啕大哭很快便在整个大厅里回响开来，回声与回声的回声在这封闭空间中互相混合，形成了一股令人毛骨悚然的诡异和声。

"难道是有……有鬼不成？"一个安东旅的家伙惶恐地问道，"我听说……呜哇！"

"听说你个大头鬼啊！"揍了那家伙的人说道，"我看没准儿是这里的什么设备出问题了。毕竟所有人都说，这些遗迹是黄金时代留下的，以前从没有人知道能拿来干什么用。那个时代留下的东西嘛……你们也知道，出什么情况都不奇怪的。"

"说的也是。"挨了揍的那家伙说道，"那怎么办？"

"保险起见，还是派人去看看吧。"这些家伙的头目说道，"第一、第二小队，任务改变，找出并确认这声音的源头！"

糟了！这可是绝对的大事不妙啊！虽然这些家伙还不认为这哭声是由人发出来的，但只要他们靠得够近，就算是误打误撞，发现我们也只是个时间问题而已。

怎么办？

"奥菲莉亚姐姐，别哭啊……"

可可与我一样，意识到情况不妙，便用力推搡着哭得梨花带雨的奥菲莉亚，试图让对方冷静下来，但看上去一点用都没有。当然，就算这么做有用，也没什么意义，毕竟，在弄出那么大动静之后，任谁都不可能再对这边视若无睹了。

完蛋了、完蛋了，彻底完蛋了……

当两支全副武装的小队分别从我们的两侧出现，排成搜索队形共同朝着哭声的源头——也就是奥菲莉亚接近时，我终于头一次意识到，我们的运气似乎、好像、大概已经快要用完了。

　　好吧，既然横竖都不会有什么好下场，那我也只好最后赌一把了。

第十五章

兄弟重逢与不是同伴的同伴

1

"他们在那儿！嘿！给我把手举起来,否则——别朝我开枪,啊!"

"你说什么?见鬼——呜啊!"

"马克斯韦尔小队长中弹了,重复!马克斯韦尔小队长中弹了!那边的浑蛋,别乱开枪!你们眼瞎了吗?"

"以圣安东的名义发誓!我们真没瞄准你们!喂!不、不要这样!"

"王八蛋!谁再朝我开火,我可是要还击啦!别以为我是在吓唬人!"

"哇啊!"

彻头彻尾的混乱在我的身边四处上演着,发射实弹的自动枪械的枪口焰和激光束的灼热闪光明灭不定,就像是一场疯狂的烟火秀,而硝烟、鲜血和皮肉烧焦的臭味则同时冲击着我的嗅觉。当然,对于这一切不人道的惨剧,我可是一点儿直接责任都没有……至少,扣下扳机的人可都是这些家伙自己。

至于我,只不过稍稍利用了一下手中仅有的资源罢了。

根据不到一分钟前所查到的资料,我所激活并控制的这台设备的全名是"多功能自动化监控-展览设施",其用途仅限于让操纵者通过一套似乎与傀儡有着密切关系的特定信息网络观察正在这颗行星上发生的事,并将其中的一部分以立体影像的形式展示给来到此地的参观者。换言之,它能够展示的仅限于实际存在的事物的影像,而且也只有非常基本的图像投射功能。纵然可以凭着一个念头便自如地控制它,我能做的也只有区区两件事——在系统能够触及的地方截取影像,并将这些影像投放在大厅内的任意位置。

但这已经足够我赌一把了。

说白了,我所做的事其实并不复杂,与其说是某种作战行动,倒不如说更接近于纯粹的恶作剧。在让可可摁住仍在失控大哭的奥菲莉亚,蜷起身子躲在一旁后,我以最快的速度用自己的意识下达了指令,让系统将哭泣的奥菲莉亚的立体影像投射在了十米之外——如果再远的话,就会因为过于远离先前哭声传出的位置而令人生疑——并同时随机制造了半数敌人的影像,与一批同样随机抽出的人类影像一道投射在了这些人的身边,而那些家伙的反应与我预料中的如出一辙。

考虑到这些安东旅士兵个个都是训练有素、经验丰富的战士,如果换在别的时刻、别的地点,他们或许有可能不会中这种圈套,但是,就我所知,绝大多数和谐星的居民(当然,不包括我)对塞满古代技术设备的遗址都有着天然的畏惧感,而在精神紧绷的状态下突然遇到按计划应当格杀勿论的对象时,他们会怎么做,倒也并不难预测。

在第一阵枪声响起后,就有三个家伙以非常令人(至少是令我)喜闻乐见的方式倒在了那些穿过虚无缥缈的影像,直接射向自己的友军的火力之下,而接下来的"还击"则放倒了另外两个人。

由于所有人的注意力都被奥菲莉亚的影像吸引了过去,在那个瞬间,没有任何人察觉到自己人的位置发生了微妙而致命的变化,而当大量"陌生人"突然出现后,就算是最资深的老兵,也在一时间陷入了迷惘。盲目的射击很快便造成了伤亡,而伤亡引发的恐惧又会让更多的人盲目开火。众所周知,恐惧不仅仅是一种情绪,更是一种最为酷烈的急性传染病,罗蒙诺索夫就曾在闲聊时提起过许多这样的例子:由于缺乏信息、判断错误或者士气低落造成的恐惧的影响,军队在黑夜中自相残杀,在迷雾中与自己人交火,因为子虚乌有的追兵而狼狈逃窜……虽说安东旅的浑球儿们是出了名的不怕死,但这并不意味着能对恐惧免疫。

不过,不同的人抵御恐惧侵蚀的能力也确实存在着差异,而且这差距还不小。

根据我对安东旅的那些家伙的了解,即便按照最乐观的估计,这招引发的恐慌与混乱也持续不了太久。再过上一会儿,他们就会察觉到自己上当的事实,并迅速恢复冷静和秩序。纵然混乱的交火已经导致了一些伤亡,但到那时,剩下的那些人仍然可以对我们三人构成压倒性的数量优势……更别说我们三人中还有两个压根儿没有战斗能力的累赘。因此，就算明知机会渺茫，我也只能试试那看上去似乎毫无可能的计划。

在嘱咐可可和奥菲莉亚无论如何也不能轻举妄动之后，我按照过去训练过的在交通壕里前行的姿势，弓着腰快步绕过了混乱的交火区域，以最快的速度冲向了正对胡乱射击的部下大呼小叫，试图让他们恢复秩序的那个头目和他的副手。虽说我以前也算是在每项搏击科目中都达到了合格水准，但要是在公平条件下一对二，恐怕还真没多大胜算。万幸的是，有了那些功能有限，看似无害的投影的帮助，外加正在发生的混乱的"掩护"，现在的情况对我有利。

而凡是有利条件就得牢牢抓住，这可是我的信条。

在总算注意到有人，而且不是自己人出现在身后时，那个副手模样的家伙条件反射地想转身抵挡，但已经迟了。我就像突袭猎物的黑兽一样一跃而起，将唯一的一件武器——那把一直别在腰带上的多功能军刀戳进了他的颈部。这家伙虽然在生命的最后一刻张开了嘴，却只吐出了一点儿微弱的嘶嘶声。毕竟，他的声带已经连同颈动脉一起被不锈钢刀刃给割断了。

说实话，人类真的非常脆弱。

从身后戳刺咽喉这招，总共有两个好处：首先，人类的颈部是最为脆弱的部位，就算你完全不懂得解剖学，盲目一刀刺过去，仍然有极大的概率穿透气管、颈动脉甚至脊椎神经，达到一击毙命的效果；其次，也是更重要的一点，由于颈部并没有厚皮或者大量脂肪，只要在突刺时避开颈椎，就不大可能出现刀刃被卡住，无法迅速拔出的状况。

在一次性对付超过一个对手时，这点尤其重要——比如说现在。

"所有人,马上把枪放下!"我喊道。

在我放倒他的副手的瞬间,那头目也感受到了威胁的出现。只不过,他选择了完全错误的应对方式——试图用手中的自动步枪朝我射击。考虑到我们目前的距离早已低于这支自动步枪的长度,他的这一下意识举措只是让枪管击中了我的肩膀,并让我得以顺势用左臂撞开步枪的前护木,并在他来得及松开握枪的双手,用更有效的格斗技巧抵御我之前,沾血的利刃已经抵在了他的颈动脉上。此时此刻,他的副手倒在地上的躯体才终于停止了抽搐。

"我再警告你们一遍! 所有人把枪放下! 退后!"在让系统消去全部投影后(当然,用来掩护奥菲莉亚和可可的那部分除外),我又将这句话重复了一遍,同时尽可能露出那种早晨八点档儿童节目里的反派常有的凶狠神色(说实话,让我这种正人君子摆出这样的表情,可着实有点强人所难),"你们的指挥官在我手上! 不想让他死的话……"

不再互相攻击的安东旅士兵们面面相觑,似乎有些拿不定主意。虽然有近一半的人都因为我刚才的恶作剧或死或伤,但剩下的十来个家伙仍然可以在眨眼间把我给打成筛子——要是我手里没有这个人质的话。不过,既然控制住了能向这些浑蛋发号施令的那个人,那我应该……

"别管他。"虽说刀锋就抵在喉咙上,可被我制住的那头目倒也挺硬气,"完成任务是第一位的! 立即动手,歼灭目标!"

不会吧? 太过分了啊! 这下是真的完蛋了!

2

与之前惶恐而混乱的互相射击相比,这次的枪声只持续了极短的一瞬间——虽然按理说,在对方开火的瞬间,我就应该善加利用生命中的最后一秒,至少把手中的人质立即撕票才对。可直到枪声全部停歇下来后,我握刀的手臂还是没有任何动作……当然,这无疑是出于我那强烈的良知和对他人生命的尊重,而不是因为我被吓得连手腕都动不了。

不过话说回来,我居然到现在还能喘气儿?这又是闹哪样啊?是被我用刀抵着脖子架在前面的那个浑蛋替我挡了子弹吗?不、不对……这些浑蛋手里的自动步枪发射的可是7.7毫米口径的钢芯弹头,在这个距离上全速扫射的话,就算是半尺厚的砖墙也能砸个大洞出来,而我面前这家伙身上顶多穿了一身轻型凯夫拉纤维防弹衣,连我平时最喜欢的强化陶瓷胸甲也没有一件。要是吃了这些枪子儿,最可能的结果(也是我一开始预期的结果)也只能是和我一起变成筛子罢了。但奇怪的是,就连这人也还活着。

而死掉的却是……足足一半用枪指着我的人!所有这些人

都被他们的队友从身后开枪击中后脑，连弄清楚发生了什么事的时间都没有，就全都被强制从安东旅的花名册上除名了。这又是在闹咋样啊？黑吃黑？内讧？还是……

"我的兄弟，你也该把刀子放下了吧？"

那头目转过头来，微笑着对我眨了眨眼。接着，就在我面前，他那张方方正正、平平无奇的脸突然像被加热过度的蜡一样开始"熔解"。一团团"皮肤"和"脂肪"在几秒钟内就变成灰色的软泥状物质，裹挟着几条假睫毛和假眉毛一起沿着脸颊掉在了地板上。

话说，我以前好像见过这么一招来着，那好像是……

"既然现在要展示真实身份，那我最好还是做个自我介绍。"

当那些软泥状物质全部流走后，这家伙伸手擦了擦脸，然后对我露出了一个令我毛骨悚然的微笑。好吧，其实他的笑容非常普通，长相更是英俊潇洒、风流倜傥……事实上，那张脸根本就是我的脸！

"你可以称我为伊斯玛仪·奥雷利安努斯，我的兄弟。"

"咦？难道说——"由于过度震惊，我下意识地松开了握刀的手，多功能军刀随即掉在了地板上，发出了一阵有些刺耳的哐啷声，"你是我上次见过的……"

"没错，在日出城的地下，我当时曾经通过系统的聊天室……呜哇！好痛！你干吗——"

"我早就想这么干了！"我揉着自己的拳头，哼了一声，"等一下……你还真长这样啊？我一直以为你上次只是为了嘲讽我才用了我的……"

上次这家伙用虚拟影像耍我，让我没能揍成他，这回我们算是扯平了。

"你觉得我像是有那种有恶劣兴趣的人吗?"

伊斯玛仪哼了一声,同时打了个响指。接着,那些刚才毫不犹豫地朝着自己战友开火的家伙的面容也发生了同样的变化。当用于易容的纳米机械群消失后,我惊讶地注意到,他们居然都有着与我神似的面孔!

这……话说我居然真有这么多兄弟吗? 我爹妈到底是什么样的人啊! 不过反正我完全记不清楚小时候的事情,没准……

"严格来说,我们与你并不是真正意义上的兄弟——也就是有着同样的生殖细胞来源,由同一个子宫孕育出的不同的人。"伊斯玛仪显然很清楚我都在想啥,"我们的亲缘关系可比一般兄弟要密切得多。"

"咦……?"

"事实上,我们全部来自同一个个体的体细胞,在遗传层面上,我们几乎就是你——当然,我们的某些比较年轻的兄弟曾经在诞生前接受过轻度基因修饰,以避免出现某些潜在问题,但这点差异基本可以忽略不计。"

克隆——我对这个词儿倒还算熟悉。虽然拜傀儡战争爆发后的大混乱和技术倒退所赐,目前和谐星的人类暂时失去了大规模运用这项技术的能力,但所有人都知道,在黄金时代,这不过是稀松平常的普通手段而已。

"多亏了相同的遗传基因,我们才可以做到许多你能做到,但其他人却不行的事情。比如说,使用这里的系统。"伊斯玛仪突然挥了挥手,"奥菲莉亚女士、可可小姐,你们不需要再躲了,我们对你们没有恶意。"

搞啥? 原来他们一直知道我们就躲在这地方的吗? 那刚才他们的行为……

"没错，我刚才只是想试试看你的应变能力罢了——如果你们真的遇到危险，我们也会在第一时间把安东旅的那些家伙搞定。"伊斯玛仪微笑着瞥了一眼横陈在周围的安东旅士兵的尸体，很显然，那里面肯定没有他的人，"正如各位所见，我们不是安东旅的人，也和'复仇派'或者联合军最高统帅部的那些密谋分子全无瓜葛。我们并不打算伤害你们，尤其是奥菲莉亚阁下。"

"你、你们到底是什么人？为什么要做这些事情？"在意识到自己已然无处可躲后，脸上仍然满是泪痕的奥菲莉亚站了起来，"你们是冲我来的，对不对？但到底为什么……"

"这话说来可就长了。之前在日出城和'华美号'上相遇时，因为时间非常有限，我没来得及向阿德南先生解释许多事情，但现在，我会尽可能地知无不言，以换取各位的信任与合作。"

伊斯玛仪打了个手势，示意他的——当然，按照他的说法，也是我的——兄弟们放下了枪口，退到一旁，似乎是打算以此证明他们并无敌意。不过，一脸疑虑的奥菲莉亚还是从倒地的死者身边捡起了一支自动步枪，又顺手扔给了我另外一支。

"你们其实不必如此。"伊斯玛仪叹了口气，似乎对奥菲莉亚的不信任态度感到很是伤心，"我承认，我们确实曾经试图用特殊手段带走奥菲莉亚阁下，但那纯粹是迫不得已。在观察了各位最近这些天的行动后，我相信，只要能开诚布公地交流，你们应该会愿意与我们合作的。"

"为什么？"我问道。

"因为我们有完全一样的目标。"伊斯玛仪说道，"我们也打算前往旧尼尼微城的废墟，找到苏菲娅·谢林。"

3

"什么？你说什么？你知道苏菲娅在哪儿吗？"在听到自己妹妹名字的瞬间，奥菲莉亚的情绪立即到了失控的边缘，"她现在过得怎么样？这些年都是怎么过来的？在那天到底发生了什么——"

"咦？这些事我也不知道啊。"面对这一连串劈头盖脸砸过来的问题，伊斯玛仪也有些糊涂了，"那个，我们所知道的仅仅是，苏菲娅小姐现在还活着，而且就在旧尼尼微城废墟深处，仅此而已，而我们掌握的信息也全都来自联合军政府对这一事件的官方记录。换句话说，我们能掌握的相关细节，恐怕不比伊斯坎德尔·罗蒙诺索夫掌握的更多。"

"也就是说，你……你们其实也不清楚具体情况？"

奥菲莉亚的表情活像是被人当头砸下了一整桶冰水，失望到无以复加，就连我都忍不住有些替她难过了。

"是的，毕竟，自从四十五年前的战争后，旧尼尼微城就与外界失去了一切联系，甚至连傀儡一族专用的通信系统也被切断了，任何试图深入城区的尝试全都以失败告终，无论是从地面还是空中,再加上目前的和谐星没有航天技术,因此无人能够获知城内的具体状况。"伊斯玛仪答道,"当我们在日出城获取了城堡内的全部技术资料时,我曾指望可以靠某些别的方式恢复与旧尼尼微城地下的城堡的联系,但那座城堡的系统似乎遭受了某些人的刻意破坏,因此我们的尝试最终未能获得任何进展。"

"等等,你说旧尼尼微城的地下也有一座城堡?我还以为……"

"没错,和谐星上的城堡当然不止日出城的那一座。"

伊斯玛仪走到一台设备前,按下了那个手掌状的标记,然后短暂地闭上了双眼,用自己的意识下达了一系列指令。很快,一幅巨大的地图便出现在了我们面前,足足十来个醒目的红点分布在罗迪尼亚大陆的各个角落,甚至连新阿卡迪亚岛上也有一处。

"顺便说一句,这些建筑也不能被称为城堡,它们是黄金时代末期和谐星改造计划的产物。当时,获得了这颗荒芜而偏僻的荒漠行星使用权的'圣体兄弟会'在登陆后建立了这些地下建筑,作为进行后续改造工作的生产基地与技术中心。"伊斯玛仪又补充道。

圣体兄弟会——虽然我从没听说过这个组织的名号,但奇怪的是,这个词却让我产生了一种强烈的似曾相识的感觉。

是幻觉吗?还是说,我曾在什么地方听说过这个组织?

"啊,没错,在某种意义上而言,我们确实和这个组织有很深的瓜葛。我们的基因全都取自圣体兄弟会的一名首席技术员,在一千年前,那个人曾经深度参与了和谐星的建设与改造工程,其中也包括最重要的傀儡设计工作。"伊斯玛仪说道,"告诉我,你对黄金时代的上古历史了解多少?"

"那个……和我对高能物理学的理解差不多吧。"我坦诚地答道。

虽然罗蒙诺索夫之前曾经试图为我上几堂历史课,但不幸的是,我完全没能听进去。

"我看也是!"我的兄弟叹了口气。

看来,我的无知一定让他感到非常沮丧吧。不过没办法,社会分工可是客观需求,我就算再怎么聪明伶俐,也不能和专业历史学家抢饭碗,是吧?

"根据目前流传下来的古代历史记录,圣体兄弟会诞生于黄金时代的最后一个世纪,最初组成该组织的是多个人类学和遗传学研究团队。在那个时代,基因工程和人体改造技术已经高度发达,几乎所有人都可以轻而易举地利用它们,而圣体兄弟会的主旨是妥善运用这些技术,以确保它们能最大限度地有利于人类种族与文明的存续。"伊斯玛仪解释说。

"听起来不错嘛。"我点了点头。

"但这不过是兄弟会'明面上'的主旨罢了。"伊斯玛仪耸了耸肩,"事实上,许多证据都表明,圣体兄弟会是一个狂热的遗传纯洁论和人类至上主义组织。众所周知,在黄金时代,人类在跨越银河的远航中接触到了许多具有智慧的非人类物种,而许多单独发展的人类分组也在突变与蓄意的基因工程技术改造下,于事实上变成人类的'亚种'。虽然当时的主流意识形态对此持包容态度,认为这种多元化状态是我们文明兴旺发达的必要条件;但一部分狂热分子深信,无论是异星人还是所谓'不纯洁'的亚种人类,都是人类种族存续的巨大潜在威胁,必须予以防范和抑制。据说,正是因为这两种意识形态冲突的激化,才最终导致我们过去的文明瓦解,形成大崩溃。"

　　我去，原来就是因为这么个无聊透顶的事情，我们以前的好日子才彻底完蛋的吗？

　　"但这和我们又有什么关系？"

　　"这个嘛，你应该从罗蒙诺索夫那儿听说过关于傀儡来源的假说吧。"伊斯玛仪说道，"这个目前为许多科技考古学和上古史学专家所接受的假说认为，缺乏资源、偏僻荒凉，只能勉强满足人类生存标准的和谐星之所以会被列入殖民和地球化改造的名单，完全是出于黄金时代的人们娱乐消遣的需求——许多历史记录的残片都表明，这里是作为一个'战争游乐场'而被建立起来的。傀儡们之所以被创造出来，是为了让那些生活极其富裕安定又闲得发慌的家伙能够体验他们想象中的'战争'，实打实地品尝杀戮和流血的滋味，以此满足他们本能的斗争欲望。目前在这个世界上横行的各种异兽，也不过是罗马竞技场或是古代皇室围场里供人们猎杀的狮子和野牛的强化翻版罢了。"

　　"嗯。"我点了点头。

　　罗蒙诺索夫家伙之前确实对我讲过这套理论，而且还不止一次。至少就我看来，这一套似乎还挺有道理的。

　　"但很不幸，只要仔细分析就不难发现，这套理论有着明显的漏洞：无论从哪个角度来看，将整个星球变成一座战争游乐场，都是毫无必要的——哪怕是像和谐星这样荒凉、偏僻又缺乏价值的星球。"

　　"可你刚才不是说——"

　　"没错，在黄金时代的末期，人类确实有着以目前的标准来看近乎无限的资源，足以支持他们采取各种夸张的手段来寻找刺激、排解无聊。但别忘了，在那个时代，'刺激'本身也早已因为技术的进步而变得极端廉价了。"我的兄弟指了指自己的太阳六，"你应该明白吧？人类的喜怒哀乐，甚至是一切形式的快感，本质上都不过是我们颅骨里的这团并不算复杂的湿件里的一点儿生物电信号波动罢了。对于已然可以跨越星海，在最微观的结构层面上操纵物质的古代人类而言，这种技术并不复杂。靠着当时的超级计算机，他们可以非常轻易地为任何人量身打造出绝对完美的幻境——与真实世界几乎绝无二致的幻境。只要愿意，当时的人可以毫不费力地在甜美的放纵中狂欢到宇宙的尽头，在自己的生命中享受几乎无止境的天堂！

"哦，当然。就像在大规模工业化种植出现之后，也仍然有许多人坚持在自家后院种菜一样，由于哲学和价值观的缘故，不少人更偏向于在现实中努力实现自我。但是，这些人大多是投身于学术或艺术的开拓者，而不是那些穷极无聊的垃圾废柴。任何人只要愿意用社会心理学方法对流传至今的古代记录进行分析，就不难发现，特意将这么一个世界改造成战场，在当时并非是必需的。"

"那个，请问我能提问吗？"一直安静旁听的奥菲莉亚像课堂上的小学生一样举起了一只手，"你刚才说'并非必需'，但从逻辑角度上讲，这并不等于'必然不会'，对吧？"

"没错。如果只是基于必要性这一点，是不足以驳倒'战争游乐场'假说的——毕竟，黄金时代末期的大多数人类活动在我们看来，都可以算作纯粹的'不必要'。"伊斯玛仪说道，"但许多发掘自古代遗迹的文献记录都表明，圣体兄弟会全程参与了和谐星的开发、改造与创造傀儡的过程。最重要的是，在整个过程中，他们一直利用各种中间组织和第三方团体的名义行动，竭力对外隐瞒他们参与其中的事实，而这种隐瞒本身就已经说明了问题！"

这倒也是……

"那就是说,所谓'战争游乐场',不过是个幌子?"

"没错,兄弟会将整个傀儡项目分为两部分,其中一部分纯粹用于掩人耳目,让他们相信这不过是个品位低劣的游乐项目。经过漫长蛰伏后被激活的傀儡,事实上就处于项目第一部分所预设的状态之下:两群模拟古地球军队的活人偶,按照预设的程序,使用技术水平有限的军事装备进行无意义的无休止战斗,仅此而已。"伊斯玛仪用指节敲了敲身边的一台设备,哼了一声,"但是,那些被邀请到这种地方参观的人不会意识到,这个项目还有一个'地下'部分。兄弟会早已预测到了大崩溃的发生,而到那时,傀儡会按照计划转变为某种不同的东西,并按照他们创造者的意愿,一举铲除银河中一切'低劣'的智慧生命,除了符合他们'纯洁'标准的那部分现代智人之外!"

这是开哪门子玩笑?整个银河?这计划的规模未免也太夸张了吧?话说银河到底多大啊?兄弟会的那些疯子又打算杀害多少条生命?不行了,我的想象力好像有点不够用了。

"救主领袖啊……这……那他们……"

"当然,他们没有成功。因为在关键时刻,兄弟会中的一些人动摇了。这些人在计划的最终阶段突然意识到,他们的良知不允许他们实施这场银河级别的灭绝活动。于是,在一个叫奥雷利安努斯的人的率领下,他们竭尽全力对计划实施了干扰。"

"等等,你刚才说那个人的名字是……"

"奥雷利安努斯。没错,他就是我们的'父亲'。"

4

父亲。

说起来，我对这个词儿其实没有什么感觉。毕竟，除了偶尔有些零碎的记忆片段会出现在梦魇之中，我十岁之前的记忆完全是一片空白。我只知道，从记事时起，我就已经在第二军团设立的一所孤儿院里生活了，不知为何，与同龄人相比，我懂得许多关于武器、机械与生存技能的知识，而且在学习军事技术时也有着过人的天赋。拜这些来历不明的"特长"所赐，在因为"精神状况问题"而被迫提前退出正规部队之前，我一直混得风生水起。但无论何时，我的父母都从未试图寻找过我，我也对他们毫无印象。

而现在……好吧，虽然没有别的佐证，但我还是选择相信我兄弟的话。

"容我问一句。我们的'父亲'，他最后怎么样了？"

"死啦。至少在生物学角度上讲是这样，而他的对手的下场也差不多。在最后的时刻，他的敌人使用了某种类似于中子弹的毁灭性武器，一次性消灭了和谐星地表的所有人类居住点，而现在的本地居民，则是在那之后从毁于大崩溃的各个殖民世界陆续逃到这里的难民的后代。不过，在最后的时刻到来之前，他们仍然留下了一些特殊的'遗产'——罗蒙诺索夫对你讲过'拟似意识'这种技术吗？"

"没错，他的确提到过。"

"既然如此，那解释起来就简单多了。"伊斯玛仪说道，"如你所知，最初也最常见的'拟似意识'其实是一种高度发展的人工智能的衍生形态，属于其中较为高级且高度特化的一类。在黄金时代，它被用于赋予一部分服务机器人或者人工伴侣以'灵魂'，让它们表现得更像是活生生的人类，但在经过持续发展之后，这一技术也被用于'刻录'和'复制'人类的意识和记忆。一些人希望通过这种方式留下自己意识的'备份'，并在未来将其植入特制的电子系统或者拟人活体设备的人造半有机大脑中——比如傀儡的脑子，但在理论上，只要有必要的设备和技术，植入对象也可以是人类。"

"哎，罗蒙诺索夫博士之前也对我说过类似的话。"奥菲莉亚又举了一次手——看得出来，当还在学校里时，她肯定是个遵守纪律的好学生，"他说，我和苏菲娅……"

"没错，你们的父母对你们的所作所为，显然就是试图植入刻录自自然人的'拟似意识'，而且我们甚至可以推断出他们试图植入的那个意识母本的原本身份。"我那兄弟还没等奥菲莉亚说完，便下了结论，"那人正是我们'父亲'的敌人——原圣体兄弟会的首席技术专家。在同归于尽时，那人和我们的'父亲'都曾用手头的设备匆忙复制了自己的意识，并将其藏在安全之处。我们'父亲'的意识复制品在三十五年前被意外激活，并被植入一具比较特殊的载体，之后他便用留存于设施内的基因样本制造了我的兄弟姐妹们。由于有着相同的基因，我们可以通过遗传信息识别获取相当于曾经的高级技术员的权限，控制这个世界的大多数古代设备，从而协助他暗中守护这个世界的和平，阻止最糟糕的状况发生。为了这一目标，我们一直在四处搜寻与研究古代设施的废墟，寻觅那些遗失的知识与数据，尤其是城堡中蕴藏的关键知识。"

"照么说，你们之前不惜使用那些极端手段，只是为了夺取城堡里的那些数据？"我问道，"但你们完全可以和我们协商分享……"

"很抱歉，这不可能。因为信任他人的风险太大！"伊斯玛仪叹了口气，"在醒来后，我们的'父亲'便注意到，他的仇敌苏醒的时间更早——大约半个世纪前，谢林家族的首领马尔科姆·谢林在一次科技考古发掘工作中意外地找到了那家伙的遗物。"

"马尔科姆……那不是'鲜血黎明'战役那时候的……"

"正是，谢林家族历代都以技术史学和科技考古学为专长，而这个男人则是其中最精于此道的人。是他发现并开启了位于旧尼尼微城地下的城堡，寻获了这些遗物，并试图将其中蕴藏的意识植入人脑。马尔科姆将军认为，这么一来，他就能获取古人那无价的知识与智慧了。"说到这里，伊斯玛仪神色复杂地摇了摇头，不知是要表示哀伤，抑或只是单纯地对此感到愤怒，"然而，实际上，他并不明白自己找到了什么。那个兄弟会的首席技术专家，时至今日仍然企图重新让一切'回到正轨'。哪怕在他最初的尝试以失败告终，并导致旧尼尼微城毁灭之后，这种企图也仍未消失。在他刻意留下的错误信息误导下，谢林家族在那之后仍一次次试图将他的意识复制品植入家族成员的脑子，但大多并不成功。由于自然人之间先天存在的差异性，多数这类尝试只会让受术者留下一些模糊、扭曲的噩梦片段和不连贯的记忆，如果缺乏外界刺激，大部分来自复刻意识的记忆或许永远也不会被唤醒，但不幸的是，偶尔也有'合适'的对象出现。这些继承了我们仇敌意识和记忆的人往往以历史学家和科技考古学家的身份活动，并且会使用一切极端手段达成目的。阿德南先生，你之所以会和我们分离，正是因为我们之前错误地相信了一个声称愿意协助我们的家伙，随之而来的袭击毁灭了我们的一座基地，当时正在基地的你也因此下落不明；而奥菲莉亚小姐，你的妹妹则是另一个牺牲品，她之所以谋杀你的父母，而后突然失踪，很可能也是我们仇敌计划的一部分。"

"那苏菲娅现在到底……"

"抱歉，对于我们仇敌的计划的细节，我们也不太清楚。"伊斯玛仪拍了拍差点又要开始号啕大哭的奥菲莉亚的肩膀，"不过，你也无须过于担心。拟似意识对自然人的植入过程并非不可逆。如果能解救出苏菲娅，我们可以尝试着将她变回你认识的那个妹妹——前提是，同样接受过植入手术的你愿意与我们合作。毕竟，你的潜意识中很可能保留着大量相关的记忆和知识，一旦踏入旧尼尼微城的废墟……"

"这些记忆和知识就有可能被唤醒，是吗？"有人突然插话道，"啊，不错，和我的推测差不多。"

"罗蒙诺索夫先生！"奥菲莉亚惊喜地喊道。

从大厅另一侧出口冲进来的人们纷纷朝着我们挥手——除了罗蒙诺索夫、栗子、咪咪、艾琳、平娜，甚至连我最厌恶的德尔塔也来了，真是美中不足……啊，不对，是可喜可贺。

"阿德！奥菲莉亚！可可！"跑在最前面的栗子激动地喊道，"太好了！你们都没事！我、我刚才还以为我们再也见不到……

等一下，这些人是?"

虽然脑门上还扣着罗蒙诺索夫早些时候给她的那只怪异的头盔，但这一点也不影响栗子一边泪流满面地大呼小叫，一边朝我们这边跑过来。看来，那东西似乎并不会影响穿戴者的视力。

"这个嘛，容我介绍一下，他们就是之前几次三番来给我们制造麻烦，甚至还和那些'和平派'的浑蛋搭伙儿来袭击奥菲莉亚的……咦?"

历史学家的话刚说到一半，便注意到了倒在大厅内的那些安东旅士兵的尸体。他思考了一小会儿，然后在其中一个人身边俯下身去，拉下了新尼尼微城安保部队制服的袖子，露出了位于尸体胳膊内侧的"A"字刺青。

"哦? 原来是这样吗? 对我们动手的其实是——"

"没错，是你们效忠的最高统帅本人、那些渴望与傀儡作战的'复仇派'与他们的盟友——尤其是安东旅和血誓会这类激进组织。刺杀的目的是通过栽赃施加政治压力，强迫兰檀的'和平派'同意让步。"伊斯玛仪言简意赅地说道，"当然，我承认我们之前利用伪装身份混入了安东旅并协助了刺杀行动，但我们不过是为了趁机带走奥菲莉亚女士，至于我们的目的，我猜你刚才也听到了。"

"没错，我可以理解你们的打算——因为我正好也想这么干。"历史学家答道。

"请问，我是否能将这视为我们可以合作?"伊斯玛仪问道，"虽然我认为，你对傀儡本质的认识与你的那个'恢复和平'的计划都大有问题，但至少我们目前都打算与奥菲莉亚女士一起进入旧尼尼微城废墟，并前往那座由马尔科姆·谢林发现的城堡。我相信，到了那里之后，各位自然会认识到我们的正确性，而在这之前，我们完全可以合作——"

"办不到，因为我目前没有理由信任你们。"历史学家摇了摇头，"如果你们刚才说的是真的，我当然可以合作——但很不幸，兹事体大，除非有确凿的证据让我信服，否则我不敢对你们放心。"

"我能够理解。"伊斯玛仪的反应倒是意外地从容，"毕竟，我们之前之所以多次试图置你于死地，也是基于完全相同的理由——我们无法确认你是否也是我们仇敌的意识宿体，或是基于他的指示行动，因此只能采取最极端但风险最小的应对方式。"

"你能理解就好。那么，先生，请让你的部下们解除武装吧——如果以你们不得携带武器且接受我们监视为前提，我倒是可以接受与你们一起行动。"

"不错的提议，但缴械的为什么是我们?"

"因为目前我拥有更强大的实力。"

历史学家微笑着指了指我们身后——顺着他所指的方向，我注意到，在这间水下大厅的透明墙壁之外，有什么庞大的东西正在沉没的船只残骸之间移动着。那似乎是……"走为上二号"，但这怎么可能?

不不不，这当然可能! 由于对刚才那个想法的愚蠢程度感到极为惊讶，我用力揪了一把自己的脸——"走为上二号"可是一辆货真价实的基路伯，不是联合军生产的那些废铜烂铁能够相提并论的! 它的发动机和主炮由一座微型冷聚变反应堆供能，那是完全不需要由氧气支持的燃烧反应;而车体本身不但有着绝佳的气密性和三防能力，甚至能在一定程度上防范中子弹的杀伤。就算和载着它的老爷船一起沉到了湖底，但这玩意儿仍然可以在历史学家的两位无人机伙计的操纵下被栗子间接遥控,将炮塔缓缓地转向大厅的方向。

当然,纵然位于水下,它的离子炮仍然有着十足的威力,至少把那面观景用的透明墙壁打个对穿不成问题。

"总之,这就是我的立场。虽然你可以赌我不会真的这么干,但我不建议你这么做。"历史学家说道,"现在,放下武器吧。"

有些出乎我意料的是,我那些在之前的几次冲突中都表现得极为强硬兄弟们居然真的扔下了手中的枪械,顺从地举起了双手。

"好——请放心,我们都是聪明人,虽然放弃合作主导权令人遗憾,但能够合作本身就已经达成我的基本目的了。"伊斯玛仪答道,"现在你们放心了吗?"

"也许吧。"历史学家做了个手势,让除了栗子之外的其他人收走了他们扔下的武器,"好了,栗子,结束射击准备状态,我们……咦,可可?"

"喂,她在干什么啊?"

就在所有人都松了一口气时,我突然注意到,从一开始就像受惊的小狗一样躲在角落里,除了颤抖之外就一直一动不动的可可,不知什么时候居然跑到了正在遥控"走为上二号"的栗子身边。有那么一瞬间,我还以为她是想扑进栗子的怀里撒娇。但是,就在栗子想抱住可可时,她却一拳打在了对方的肚子上。

"呜哦……"

"可可你干什么? 为什么——"

可可没有回答任何质问,她只是紧咬着牙齿,将从栗子手中抢来的头盔戴在自己头上——与此同时,刚才已经停止旋转炮塔的"走为上二号"突然又开始有了动作,从巨大的"终焉"式离子炮的炮口亮起了令人不安的惨白色幽光。

"这是——她要干什么？开炮吗？"

"对不起、对不起、对不起！阿德，我真的很对不起——"

被抢去了头盔的栗子也愣住了。在她身边，咪咪下意识地从腰间拔出了格斗匕首，却又在踏出半步后停了下来——毕竟，这一次她的对手不是傀儡，不是那些素昧平生的疯子或者怪物，而是已经与我们同行了两个多月之久的同伴。

"可可，乖，不要开这种糟糕的玩笑。"由于事出突然，罗蒙诺索夫紧张地咽下了一口唾沫，然后勉强挤出了一句颤抖着的话，"你……你知道这么做的后果……吧？"

"是……是的。"可可点了点头，又后退了几步。

"如果你这么做的话，在场的所有人都会有危险哦。"历史学家继续努力地劝说着，"有什么事好商量，但能不能别这样？我们可是同伴啊。"

可可并没有立即回答。她只是站在那儿，犹豫着。有那么一秒钟，她已经朝着头盔边缘伸出了手……但却又放了下来。

"很抱歉，你……你们知道我和你们一起走的目……目的，我当时真……真的是认真的。"靠着不断发颤的声带，她几乎是硬挤出了这么几句话，"我……我……我很抱歉，但我……我……我们……不是同伴。"

"什么？"我听到自己惊呼道，"开玩笑的吧？"

5

　　随后发生的事充分证明,这确实是一个玩笑——一个命运之神对我们开的性质极端恶劣的玩笑。

尾 声

欢迎来到旧尼尼微城！

"哦……疼。"

虽然既不优雅，也不精妙，更不适合载入史册或者刻在什么纪念碑上，但这确实是我在那个历史性的时刻说出的第一句话。我当时自然不可能知道，在数十年后，那一天——新历991年7月2日会被历史学家们定为"第二次尼尼微城战役"开始的第一日，而由于某些原因，那已经是新阿斯旺湖上的袭击发生足足八天之后的事情了。

我只知道，我的身上很湿、很疼、很冷。

由于恢复记忆花费了一点儿时间，而恢复体力消耗的时间更长，我在接下来的好几十秒（当然，也有可能是好几分钟）里都只能斜倚着一堵灰色的混凝土墙，一边忍受着浑身上下传来的不适感，一边无所事事地等待。

毋庸置疑，我现在正待在一座城市里。更准确地说，这里是一座曾经十分繁华，现在已然被废弃的城市废墟。我所倚靠的墙壁属于一座超过二十层的高楼的一部分，当然，这座楼很可能在过去还要更高一些，但我已经无法判断其确切高度到底如何了——毕竟，它的整个上半部分都已经在某次爆炸或者撞击中彻底没了影儿。在我身边的大多数建筑也都是这样，不是成了废墟，就是成了危房，曾经平整宽敞的四车道大马路上裂缝遍布，荒草丛生，杂草和灌木几乎把残存的混凝土和柏油地表都给遮盖完了……当然，要是周围躲着对我心怀不轨的狙击手，有这些茂盛植被没准儿倒是好事。

万幸的是，无论这是哪儿，至少周围并没有那种东西——否则大刺刺地躺在街边的我现在早就被一枪爆掉脑袋了。

随着寒冷与痛楚形成的迷雾逐渐从脑子里散去，我大致上算是取回了对身体的控制权，并且站了起来。目前是黎明时分，兰檀的一天之中唯一称得上是寒冷的时刻，于昨日积累的热量早已散尽，而新一天的炙烤还没来得及拉开序幕。透过远方地平线上隐隐透出的微弱光线，我注意到，自己身边还有两个人——可可和奥菲莉亚，她们都浑身湿漉漉地从草丛中爬起身来，并非常凑巧地在我神志恢复清醒时与我对上了视线。

"嗯？"

两人先是疑惑而沉默地互相对视着，然后，我注意到奥菲莉亚的胸口开始加速起伏，双眼中也泛出泪光……但第一个爆发出哭声的却是可可。

"我……呜哇啊……我对不起大家啊……"

在凄厉的哭声中，这个瘦弱的小女孩像被抛弃的小猫一样蜷缩成一团，周身上下不住地颤抖着，而看着她哭泣的奥菲莉亚却哭不出来了。在愣了一会儿之后，她走了上去，开始轻抚可可的肩膀，似乎是想安慰她。

　　好吧，虽然这一幕看上去是挺感人的，但就在刚才（到底是多久以前啊？），正是可可自己宣称，她"不是我们的同伴"，而在之后，也正是她用从栗子那儿抢来的设备操控着"走为上二号"朝我们所在的水下大厅发射了那发毁灭性的等离子弹。虽然由于炮口仰角抬得太高，这一发没有直接命中任何人，但它却切切实实地在大厅的透明墙壁上烧出了一个直径半米多的大洞。当被气化的墙体材料和水同时散去后，大量的湖水也毫不意外地灌了进来……而且速度比我想象中的还要快得多。

　　当然，我完全可以理解可可这么做的动机。正如她所说，从一开始，她就不是我们的同伴，而只是基于自己的目的跟着我们一起走的自由人。真正有错的其实是我们——在几个月的相处之中，我们忘记了，这个曾经被我的兄弟用不人道的方式控制，并失去了全部亲朋好友的女孩从一开始就已经说明，她只想去做一件事，而她确实这么做了。

　　不过，当汹涌的水流冲入大厅时，我并没有在可可脸上看到复仇者特有的喜悦；相反，她非常害怕、极度惊慌，除了呆站在那儿流泪，用别人听不清楚的声音自言自语之外，就什么都没有做。而与此同时，我看到伊斯玛仪冲向了放在大厅中的诸多设备中的一台，一掌拍在了它上面。接着，在被激流冲倒之前，他似乎喊出了几个词儿。

　　如果我没记错，我的那位兄弟当时说的似乎是"紧急避险模式启动"来着。

　　"所以，这里到底是什么地方啊？"

　　由于深知"在女孩子大哭大闹时千万不要胡乱插手，否则有极大概率成为迁怒目标"这一真理，我只能暂时避开可可和奥菲莉亚，开始在草莽丛生的马路上四处晃悠，试图弄清楚周围的情况。除了我们三人之外，无论是我认识的还是不认识的，没有任何人出现在这条荒废的道路上，周围那些被毁灭的建筑中也没有丝毫人类生活的痕迹。除了身上不搭调的泳装和几件贴身装备之外，在遍布裂纹的路面上，我只看到了大片水渍、几条挣扎着的鲶鱼、一些黄色的步枪弹壳、一支自动步枪和一名被打穿脑袋的安东旅士兵的尸体。好吧，虽然这浑蛋活着的时候多半没干过什么好事，但在挂了之后，他身上的装备倒还能派上点儿用场。

当我从这家伙身上把防弹背心、长裤，以及装着个人装备的背包逐一解下来后，可可的哭声也逐渐平息了下来。好好大哭了一场的她一边揉着红肿的眼睛（当然，奥菲莉亚现在看上去也差不多），一边有些不安地看着我的方向，似乎是担心我会责备她。

"这其实不是可可的错。"我花了点儿时间组织语言，然后用足以将我的宽厚、友爱与谦和完全体现出来的语气说道，"你在决定和我们一起走的时候，不是已经说明你的目的了吗？当时是我允许你跟着我们的。所以说，就算要负责任的话，也是由我来负。"

虽然我也不知道该怎么负责就是了。

"总之，我希望这种事仅限这一次——也许伊斯玛仪他们还活着，也许我们以后还能再遇到他们，但假如他们之前说的话都是真的，那么，我们恐怕就不能再把他们当作敌人看待了。可可，你同意吗？"

女孩迟疑了一小会儿，然后用力地点了点头。

"那么，这件事就算过去了，我们……"我轻轻地叹了口气，正打算继续说下去，一阵我颇为熟悉的螺旋桨嗡鸣声突然从不算太远的铅灰色云层中传了出来，"可恶，就地隐蔽！"

虽然可可和奥菲莉亚都没接受过专门的防空训练，但这点常识她们还是知道的。当两架在机身中轴挂点上携带着沉重的航空炸弹的"蜉蝣"攻击机从云层中钻出来时，我们早已像躲避老鹰的土拨鼠一样躲到了一丛茂密的灌木下方。又过了一会儿，两声沉闷的爆炸先后从远方传来，随之而来的还有一阵从残破的高楼缝隙间吹出的带硝烟味的热风。

好吧，它们的目标并不是我们，而是别的什么东西。

在接下来的几分钟里，又有两个攻击机双机编队先后出现：其中一个编队飞得很高，在很远的地方胡乱扔下了几枚航空炸弹，然后便飞走了；而另一个编队的机翼挂点上则装着破坏力骇人的五十毫米口径航空火箭弹吊舱，它们低低地盘旋着，然后突然对某个我们看不见的目标发起了俯冲。

在一阵爆炸声和混乱的轻武器射击声结束后，我们注意到了正在重新拉起的攻击机机翼下的涂装——那是兰檀本地安保部队的标志，和先前在新阿斯旺湖上的庆典中假意"叛变"，炸毁了"华美号"的那些飞机的标志一模一样。

"好吧，我……我想我知道我们现在在哪儿了。"我摇了摇头，对可可和奥菲莉亚说道，"恐怕，我们已经抵达了你的目的地。"

"咦？我的目的地？难道这里是……"

"虽然我不知道我们到底是怎么来的，但这里应该是——不，肯定只可能是旧尼尼微城的废墟。"我挠着脑袋，一时间不知是应该感到欣喜还是惶恐，"而且，看来进城的还不止我们这些人。"

"嗯？"

　　"我有种预感。"我补充道,"接下来我们得在这地方住一段日子了,而且这段日子肯定会让我们终生难忘——如果我们还能活着离开这里的话。"